Du même auteur chez le même éditeur :

Le dieu des cauchemars, 2004. Collection Arcanes, 2006.
Personnages désespérés, collection Arcanes, 2004.
La légende d'une servante, 2005.
Pauvre Georges!, collection Arcanes, 2006.

Le dieu des cauchemars

COLLECTION ARCANES DIRIGÉE PAR JOËLLE LOSFELD

Titre original : *The God of Nightmares*

Copyright © 1990 by Paula Fox
Introduction © 2002 by Rosellen Brown
© Éditions Gallimard, pour la traduction française, 2004.
© Éditions Gallimard, 2006.

ISBN : 2-07-078728-1

Paula Fox

Le dieu des cauchemars

Roman

Préface de Rosellen Brown

Traduit de l'anglais (États-Unis)
par Marie-Hélène Dumas

ÉDITIONS JOËLLE LOSFELD

Secouer l'arbre de la connaissance

Il a été dit – à de nombreuses reprises, peut-être pour rassurer les futurs écrivains qui craignent de ne rien avoir à dire – qu'il n'existe au monde que sept intrigues possibles. (Sept me paraît en réalité quelques-unes de trop.) Mais qu'il s'agisse ou non du nombre magique, c'est un fait établi que, d'une manière très générale et avec quelques exceptions, il n'y a, pour les romans, que deux structures possibles : le statu quo est établi ; quelqu'un arrive ou quelque chose se passe qui l'ébranle. Comme dans *Anna Karénine* ; comme dans *Sula*. Ou – proposition réciproque – un personnage, entravé par un certain nombre de forces allant de l'ennui à une crise qui se déroule dans un lieu éloigné, va de l'avant dans le monde et découvre une complexité des choses dont il ne pouvait, chez lui, avoir la moindre idée ; c'est ce qui arrive dans *Tom Jones* ; c'est ce qui arrive dans *Moby Dick*. Je retrouve dans ces deux structures la même idée que dans une déclaration que m'a faite un jour un ami qui travaille le bois, et que j'ai trouvée d'une étonnante concision : « Un outil n'est jamais autre chose qu'un coin. »

Paula Fox, qui possède une compréhension profonde et inscrite dans le réel du genre de connaissances nécessaires à une vie équilibrée entre une ouverture d'esprit confiante et une maturité prudente, réussit particulièrement bien à enfoncer des coins dans le statu quo, à détruire (dans l'un ou l'autre des deux modes ci-dessus) l'innocence du protagoniste, chez lui, ou loin de chez lui.

L'innocence, bien sûr, est un état d'esprit compliqué, une absence plutôt qu'une présence. Si l'on oublie son sens juridique – le contraire de la culpabilité –, on pourrait la définir, chez les très jeunes, comme une absence normale de maturité de compréhension résultant de ce qu'ils sont épargnés de la connaissance des adultes, ou qu'ils se débrouillent pour en être protégés.

Mais à quel moment, dans l'âge adulte, l'innocence commence-t-elle à se glisser sous un dangereux manque de savoir ? Fox, avec un aplomb plein d'élégance et un calme tranquille, a placé cette interrogation au centre de chacun de ses romans, mais en l'analysant de façon si différente à chaque fois qu'ils pourraient sembler ne pas tous poser la même question. C'est pourtant ce qui se love au cœur même de son œuvre : avec quelles armes entrons-nous dans le monde ? Et que nous fait le monde lorsque nous ne sommes pas assez préparés pour le comprendre ? Dans ses Mémoires, *Borrowed Finery*, maintenant publiés, Fox décrit avec une franchise ahurissante ce qu'elle a subi entre les mains de parents indifférents et souvent cruels, ce qui nous permet, peut-être, de comprendre – à condition d'oser ce genre d'explication personnelle – pourquoi elle trouve si dangereux le manque de défenses qui va avec cette sorte de savoir. Mais même sans l'éclairage de ce que fut sa vie, ses romans semblent secouer l'arbre de la connaissance avec assez de force pour qu'une pomme ou deux s'en détachent et que ses personnages se retrouvent devant un terrible danger.

Dans *Les Enfants de la veuve*, Laura garde une nouvelle (la mort de sa mère) secrète, laisse sa famille et ses amis dans l'ignorance et les manipule par son silence. *Personnages désespérés*, roman parfait s'il en est, dont le modeste drame domestique s'ouvre soudain – avec l'entaille d'une morsure de chat – sur tout ce qui concerne la vie urbaine contemporaine, nous montre une innocence qui prend la forme d'une ignorance fatale, prix à payer par ses personnages pour leur appartenance à une classe aisée et protégée. Et l'on pourrait dire de *Pauvre Georges*, son premier roman, qu'il est l'envers de *Personnages désespérés* : un homme qui pense, à tort, comme cela sera démontré, pouvoir apprendre à vivre à un garçon difficile, découvre combien il est lui-même ignorant. À un moment donné, exaspéré, un de ceux qui assistent à l'effondrement de Georges dit : « À quoi t'attendais-tu ? Enfin, ce que je veux dire, c'est : pourquoi est-ce que tu t'étonnes ?… Pourquoi est-ce que tout le monde est atterré devant ce qui se passe dans ce nom de Dieu de monde ? »

Fox, écrivain aussi intelligente et pleine de compassion qu'on peut le souhaiter, tend à considérer de façon plutôt radicale l'autocomplaisance de ses personnages, ce qui évite à sa compassion de tomber dans la facilité et empêche – ce que j'admire énormément – ses protagonistes d'être tout à fait charmants. Ces gens sont bien trop complexes pour capter notre confiance, ou faire l'objet d'un châtiment didactique, et, selon elle, ses lecteurs le sont aussi. Si leurs défauts sont socialement déterminés (ce qu'ils semblent généralement être : dans *Personnages désespérés*, par exemple, Sophie Bentwood – « Bois fléchi », quel nom ! – a toujours vécu selon des critères esthétiques précis, s'accrochant comme une survivante désespérée à la minuscule oasis de l'argent et du goût), ils n'ont rien de sui generis ; leurs vies ressemblent trop à la nôtre.

Le dieu des cauchemars évoque encore une autre sorte de transformation sur le thème de l'individu sourd et aveugle qui accède à la conscience. Mais celui-ci, pourtant, malgré ses moments de violence et le grondement de la guerre (hors champ), doit être le plus tendre de ses livres. Nous y entendons la voix étonnée d'une jeune femme dont l'innocence, la crédulité, même, apparaît tout à fait pardonnable. On est en 1941. Helen Bynum a vécu seule avec sa mère dans une petite ville du nord de l'État de New York, où elles ont un de ces motels qui n'existent quasiment plus, avec des bungalows et pas de piscine.

Vingt-trois ans, et enfant unique, « je m'étais rarement trouvée face au reste du monde ; il n'y avait pratiquement pas eu d'étrangers dans ma vie », dit Helen sans se mettre sur la défensive, mais simplement pour expliquer la curiosité avec laquelle elle observe ce qui l'entoure. « C'était Maman qui traitait avec ceux qui louaient les bungalows tandis que je les regardais de derrière une fenêtre. » Mais attention, elle les regarde, et nous pouvons certainement voir là un signe d'indépendance et une soif contenue de sensations. Elle a un amant qui la laisse indifférente et elle fait plus que soupçonner sa mère d'avoir construit sa vie sur une innocence « fabriquée », un refus volontaire d'affronter certains faits qu'elle préfère ignorer, en particulier l'abandon de son mari, parti des années plus tôt, alors qu'Helen était enfant. Coupable d'un « optimisme inopportun qu'elle imposait », ma mère, raconte Helen, a été « complice d'une illusion » en constituant « le musée des affaires de mon père » sur les tables et dans une vitrine du motel, « qu'elle appelait notre petit navire sorti de la tempête. Et que j'avais surnommé en secret "Oh-hé, Oh-hé" ». Et maintenant qu'il est mort, en Californie, et a été enterré par une autre femme, l'inutile insistance de sa mère, « la lutte sans fin qu'elle menait pour garder en vie ce qui les reliait », ne sert plus à rien.

Quelque temps auparavant, son père a reproché à sa mère de vouloir garder Helen avec elle, alors qu'elle est devenue adulte. En apprenant sa mort, dans un accès de solitude ou peut-être comme un défi tardif – ces femmes elles-mêmes ne le savent pas vraiment –, elle lance Helen dans sa vie adulte en renonçant, plutôt soudainement, à sa présence. Marchant contre l'hésitation un peu engourdie de la jeune fille, elle la fait sortir de sa petite vie tranquille « dans un pays de navets et de pommes de terre » pour l'envoyer à La Nouvelle-Orléans – et pas ailleurs – chercher sa sœur Lulu, avec qui elle a partagé autrefois la vie pas du tout innocente des danseuses des Ziegfield Follies. Ainsi, Helen sort de son innocence cataleptique, et se retrouve en train d'avancer, comme dans un grave embouteillage, dans un des lieux les plus étranges et les plus chargés de sensualité après Paris, et beaucoup moins sûr. Là, dans la chaleur et la lumière implacables, où « l'air avait une odeur de pêche mûre et de fleurs inconnues », mais « avec une petite note saumâtre, humide », elle rencontre des gens autour de qui va se jouer un drame comme Helen n'aurait jamais pu en imaginer un dans son morne passé.

D'abord, il y a sa tante Lulu, actrice d'une certaine réputation (oubliée), qui fut autrefois suffisamment forte pour jouer Hedda Gabler mais qui est devenue une ivrogne irrationnelle et négligée, très différente de l'adulte docile qu'avait imaginée Helen, et plane, menaçante, sur cette histoire, comme une gorgone ou une sorcière sans balai. Quand sa mère lui fait remarquer que rien n'est plus fort que les liens du sang, en utilisant l'expression anglaise « le sang est plus épais que l'eau », Helen se représente des nœuds épais et visqueux, inextricables, qu'elle oppose à la fine et pure liberté de l'eau. Et plus tard, pour aller voir cette tante peu amicale, elle devra, comme un personnage de conte de fées qui doit réussir à s'en sortir, traverser à chaque fois un fossé d'eau (provoqué par une fuite chez un voisin).

Puis l'oiselle tombée du nid se retrouve entraînée par de nombreux courants, dans un air lourd, face à des dangers sans précédent, où elle observe et finalement prend part à une passion méditerranéenne qui lui fait penser que sa mère, malgré son passé de danseuse de cabaret et sa fidélité au souvenir de son mari, « ne savait pas grand-chose du pouvoir… de la chair ». Une fois installée dans cette ville pittoresque, elle envie ses nouveaux amis, et se sent intimidée par ces artistes, ces poètes, et ce riche homosexuel qui n'a peur de rien, s'entretient avec le dieu des cauchemars, vit et meurt pour ses plaisirs. L'innocence d'Helen, face à eux, est totale : elle ne connaît rien à l'histoire ni à la littérature. Quand elle voit *Adolphe*, elle pense qu'il s'agit d'un livre sur Hitler ; elle n'a jamais entendu parler de Proust ou de Richard Wright, de Sancho Pança ou (dans la « vie réelle ») des garçons de Scottsboro ou de fontaines à eau réservées les unes aux Blancs, les autres aux Noirs. Dotée d'une « âme pauvrement meublée de non-juive », elle croit que les rabbins sont des prêtres qui ne peuvent pas se marier. Blessée, elle demande : « Pourquoi est-ce que les gens rient toujours quand on ne sait pas quelque chose ? », mais, sans appui, elle sera désormais capable de se servir des paroles de son père qui (en réponse à ses questions sur son oncle gay) lui a expliqué un jour : « Ne fais pas trop attention à ce que les gens disent… Essaye d'aller vers ce qui est nouveau avec autant d'innocence que tu le peux – laisse-toi d'abord surprendre. » Maintenant, parce qu'elle en a besoin, il est temps pour elle de revendiquer l'héritage de cette sagesse.

À la fin du livre, nous retrouvons Helen des années plus tard, mariée à l'homme dont elle est tombée amoureuse en même temps qu'elle a découvert le monde, mère, à son tour, d'une fille, et ayant perdu la sienne. Mais il reste encore quelque chose à apprendre, un fait qui se révèle empoisonné, une mauvaise compréhension, une sombre redéfinition de tout ce qu'elle pensait avoir appris autrefois à La Nouvelle-Orléans. C'est une bonne vieille épiphanie, qui nous est livrée (ainsi qu'à Helen) en un éclair, comme un missile filant sur l'horizon, et qui approfondit, avec prudence, l'idée que l'innocence peut persister longtemps après que l'expérience et le savoir se sont installés. Et, bien qu'il s'agisse d'une découverte cruelle, la réaction d'Helen éclaire l'impatience qu'elle éprouvait autrefois face à l'entêtement de sa mère d'un jour beaucoup plus sympathique. La trahison, semble-t-il, n'est pas quelque chose d'aussi simple qu'elle le croyait, et la fidélité envers un être que l'on aime ne doit pas nécessairement se confondre avec l'illusion auto-entretenue.

Comme elle en a le secret, Fox crée ici des portraits nuancés de personnages placés à différents points du spectre qui s'étend de l'innocence à l'expérience, de la lumière sans ombres de l'ignorance aux ténèbres de la connaissance complexe. Elle a été pour moi un guide indispensable, par la perfection de sa langue et la rigueur de son regard. Quiconque possède la nouvelle édition de l'ensemble de ses romans détient un trésor littéraire et moral qui – alors que tant d'autres livres ayant connu plus de succès se sont effacés et ont disparu – ne peut, avec le temps, que prendre plus d'éclat.

Rosellen Brown

PREMIÈRE PARTIE

1

Au début du printemps 1941, treize ans après nous avoir quittées, ma mère et moi, mon père, Lincoln Bynum, est mort loin de nous dans un village côtier au nord de la Californie. Devant la stupéfaction qui l'a frappée à cette nouvelle, j'ai compris pour la première fois que, pendant toutes ces années, ma mère avait cru qu'il finirait par revenir.

En fait, il était mort depuis près d'un mois quand est arrivé chez nous le mot rédigé au crayon que m'avait adressé la femme avec qui il vivait.

« Il n'a pas souffert, écrivait-elle. Il était heureux, bronzé et optimiste. Mais son pauvre cœur a flanché. Ça s'est passé tout d'un coup, alors que nous venions de finir notre petit déjeuner. Excusez-moi de ne pas vous avoir écrit plus tôt. J'ai été malade. Il a fallu que je nettoie le bungalow et que je déménage. Il n'a laissé aucun souvenir de lui, sinon je vous les aurais envoyés. Il parlait souvent de vous. »

C'était signé *Bernice*. Sans nom de famille.

« Nous aurions pu ne jamais le savoir ! s'est écriée ma mère tandis que la lettre lui échappait des mains, et qu'elle-même tombait à genoux devant la vitrine contenant les trophées – coupes, rubans aux couleurs passées, statuettes – qu'avaient gagnés pour lui les chevaux de mon père. Et j'aurais continué à… », a-t-elle murmuré.

Continué à s'illusionner, c'était la seule chose qu'elle pouvait vouloir dire. Elle a plongé son visage dans ses mains. J'ai ramassé l'enveloppe. Elle ne portait aucune mention de l'envoyeur et le timbre avait été collé à l'envers. Notre adresse était si pâle qu'on arrivait tout juste à la lire. *New York* était écrit en un seul mot, comme si Bernice n'avait pu réunir assez de force pour relever son crayon une dernière fois. Ce bout de papier traduisait mieux le malheur que les sanglots de ma mère agenouillée par terre. Il suggérait un chagrin qui n'était pas hallucinatoire, mais naturel.

« Pourquoi t'a-t-elle écrit à toi ! » a-t-elle soudain hurlé. Je suis restée figée un instant, comme si elle m'avait giflée. S'imaginait-elle que je communiquais en secret avec cette femme depuis toujours ? Je n'arrivais pas à réfléchir. Son visage affligé, ses yeux qui lui sortaient de la tête, l'humide cercle aplati de sa bouche ouverte semblaient vils, et stupides.

Je lui ai tourné le dos et lui ai répondu dans un souffle : « J'imagine qu'elle se serait sentie mortifiée de t'écrire. » Elle m'a entendue.

« Mortifiée ? a-t-elle repris d'un ton amer, une femme comme ça ?

— Une femme comme quoi ? » ai-je demandé.

Au lieu de me répondre, elle s'est contentée de reprendre une phrase de la lettre en la répétant d'une voix de fausset : « Son pauvre cœur…

— Pour l'amour de Dieu, relève-toi, Maman ! ai-je ordonné. Son cœur s'est arrêté. Pour ce qu'il s'est occupé de nous, il aurait aussi bien pu mourir il y a treize ans ! »

Au fur et à mesure que le temps passait, nous parlions de moins en moins de lui. Il était comme une chanson apprise

amazon.fr

Merci
de vos
achats sur
Amazon.fr

Bon de commande
Votre commande du 20 octobre 2021
N° 404-9775496-5171168

Numéro de récépissé: UCmJKCYvR
23 octobre 2021

Qté	Article		Bin
1	Le … sauthemars		
	… 2970787281 207078728 9782070787289		

Cet envoi solde votre commande.

Vous pouvez toujours vérifier l'état de vos commandes ou modifier les détails de … en cliquant sur « Votre Compte » figurant en haut de la page sur notre site.

Vous souhaitez nous retourner un article? MERCI D'UTILISER NOTRE CENTRE DE RETOURS EN LIGNE

… de Retours n'affecte pas votre droit de rétractation prévu par la loi.

UCmJKCYvR/1 of 1/expd-intl.eu-na-ag/0/A1

0/UCmJKCYvR/1 of 1/CL-ORY8/expd-intl.eu-na-ag/0/1025-02-30/1023-15:00 Pack Type : A1

autrefois qui s'effaçait de ma mémoire, tout d'abord les paroles, puis la mélodie, jusqu'à ce qu'il n'en reste que le titre, *Père*. Je me suis mise à pleurer, mais sans savoir si c'était le chagrin ou l'absence qui provoquait ces larmes.

J'ai entendu craquer une latte du plancher, un gémissement, un bruissement de tissu, ma mère se relevait. J'ai entendu ses pas, puis senti ses bras autour de moi, sa petite oreille froide contre mon cou.

« Chut… chut…, a-t-elle murmuré. Ça va aller. Nous nous en sommes toujours sorties, non ? Tu verras. »

Ma mère allait bientôt s'efforcer de retrouver sa bonne humeur. J'ai commencé cette année-là à me demander si l'on pouvait avoir du courage, ou tout au moins rester stoïque face aux malheurs de la vie, sans trahir la réalité en même temps. Bien qu'atterrée par la foi de ma mère en l'éventuel retour de mon père, et son désarroi devant le fait que cela n'aurait pas lieu, j'étais bouleversée par l'émotion pure et simple que soulevait en moi cette révélation.

Peu après le départ de mon père, j'avais cessé de me confier à elle. J'avais une peur presque physique – comme si cela pouvait me rendre malade – de l'entendre me dire qu'il fallait regarder le bon côté des choses, croire que tout finit par s'arranger et se rappeler que mieux vaut un chien vivant qu'un lion mort, une dernière affirmation qu'elle prononçait avec un peu plus d'enthousiasme que les autres dictons mis en réserve pour ce qu'elle appelait les mauvais jours de l'existence.

Un soir au crépuscule, juste après qu'elle avait évoqué le triomphe du chien vivant sur le lion mort (en réponse aux explications laconiques que je lui donnais à propos du job d'été que je venais de perdre : la nièce du patron du magasin de nouveautés où je travaillais avait débarqué sans prévenir, et elle avait plus besoin de ce boulot que moi, m'avait-il expliqué avant de me virer), un vrai chien, à l'allure lamentable, arriva en boitant sur le bord de la route qui longeait la maison. J'ai crié à ma mère, qui était assise sur le canapé en train de raccommoder une taie d'oreiller, que je voulais porter secours à cette malheureuse créature. Elle est venue à mes côtés et elle a regardé par la fenêtre dont je devais baisser le store, comme nous le faisions toujours à ce moment de la journée.

« Cet animal va très bien, a-t-elle dit. Il rentre chez lui, c'est tout. » Elle m'a attrapée par le poignet et m'a récité quelques vers de l'*Élégie écrite dans un cimetière de campagne*.

« Il ne s'agit pas d'un "troupeau égaré", l'ai-je interrompue. Mais d'un chien affamé.

— Quelle éternelle rabat-joie ! » a-t-elle soupiré avant de retourner s'asseoir et de reprendre son raccommodage. La bête avait disparu. Je me suis mise à penser à tous les problèmes que nous aurions rencontrés si je l'avais ramenée à la maison, aux maladies qu'elle avait peut-être. Je me souviens de la léthargie qui a alors fondu sur moi comme un évanouissement, et de la certitude que j'ai eue, là, debout, mes mains lourdes comme du plomb au bout de mes bras ballants, de ce que c'était en partie l'optimisme inopportun que ma mère imposait, et le cœur dur qui en résultait, qui avait abandonné mon père à son malheur, l'avait laissé seul avec ce malheur, et avait fini par l'écarter de nous.

« La soupe nous suffira, n'est-ce pas, Helen ? a-t-elle demandé. C'est un jour trop triste pour avoir envie de cuisiner. »

Le tintement léger mais régulier d'une cuillère contre l'intérieur de la casserole résonnait comme un morne signal de détresse. Sur la toile cirée qui était punaisée à la table de la cuisine, j'ai vu, à l'endroit devant lequel je m'asseyais toujours, un grand trou que j'y avais fait, creusé du doigt ou de la cuillère au fil des années. Elle s'est à moitié retournée, m'a regardée fixement, en continuant de remuer. Et elle a dit : « Cela aussi passera. »

Nous n'avions pas vu mon père depuis qu'il était parti, quelques semaines après mon dixième anniversaire. Il écrivait rarement – quelques lettres chaque année. Il envoya un jour un mandat de cinquante dollars. Il parla une fois d'une gentille veuve qu'il avait rencontrée, Bernice. Sans les photos qui ornaient quasiment chaque table de la maison, j'aurais pu oublier son visage. Sur toutes, il y avait des chevaux avec lui, sauf deux : une grande photo de mariage sépia, et une autre sur laquelle il me tenait dans ses bras, bébé en longue robe blanche. Les chevaux étaient sa passion. Ils l'avaient ruiné.

De ma chambre à l'arrière de la maison, je voyais l'écurie vide, le paddock, une petite grange à foin, deux hangars délabrés, un champ de courses de quatre cents mètres, et au-delà de son extrême limite, une prairie et une forêt de pins rouges. Quand je regardais la figure oblongue que formaient les bâtiments, le terrain et la première rangée d'arbres qui se dressaient comme la paroi d'une falaise, j'avais l'impression de me promener dans les pensées de mon père, exactement comme, enfant, je m'étais promenée dans l'écurie et la grange, le long des planches patinées de la barrière, entre les piquets au pied desquels poussaient des touffes de carottes sauvages. J'en faisais des bouquets, remplissais autant de pots que ma mère pouvait m'en garder tandis qu'avec le palefrenier il s'occupait des chevaux.

C'est vrai, j'avais presque oublié ses traits – même si les photos me montraient des éléments de visage, de son visage – mais pas sa présence. Il me suffisait pour l'évoquer d'aller dans l'écurie respirer la persistante odeur des chevaux, du cuir usé, du grain dont le parfum sec qui piquait la gorge traînait encore dans les tonneaux où il avait été stocké et dont sortait en voletant de temps à autre un insecte minuscule et diaphane, dernier descendant d'une longue lignée, sorte de poussière animée.

Il m'avait mise sur une jument alezane, Felicity, lorsque j'avais trois ans. La grande bête était pour moi un paysage. Quand je regardais mon père parcourir au galop le champ de courses sur un deux-ans dans lequel il plaçait de grands espoirs, j'avais l'impression qu'il chevauchait la terre. Après son départ, ma mère m'avait dit de me tenir à l'écart de l'écurie ; un de ces « trucs de chevaux » pouvait me tomber dessus, disait-elle. Mais j'y allais presque chaque jour après l'école.

Dans la sellerie, des atomes de poussière pleuvaient à travers les rayons de soleil et tombaient encore plus vite sur les brides et le reste, muserolles et rênes de mors, étagères à étrilles, étriers rouillés, gants de travail pleins de terre agglomérée, seaux, pots de liniment vides, pelles à crottin, tous ces « trucs de chevaux » dont ma mère craignait qu'ils me tombent dessus. Je savais que ça n'arriverait pas. Même si je me déplaçais entre eux sans faire attention, même si parfois je les prenais dans mes mains, ce n'étaient que des reliques qui, comme mon père, appartenaient au passé.

Des tapis de selle et des couvertures couleur moutarde moisissaient en tas sur le plancher. Sa plus belle selle anglaise restait à califourchon sur une barre de bois horizontale, avec son cuir qui portait la marque de ses genoux, là où ils serraient, et ses étriers placés à la hauteur de ses jambes repliées.

Quel que fût le froid qui régnait lors de ces courts après-midi en plein cœur de l'hiver, j'allais à l'écurie et, dressée sur la pointe des pieds, je cherchais à percer l'obscurité des box en me récitant ceux des noms de chevaux dont je me souvenais. En descendant la rampe pavée de grandes pierres des champs qui conduisait dehors, je me rappelais la façon dont le bruit sourd des sabots se transformait, quand ils sortaient des ombres brunes chargées de grains de poussière de l'écurie, en un clip-clop triomphant, sonnant et vif. Sur le côté de la pente, était garé un vieux van peint en vert, ses tiges comme deux défenses qui s'enfonçaient dans le sol. Je montais dedans, respirais l'odeur des chevaux, fortement concentrée dans cet espace restreint, un genre de bouillon de cheval que je buvais jusqu'à ce que la tête me tourne.

De toutes les inepties prononcées par ma mère, aucune n'était plus ridicule que cette interdiction d'aller à l'écurie. Je crois pourtant qu'elle savait que je le faisais, elle ne pouvait pas ne pas le savoir, mais j'étais une enfant et je n'imaginais pas qu'elle pouvait voir derrière les murs, et à l'intérieur de mes penchants les plus profonds.

Elle disait que mon père avait perdu une fortune, que s'il avait été un homme moins impulsif il aurait sauvé quelque chose malgré l'horrible guigne qui l'avait poursuivi depuis le jour où l'une de ses juments avait fait une grossesse nerveuse. « Il n'a plus jamais rien obtenu après ça, disait-elle. Il ne savait tout simplement pas sourire face aux épreuves qu'il devait supporter, comme chacun d'entre nous. » Quand elle prononça ces mots, j'avais déjà commencé à croire que sourire n'était qu'une façon de ne pas supporter.

Il monta les tarifs de ses saillies à un niveau exorbitant, car il avait ce qu'il pensait être l'étalon du siècle. « Il était au supplice. Il croyait que ce cheval avait du style, de la grandeur. Ce genre de déception peut rendre fou. » Il s'était trompé à propos de l'étalon, trompé à propos d'un deux-ans qui, à sa première course, n'avait pas réussi à sortir de son starting-gate. Il se disputa avec tous les vétérinaires qui exerçaient dans un rayon de cent cinquante kilomètres autour de là où nous habitions, juste au nord-est de Poughkeepsie. Bien que ma mère fît semblant de ne rien comprendre aux équipements d'équitation, elle ne cachait pas ses connaissances en matière de chevaux de course, de la façon dont il fallait s'en occuper et des catastrophes qui pouvaient arriver s'ils étaient sur- ou sous-entraînés. Mon père avait poussé ces attitudes jusqu'à l'extrême avec ses deux meilleurs poulains.

« Puisqu'il connaissait son travail, il a dû vouloir aider la malchance », lui ai-je dit un jour. J'avais seize ans. Il n'y avait qu'une chose dont j'étais certaine : les actes des adultes résultaient tous d'une volonté consciente, même les plus pervers et les plus stupides. Dès que j'ai prononcé ces mots, elle a remis sur la table la photo de mariage qu'elle avait prise et regardait fixement.

« Pourquoi aurait-il fait une chose pareille ? a-t-elle demandé d'un ton indigné. Il n'aimait pas tellement être pauvre, après tout. Non. C'est à cause de cette jument. Il était tombé trop bas à ses propres yeux, il manquait de discernement. Il était perdu, Helen. Il paniquait. J'ai essayé de lui montrer tout ce qu'il y avait encore de bien dans notre vie. Oh, si seulement tu savais combien j'ai essayé ! »

Je savais. Je l'avais entendue lui parler à l'heure du dîner comme elle me parlait chaque fois qu'elle me trouvait abattue.

« Il faut relativiser, disait-elle. Pense à tous ces pauvres gens qui ont eu ce tremblement de terre dans l'Ouest, il y a quelques années, et qui ont perdu leurs maisons, et tout ce qu'ils possédaient. Pense aux Arméniens qui ont été massacrés, quand ils ont échappé à la famine. Regarde, là, maintenant, cette belle pomme de terre dans ton assiette, Helen. Regarde-la petite fille ! Elle est pour toi ! Rien que pour toi ! Allez, oublie vite tes soucis... » Et avec un sourire entendu, comme si nous venions de conduire jusqu'à notre table une troisième personne affreusement égoïste, mesquine et étriquée, elle se mettait à parler d'autre chose.

Je me demandais toujours si elle croyait que les Arméniens, une fois revenus à la vie et bien nourris, auraient d'autres soucis que ceux de la vie quotidienne et de ses aléas, ces préoccupations humaines qui, replacées dans l'imposante perspective de la catastrophe, se réduisaient à rien. « Le monde n'en a plus que pour quelques millions d'années, lui ai-je un jour crié, alors à quoi bon nous acheter une nouvelle chaudière ?

— Ce n'est pas la peine de faire de l'ironie, a-t-elle rétorqué. Le sarcasme ne sied pas aux jeunes filles. »

Quand j'essayais d'attirer son attention en restant assise dans un coin l'air morose pendant une heure ou en soupirant bruyamment et souvent, elle ne me demandait jamais ce qui n'allait pas. Mais il m'arrivait aussi de ne pouvoir m'empêcher de lui parler de ce qui me troublait. Et dans un cas comme dans l'autre, elle disait les mêmes choses.

Lors de notre conversation sur la mauvaise passe que mon père avait traversée, elle m'a demandé : « Tu ne te rappelles pas comme il était devenu grognon ?

— Grognon ! » ai-je répété avec un mépris évident pour ce mot enfantin et ingrat – un mot qui résonnait comme un sac de haricots. J'avais pourtant reconnu dans sa voix une note suppliante laissant penser qu'elle essayait de me persuader d'une chose à laquelle elle-même ne croyait pas vraiment.

Dans mon souvenir, mon père m'apparaissait si maigre que je voyais sous sa chemise la forme bombée de sa cage thoracique, appuyé contre le mur de l'écurie, en train de contempler son terrain de courses, tandis que, pour attirer son attention, je faisais glisser lentement de son cou le foulard qu'il y avait noué.

Bon – il est parti, et ma mère, avec une efficacité que je ne pouvais qu'admirer, a conçu et mis en œuvre un plan grâce auquel nous avons survécu.

Son père, qui était veuf, lui a remis une somme d'argent en lui disant qu'il s'agissait de son héritage, et qu'elle ne devait pas s'attendre à en toucher plus quand il mourrait. Je soupçonne Grand-père George d'avoir été heureux de lui donner ça, soulagé de ne pas avoir, pendant les dernières années de sa vie, à s'inquiéter pour elle ou sa sœur, ma tante Lulu.

C'était un homme si distant, un homme qui semblait tellement au-dessus des choses d'ici-bas, que j'avais du mal à imaginer ce qu'il devait ressentir à l'idée d'être le père de deux danseuses de music-hall. Ma mère m'avait raconté, pleine de fierté, qu'il avait étudié la philosophie à l'université de Heidelberg. Peut-être les lectures qu'il avait eues là-bas lui avaient-elles donné le stoïcisme grâce auquel, quand il était rentré aux États-Unis, il avait pu supporter son poste de directeur d'une petite compagnie pharmaceutique qui fabriquait des médicaments contre la toux à base d'opium. Pendant une courte période, je me suis intéressée à lui. J'avais lu un roman dans lequel des étudiants allemands passaient leur temps à s'affronter dans des duels laissant sur leurs visages de magnifiques cicatrices qui fascinaient quantité de belles femmes. Il s'appelait Luther ; son visage ne portait aucune cicatrice, et lors des rares occasions où je l'ai vu, ma mère a dû lui rappeler quel était mon prénom.

Elle a fait construire, par un charpentier du coin, six bungalows, tous équipés d'une minuscule cuisine. En été et à l'automne, il arrivait que des gens les louent pendant quinze jours de suite. De temps à autre, un automobiliste s'arrêtait pour la nuit. Nous avons transformé pour ce genre de clients de passage deux de nos quatre chambres à coucher et, après avoir installé dans la sienne le coffre en laque chinoise que mon père lui avait offert en cadeau de mariage, ma mère a fait du salon un bureau de réception. La salle à manger est restée inchangée, avec les magazines de turf de mon père soigneusement empilés et ses livres de comptes posés sur une table à côté de la vitrine aux trophées.

Pendant onze ans, ma mère a dirigé d'une main ferme l'affaire des bungalows, qu'elle appelait notre petit navire sorti de la tempête. Et que j'avais surnommé en secret « Oh-hé, Oh-hé ».

Nous avons souvent failli sombrer, quand l'aventure a commencé. En grandissant, j'ai pu l'aider plus qu'au début, surtout après avoir terminé mes études secondaires. Je n'avais pas la possibilité d'aller à l'université, mais je n'en ressentais pas un désir fou. Parce que je voyais l'argent passer des mains de nos *hôtes*, comme ma mère appelait les gens qui louaient les bungalows, dans la vieille boîte à outils métallique qu'elle gardait par terre dans le placard de sa chambre et en ressortir quand il fallait régler les factures d'entretien de la maison et de la Ford, les chaussures, l'alimentation et l'électricité, le dentiste et le docteur, je savais que ce que nous avions en caisse était tout ce que nous avions.

Quand j'allais faire des courses à Poughkeepsie, je passais devant le Vassar College. J'ai arrêté une fois la voiture, pour observer ce qui m'était apparu comme l'image idéale d'une fille de mon âge. Elle était appuyée contre un arbre, les yeux fermés, une pile de livres posée à ses pieds. Elle portait une jupe écossaise, un pull vert, des chaussures à lacets bicolores au cuir éraflé, et ses cheveux auburn flamboyaient dans la lumière du soleil comme un pelage animal resplendissant de santé. L'université et cette fille qui se trouvait à quelques mètres de la voiture où j'étais assise, avec le moteur qui tournait au ralenti, me semblaient aussi lointaines que ce château français et sa châtelaine posant dans une robe de bal à jupe énorme sur une photo entrevue dans un magazine qu'avait laissé un de nos hôtes dans les toilettes d'un bungalow.

Je n'arrivais pas tout à fait à croire que mon père avait eu un jour de la fortune. Rien, dans notre vieille mais banale maison, ne pouvait le faire penser. Peut-être que la forêt de pins rouges, que nous avions vendue deux ans après son départ, en avait fait partie. Il avait laissé la propriété à ma mère, avec trois cent onze dollars en espèces, ce qui restait de la vente de ses derniers chevaux.

Mon grand-père est mort peu après que les bungalows furent construits, et il a tenu ses promesses. Il n'a rien laissé d'autre. En cas de crise financière, comme celle du rude hiver où nous avons dû acheter une chaudière à mazout pour remplacer celle à charbon – une bête malade et capricieuse qui vivait à la cave et que nous avions soignée pendant des années, rechargée le soir en espérant que les braises tiendraient et que nous n'aurions pas besoin de nous lever pour la rallumer, paralysées de froid, dans l'aube pâle et glacée –, ma mère empruntait de l'argent ou vendait un des quelques colifichets qui lui restaient du temps où elle faisait partie de la glorieuse troupe de Florenz Ziegfield.

Pendant la première année d'absence de mon père, nous ne savions pas où il était. Puis il s'est installé dans ce village de la côte californienne où il est mort. Il nous a envoyé un mot de deux phrases, la première pour nous donner son adresse, et l'autre pour nous dire qu'il espérait que nous allions bien.

« Est-ce qu'il nous détestait ? » ai-je demandé.

Une expression horrifiée est passée sur le visage de ma mère. Elle a émis un son rauque. On aurait dit un grognement. Sa main droite s'est élevée dans l'air comme pour me gifler. Mais au lieu de cela, elle a passé ses bras autour de moi. « Mon Dieu ! » a-t-elle encore et encore répété. Quand son étreinte s'est relâchée, elle m'a dit de sa voix habituelle, douce, plutôt aiguë : « Il nous aime. Il nous aimera toujours. »

Je ne pensais pas sérieusement qu'il nous détestait, mais je ne croyais pas non plus ce qu'elle m'avait dit. C'était autre chose. Il nous avait rejetées comme un fardeau intolérable, bien trop lourd à porter.

Une fois en possession de son adresse, ma mère lui a envoyé régulièrement de longues lettres que je ne lisais jamais, dans lesquelles, m'assurait-elle avec ce qui ressemblait à un sourire de petite sainte, elle lui parlait surtout de moi. Je crois qu'en règle générale j'étais assez soumise, mais je n'ai jamais pu, comme elle me le demandait toujours, écrire à mon père, ni même ajouter un simple post-scriptum à ce que disait Maman. Une nervosité muette m'envahissait dès que je la voyais s'asseoir à la table de la salle à manger devant le papier à lettres, son vieux stylo plume à la main, les yeux fixés sur les magazines hippiques.

J'étais submergée par l'émotion. J'en transpirais. L'idée d'adresser un « Bonjour, papa » à cette existence vis-à-vis de nous mutique qui se déroulait là-bas, en Californie, me donnait envie de partir en courant sur la route récemment élargie qui passait devant chez nous en direction des Berkshires.

Il n'était pas question pour elle de lui demander de l'aide. Il y eut un mandat, et ce fut tout, il n'envoyait rien. « Je suis certaine qu'il a besoin de chacun de ses sous, m'a-t-elle dit le matin où notre chaudière à charbon a rendu l'âme. La seule chose qu'il connaisse, ce sont les chevaux – il n'est pas fait pour une vie de salarié. »

J'ai ressenti une rage soudaine. Pendant un instant, ma vision s'est brouillée et un goût amer a envahi ma bouche. « Pourquoi ne doit-il pas se comporter comme les autres ? »

Elle m'a dévisagée, stupéfaite. Sa bouche s'est ouverte et refermée en silence. Puis, me parlant à voix basse, comme si j'étais devenue folle et qu'elle devait me calmer, elle a dit : « Mais parce qu'il est comme ça. Et qu'il faut toujours faire contre mauvaise fortune bon cœur. »

C'était son credo. Je le détestais. On aurait aussi bien pu me donner l'ordre de me tromper moi-même. Mais avoir l'impression de pouvoir choisir sa façon de se comporter devait l'aider face à l'adversité, quand elle se sentait accablée par la nécessité de trouver de quoi nous nourrir toutes les deux, par la stupeur que la désertion de mon père avait fait naître en elle, et sa vaine solitude.

Le problème du divorce ne se posa jamais. Je crois qu'elle l'aurait combattu comme s'il s'était agi de sauver sa vie – ou la mienne.

Il écrivait rarement. La dernière lettre qu'elle a reçue de lui est arrivée quelques jours avant mon vingt et unième anniversaire, et concernait cet événement. Elle m'a lu certaines de ses phrases sans fioritures, d'une voix de plus en plus consternée. Il lui disait qu'elle me décrivait toujours comme une enfant, alors que j'allais atteindre ma majorité. Il se demandait si, d'une certaine manière, elle ne m'empêchait pas de partir de chez nous pour aller vivre ma vie. Quand elle a reposé l'unique feuille de papier sur la table, elle semblait terrassée.

« Comment a-t-il pu penser une seule seconde que je te gardais ici contre ta volonté ? » a-t-elle demandé tristement.

J'ai d'abord eu envie de le défendre. Mais quand, en baissant les yeux vers l'écriture fine et nette, aussi lisible que des caractères imprimés, qui recouvrait la page, je me suis dit que pas une seule fois il ne s'était adressé à moi directement, ce premier élan m'a fait honte. C'était absurde. Qu'avais-je à voir avec ce qu'il écrivait ? Seule l'insistance de ma mère, la lutte sans fin qu'elle menait pour garder en vie ce qui les reliait, l'avait poussé à le faire. J'ai aussi pensé que les brefs mots qu'il lui envoyait ne relevaient que d'une certaine forme de courtoisie, et qu'ils n'avaient rien de personnel. Je me suis rappelé que, quoi qu'il arrive, il ne se départait jamais de sa bonne éducation, même avec les gens riches souvent grossiers qui venaient inspecter ses chevaux.

Quand ma mère a relu la dernière phrase de la lettre – qu'elle n'avait pas remarquée la première fois tant elle était affligée par ce qu'il lui avait écrit à mon sujet – son humeur s'est transformée de façon spectaculaire. Il lui demandait de lui envoyer une photo d'elle en costume des Ziegfield. « Oh mon Dieu ! s'est-elle écriée, je crois que la seule qu'il me reste est une photo de groupe. Tu te rends compte qu'il en veut une ! »

Comme si le sens des paroles de mon père ne pouvait me toucher que lorsque ma mère en détournait son attention, j'ai ressenti un puissant désir de me trouver ailleurs. Dans une ville sans nom, je me suis vue tendre la main vers le fil d'une lampe pour allumer la lumière dans un endroit qui n'appartiendrait qu'à moi. Mais qu'est-ce que je ferais ? Et elle, pouvait-elle s'occuper des bungalows sans moi ?

« Crois-tu qu'il aurait envie de faire voir à cette femme à quoi je ressemblais ? » a-t-elle demandé. Elle farfouillait dans une boîte de photos qu'elle gardait sur l'étagère inférieure d'une petite bibliothèque. Elle en a enfin choisi une et l'a contemplée un instant avant de me la montrer. C'était un groupe de danseuses de music-hall, à peine couvertes de bouts de tissu blanc brodé de perles, tenant chacune à la main un immense éventail de plumes. Elle en a pointé une du doigt, un peu plus petite que les autres, qui agitait vaillamment son panache, le sourire peint en arc de Cupidon.

« Toi, ai-je dit.

— Moi », a-t-elle répondu d'une voix étouffée.

J'ai cru avoir entendu, dans sa question à propos de ce que mon père avait l'intention de faire avec cette photo, une note de dépit, et même de triomphe. Cela me paraissait assez invraisemblable, pourtant je voulais y croire.

C'était toujours lorsque le froid arrivait que je prenais conscience du temps qui passait, bien plus que lors de mes anniversaires, et même de mes vingt et un ans.

En été, les collines parmi lesquelles nous vivions semblaient se rapprocher, nous enfermer dans leur verdure florissante. Le soleil se levait, la lune croissait et décroissait, la vallée contenait le monde. Mais quand les arbres à feuilles caduques se dénudaient et que les prairies se desséchaient et brunissaient, j'apercevais les routes qui conduisaient au-delà de la vallée et l'Hudson River qui coulait vers le sud, et l'insatisfaction ne me quittait plus de la journée.

Le soir du jour où nous avons appris la mort de mon père, ma mère a dit : « Il faut vraiment que tu t'en ailles, tu dois voler de tes propres ailes. Lulu et moi l'avons fait. » Elle avait parlé d'un ton sec. L'idée m'est venue que je n'avais été qu'un talisman destiné à assurer l'ultime retour de mon père. Je ne lui étais plus, en ce sens, d'aucune utilité.

Toute trace de la jeune fille délurée qu'elle avait été, de la glorieuse danseuse qui s'exhibait pour Florenz Ziegfield et avait attiré l'attention de mon père, a disparu ce jour-là.

Quelque chose de la beauté légère qu'elle avait possédée était resté en elle jusqu'alors, malgré le poids qu'elle prenait, ses vêtements négligés, démodés et la tension due aux années de vie incertaine qui se devinait sous ses traits.

J'avais vu des ouvriers s'étonner de voir passer une certaine lascivité sur son visage et dans son attitude. Tandis qu'elle s'adressait à eux de cette voix placide de femme mûre et bavarde qui me semblait très affectée tant elle était différente de celle qu'elle prenait pour me parler, ils la regardaient, silencieux, et répondaient à ses questions avec un temps de décalage, la bouche molle, langoureuse.

Après avoir lu la lettre de Bernice, elle a vieilli en quelques heures. L'espoir de voir mon père revenir l'avait maintenue. Elle venait de perdre sa foi en l'avenir. Elle avait été complice d'une illusion ; la vie, maintenant, devenait vide. La mort de mon père était éclipsée par une vérité encore plus terrible : il n'avait jamais eu l'intention de revenir. Il n'y avait plus de mauvaise fortune contre quoi faire bon cœur.

À l'instant même où elle m'a dit que je devais partir, j'ai ressenti un désir avide de le faire. Elle a répété : « Oui. Maintenant tu dois t'en aller. »

Elle fixait la vieille cuillère avec laquelle elle avait remué la soupe. Ses bords étaient usés. « Tout à fait moi », a-t-elle dit en me la montrant. Puis elle l'a laissée tomber dans l'évier.

« Tout roule à peu près seul, ici. Je demanderai à une fille de Poughkeepsie de venir m'aider dans la journée. Ton père avait vu juste. Tu aurais dû partir il y a des années. Tu vas avoir vingt-trois ans en octobre. Et si tu ne trouves pas de raison de t'en aller, je peux t'en donner une. Mais de toute façon, tu en as envie, non ? »

Elle s'est rapprochée de moi pour lire dans mes yeux et après y avoir trouvé ce qu'elle cherchait, elle a souri. C'était le type de sourire qui naît sur les visages des gens quand ce qu'ils avaient prévu intérieurement se confirme. Un sourire qui n'avait rien d'aimable. « Je crois que oui, a-t-elle déclaré en ajoutant à part, comme pour elle-même : il y a des sentiments que j'ai totalement oubliés.

— Je n'ai pas de valise », lui ai-je dit.

Elle a ri tout haut. « Ce que tu es bête ! s'est-elle écriée. Eh bien, nous allons emballer tes petites affaires dans un foulard, l'attacher à un bâton et tu partiras sur la route, comme Charlot ! Est-ce que tu penses à Matthew ? Je peux te le dire, maintenant, j'ai toujours eu l'impression que tu avais juste besoin de lui pour passer le temps. Il est déjà rangé et vieux. Presque quarante ans, beaucoup trop vieux !

— Je l'aime beaucoup.

— Tu l'aimes beaucoup ! Mais ce sont ses chiens et ses cousins qu'on aime beaucoup. Ou ces braves types sans intérêt qui n'aspirent qu'à la tranquillité. Ton père, lui, avait du style…

— Quel genre de style ? lui ai-je demandé d'un ton glacial.

— Je t'en prie…, je t'en prie », m'a-t-elle suppliée. Des larmes sont apparues dans ses yeux. « Où l'a-t-elle enterré ? » a-t-elle demandé au plafond dans un sanglot. Sa tête et ses épaules sont retombées. « Quand même, cette femme aurait au moins pu nous le dire. Ils enterrent bien les gens, non, en Californie ? J'aurais apporté des fleurs, je me serais assise près de sa tombe… s'il en a une. Oh, quand je pense comment il a fini ! Ils vivaient dans un bungalow ! Ça ne t'a pas frappée dans sa lettre ? Un bungalow…

— Maman, ça fait des heures que tu pleures. Ça ne sert à rien.

— C'est pour ça que je pleure », a-t-elle dit. Elle s'est essuyé les yeux avec ses poings fermés, comme un enfant.

« Ils sont tous partis, maintenant. Toute sa famille. Tu te souviens de ce cher Oncle Morgan ? Mort depuis si longtemps…

— Oui, je me souviens de lui », ai-je répondu. La nuit était tombée. La fenêtre formait un carré noir. Maman a scruté l'obscurité en se mettant sur la pointe des pieds, ses fines chevilles sortaient des pantoufles de laine montantes qu'elle n'avait pas enlevées de la journée. Elle a un peu reniflé et elle est venue s'asseoir en face de moi, à la table de la cuisine. « Je n'ai pas vraiment envie de vivre seule, pas encore », a-t-elle dit en passant un doigt sur le rond en bois gravé de sa serviette, qui était, comme la mienne, élimée et tachée. Il allait falloir faire la lessive le lendemain. « Ça y est, j'ai une idée. » Elle a relevé les yeux vers moi et elle est restée un instant silencieuse. Elle a replié ses mains et ses doigts, formant une petite église, les deux pouces dressés comme un clocher.

« Tu vas aller à La Nouvelle-Orléans voir si tu peux faire venir ici ta tante Lulu pour qu'elle vive avec moi, pendant un petit moment, au moins. Cela ne servirait à rien de lui écrire. Elle ne répond pas plus à mes lettres que ne le faisait… » Elle a hésité, puis elle a réussi à terminer sa phrase : « … ton père ».

Je me suis sentie envahie de pitié. Qu'elle se soit ou non menti pendant toutes ses années en se racontant un conte de fées dans lequel elle retrouvait mon père, l'histoire, pour elle, avait une fin amère.

« Je ne savais pas que Tante Lulu était à La Nouvelle-Orléans », ai-je répondu en choisissant de ne pas penser à l'importance capitale qu'avait pour moi ce qu'elle était en train de dire. Mais, comme une hirondelle qui passe à tire-d'aile derrière une fenêtre au crépuscule, une vague image de moi vivant ailleurs m'est apparue, puis s'en est allée.

Lulu George avait été, elle aussi, danseuse aux Ziegfield. Quand les Follies avaient fermé, en 1931, elle s'était lancée dans le théâtre. Elle était entrée dans une troupe et elle s'était fait une certaine réputation en tant qu'interprète d'Ibsen. Puis, d'après ma mère, elle avait fichu sa carrière en l'air pour un homme qui, au bout du compte, n'avait pas voulu d'elle.

Comment une femme pouvait-elle en arriver là ? Gâcher sa vie pour un homme ? Quand je l'ai pressée de m'en dire plus, ma mère est devenue vague. J'en ai conclu qu'en réalité elle ne savait rien de Lulu et qu'elle avait peut-être même tout inventé. Il y avait eu un mariage, qui n'avait pas duré longtemps. Une annonce avait paru dans un journal d'Atlanta, et Tante Lulu l'avait découpée et envoyée à Maman, sans aucun commentaire. L'annonce disait que le docteur Samuel Mosby Bridge, éminent chirurgien de la région, avait épousé la célèbre actrice de théâtre Lulu George. Était-ce l'homme qui au bout du compte n'avait pas voulu d'elle ? ai-je demandé à Maman. Elle m'a seulement répondu que Lulu avait toujours été folle des hommes. Et elle buvait beaucoup trop, a-t-elle ajouté, même à l'époque où elles débutaient aux Follies.

Comme il l'avait fait pour ma mère, mon grand-père avait donné de l'argent à Lulu. « Pour qu'elle ne se retrouve pas dans la rue », m'avait dit Maman sans réfléchir. Au ton désapprobateur de sa voix, je m'étais demandé si elle avait voulu dire que Lulu était une putain-née.

« Elle m'a envoyé une carte postale juste avant Noël, souviens-toi, c'était celle avec la couronne de houx, a-t-elle dit. Je ne vois pas pourquoi elle ne pourrait pas venir et rester un peu. Je sais lire entre les lignes, elle ne fait rien, là-bas. » Après un instant de silence, elle a repris d'un ton vertueux, et bien que sachant pertinemment qu'elle allait le dire, j'ai eu du mal à en croire mes oreilles : « Après tout, rien n'est plus fort que les liens du sang. »

Je me suis représenté des nœuds de liquide épais et visqueux, inextricables.

« Elle ne voudra peut-être pas venir, ai-je dit.

— Eh bien, cela te fera toujours un voyage, a-t-elle répondu très vite et avec une certaine légèreté, comme si rien d'important n'était en jeu. Et tu trouveras peut-être du travail, ce qui te permettrait de rester un moment. De toute façon, si cela dure plus d'une semaine, il faudra absolument que tu en trouves. Je n'ai pas beaucoup d'argent à te donner. »

Elle s'est levée, s'est dirigée vers l'évier, a rempli d'eau une tasse de porcelaine anglaise ébréchée et bu à toutes petites gorgées, comme quelqu'un qui a de la fièvre. « Et voilà, la soupe est toute froide, maintenant. Il faut que je la réchauffe à nouveau.

— Je n'en veux pas.

— Moi non plus », a-t-elle répondu d'une voix de petite fille qui cherche à se montrer amicale. Puis, tout en rangeant la tasse à sa place, à côté de l'évier, elle a soupiré. « Nous n'avons pas eu beaucoup de chance, Lulu et moi », a-t-elle dit. Elle regardait derrière moi, de l'autre côté de la porte dans la salle à manger, vers le musée des affaires de mon père, sur la table et dans la vitrine. Elle a sursauté, coupable. « Oh, mais moi je t'ai eue, bien sûr.

— Je ne veux pas être la chance de qui que ce soit », ai-je répondu durement. Ce n'était pas exactement ce que je voulais dire. Mais il y avait eu dans sa voix une fausseté que je ne pouvais supporter. Et si je le lui avais expliqué, aussi clairement que je lui annonçais avoir vu un trou de cigarette dans un matelas des bungalows, une chasse d'eau cassée, ou que le pneu arrière droit de la Ford était usé jusqu'à la corde, cela aurait été comme si un bandit inconnu s'était immiscé dans notre conversation.

Nos relations étaient aussi ritualisées qu'un service religieux. Comme tout rituel, le nôtre permettait d'évoquer, de célébrer une divinité invisible, le sang qui coulait dans les veines d'une même famille, et la fausseté de nos rapports nous protégeait un peu de sa chaleur brûlante. Depuis que j'avais appris la mort de mon père, le mot le plus anodin, un soupir, même, me faisaient l'effet d'un coup. Il n'était que huit heures du soir. J'étais épuisée.

« Tu es un tantinet cruelle », a-t-elle dit d'un air triste.

J'ai failli protester, mais je me suis retenue. Cela ne servirait à rien. Elle faisait ce qu'elle avait toujours fait quand la vie devenait plus dure sous notre toit. Elle se retirait dans le pathos.

« Crois-tu que ce soit facile pour moi de te laisser partir ? m'a-t-elle demandé avec des trémolos dans la voix. Nous ne sommes tous que de fragiles vaisseaux, Helen. »

Elle n'aurait pas accordé ce droit d'être fragile à Bernice, mais j'aurais eu du mal à l'en blâmer. Faire preuve de tolérance est assez facile, tant qu'il ne s'agit pas de quelqu'un que l'on méprise.

« Nous parlions de Lulu, a-t-elle continué d'une voix plutôt distante, en se drapant dans sa dignité comme dans un châle. Nous nous demandions si tu pourrais la convaincre – et je ne suis pas du tout certaine que moi j'y arriverais – de venir passer quelque temps avec moi.

— On ne peut jamais convaincre un ivrogne de faire quoi que ce soit, lui ai-je dit.

— Ne l'appelle pas comme ça ! a-t-elle protesté. C'est un mot détestable », a-t-elle ajouté, comme pour s'excuser. Puis elle s'est tue et a couvert sa poitrine de ses bras replets.

Je n'avais pas vu ma tante depuis des années, j'avais alors quatorze ans et nous étions allées à Albany, où Lulu jouait, en tournée, la Nora de *Maison de poupée*. Elle nous avait invitées à souper ensuite dans le restaurant d'un hôtel. Dans la salle à manger lugubre, où chaque bruit résonnait, assise à une grande table ronde recouverte d'une nappe qui n'était pas propre, Tante Lulu, je m'en souvenais, avait passé la soirée à regarder sans cesse vers l'entrée de la pièce, comme si elle attendait quelque invité de marque. Elle avait la voix la plus sonore, la plus grave, que j'avais jamais entendue chez une femme. Je ne trouvais aucune ressemblance entre les deux sœurs. La tignasse rousse de Lulu s'élevait comme des flammes autour de son visage. Ma mère avait les cheveux blonds et bien coiffés, tirés en arrière de son front large. Je me suis aussi rappelé m'être demandé si elles étaient vraiment sœurs. Un doute qui m'est soudain revenu.

J'allais l'interroger sur un éventuel scandale familial dont elle ne m'aurait jamais parlé, mais elle pleurait de nouveau, cette fois sans faire d'effort pour étancher ses larmes.

« Oh, Maman, je sais... mais il est parti depuis si longtemps ! Et pour toujours ! »

J'ai entendu à cet instant un moteur de voiture. Des phares ont balayé de leur lumière la fenêtre de la cuisine. Ma mère a dit : « Mais pourquoi viennent-ils toujours si tard ? Pourquoi les gens se baladent-ils d'un endroit à l'autre au lieu de rester dormir chez eux ?

— Ils nous font vivre, lui ai-je rappelé.

— Oui. Oui, c'est vrai, bien sûr. La vie continue. Est-ce que tu as enlevé de la chambre de devant ces fleurs qui sentaient si mauvais ? »

J'étais partie pour le faire ce matin-là quand j'avais entendu le facteur et étais allée prendre le courrier.

« J'y vais », lui ai-je dit. Elle se tamponnait le visage avec un torchon. J'ai vu la courbe de ses doigts courts qui se sont resserrés un instant sur la toile avant de la laisser tomber sur le dossier d'une chaise. Elle m'a souri courageusement. J'ai aperçu ses petites dents blanches. J'ai pensé, elle va vivre longtemps.

« Prête », a-t-elle annoncé.

2

La nuit qui a précédé mon départ, Matthew a dit : « Il y a longtemps que nous sommes ensemble. Nous pourrions nous marier. » Pendant qu'il parlait, je regardais ses lèvres en pensant à la façon dont, quand nous faisions l'amour, nous nous gênions l'un l'autre.

Quand je lui ai expliqué que c'était impossible, que toute vie commune était hors de question, je me suis sentie cruelle, mais pure. Il a semblé plus irrité par cette déclaration que blessé, apparemment je ne lui brisais pas le cœur. Je le lui ai dit. Il a répondu : « Mais avoir le cœur brisé est vraiment très irritant, Helen », et il a souri avec une douceur si mélancolique que j'ai eu l'impression de ne pas l'avoir apprécié à sa juste valeur avant de le quitter, quoique cela n'eût pour moi plus aucune importance.

Seule la façon dont ma mère s'est lentement écartée de la porte d'entrée, tandis que la main qu'elle avait agitée pour me dire au revoir une dernière fois s'immobilisait maintenant sur son front afin de protéger ses yeux, avait retardé un instant ce moment où tous mes sens allaient s'accélérer, donnant, dès que j'ai été dans le train, une réalité presque insupportable aux choses les plus ordinaires que je voyais et que je touchais – les lourds couverts du wagon-restaurant, la feutrine verte de mon siège côté fenêtre, piquante comme un chardon, la petite couverture, fine et légère comme une plume, qu'un garçon avait laissée tomber sur mes genoux au crépuscule, le grain sur la vitre contre laquelle j'avais pressé mon front pour contempler le paysage qui défilait, la sensation cireuse des cônes de papier que je remplissais d'eau potable tiède à un robinet de cuivre installé tout au bout du wagon dans une alcôve qui ressemblait à la niche d'une statue de saint.

C'était comme si l'ensemble du monde visible – le train et le mystérieux paysage qui disparaissait constamment sur son passage – avait été taillé à la lame d'un couteau si aiguisé que je le percevais dans son entier. J'ai sombré dans le sommeil, épuisée, comme une pierre lancée dans une mare profonde.

Au milieu de la nuit, j'ai été réveillée par un tout petit enfant qui pleurait dans le siège devant moi. Son visage triste, humide, m'est apparu entre les mèches sombres des cheveux emmêlés de sa mère quand elle l'a pris dans ses bras, puis installé, la tête au creux de son épaule. Il s'y est blotti, a tété son cou un instant puis il s'est rendormi, glissant hors de ma vue.

L'atmosphère était lourde et renfermée, dans le wagon, on aurait dit que les essences charnelles des passagers plongés dans le sommeil épaississaient l'air, lentement, comme de la fécule. La lumière vacillait, faible. Çà et là dans le couloir, une jambe molle s'allongeait sur le côté, un bras pendait d'un reposoir, main et doigts légèrement repliés. Les visages que j'apercevais étaient doux, si abandonnés, si quelconques dans leur sommeil. Par la fenêtre, je voyais la vaste étendue d'un marais rejoindre la frontière des ténèbres dans lesquelles nous nous trouvions emprisonnés. À l'opposé, passa notre double, un train fantôme dont les carrés de lumière filaient dans l'autre sens, vers le nord.

Je ne pouvais pas imaginer, je ne pouvais pas me représenter le vide du visage du cadavre, ce visage que j'avais vu pour la dernière fois des années auparavant, lorsque mon père avait levé les yeux et les avait gardés ainsi, fixant un long moment la maison, comme s'il essayait de la reconnaître mais n'y arrivait pas. Je l'avais regardé s'éloigner de l'écurie vide. Le bord de son chapeau mou gris foncé, posé de travers, cachait une partie de son front. Il avait une grosse valise dans une main, et une cigarette pas allumée dans l'autre. Le bruit d'un moteur de voiture tournant au ralenti me parvenait de la route, probablement le taxi de Poughkeepsie qui devait l'emmener au train. En temps normal, il prenait la voiture.

J'avais deviné que cette fois il ne reviendrait pas – ou en avais-je toujours envisagé la possibilité ? Il ne m'a pas vue à la fenêtre et je me souviens d'avoir agité la main comme dans un rêve, une cérémonie privée, pour moi toute seule.

Il me soulevait d'un bras, jusqu'à ce que ma joue se pose contre la sienne. Ma mère avait dit : « Il reviendra. Il faut le laisser se débarrasser de cette agitation… les hommes sont comme ça quand ils ont le cafard. »

À la maison, une semaine plus tôt, je n'avais pas pu m'avouer la douleur de cette perte maintenant irrévocable, dont l'autre séparation n'avait constitué qu'une simple avant-première. Je n'aurais pu donner à ma mère une si bonne occasion d'exercer le don terrible qu'elle avait de tout arranger.

Maintenant je sanglotais, entre deux gares, nulle part, au milieu d'étrangers endormis. Quand j'ai senti le chagrin s'abattre sur moi, je me suis surprise à l'entretenir, comme s'il était une bénédiction à laquelle je ne pouvais renoncer. Je me suis récité quelques vers d'un sonnet d'Edna St. Vincent

Millay qui m'avait un jour émue : « Ton visage est comme la Chambre où un roi/meurt de ses blessures, abandonné et seul… » Mais à mon grand étonnement, même quand j'ai prononcé en silence le mot *blessures*, j'ai eu l'impression d'être emportée dans les airs par un courant joyeux, comme si j'avais à nouveau chevauché Felicity, hors de la vue de ma mère, et de mon père.

3

Pendant presque une semaine, j'ai parcouru les rues de La Nouvelle-Orléans, souvent sans retourner de la journée dans le petit hôtel en haut de Canal Street où j'avais pris une chambre. Un soir, je me suis laissée tomber sur le lit et dans le sommeil sans me déshabiller, et je me suis réveillée à l'aube, mes vêtements entortillés autour de moi comme des cordes souples. Je n'ai pas ressenti le besoin de m'en libérer, mais suis restée allongée immobile à écouter, me disais-je, la ville respirer comme un grand animal assoupi, replié sur lui-même au creux d'une courbe du Mississippi.

Un après-midi, j'ai observé par la vitre d'un restaurant un homme assis seul à une table, ses longues jambes étendues de côté, les chevilles croisées, une main enfoncée dans la poche de son pantalon, l'autre passant à cet instant devant son visage pour rabattre une boucle de cheveux noirs qui tombait sur son front. Il m'a vue le regarder et m'a souri, un sourire si séduisant et si intime qu'il a ébranlé le détachement que j'éprouvais en tant qu'observatrice – ou autrement dit la vague présomption que j'avais d'être devenue invisible – qui m'avait évité, tout au moins jusque-là, de me sentir trop seule dans ce lieu étranger. J'ai continué mon chemin d'un pas vif.

L'air avait une odeur de pêche mûre et de fleurs inconnues, avec une petite note saumâtre, humide, et, au Marché français, celle d'un certain café auquel la chicorée apportait une pointe amère et vivifiante. J'en ai bu une tasse, le coude posé sur l'étroit comptoir de marbre d'un petit bar, en regardant par la fenêtre les étals au-dehors, des dizaines et des dizaines d'étals, sur lesquels s'entassaient des légumes, des poissons et des fruits que je n'avais jamais vus de ma vie. J'avais grandi dans un pays de navets et de pommes de terre, de nourriture qui poussait cachée dans le sol – telle était tout au moins l'impression que m'en avait laissé la cuisine peu enthousiaste de ma mère.

Vendeurs et acheteurs parlaient dans un méli-mélo d'accents aussi indolents et parfumés que l'air. Une prison s'élevait à un bout du marché. Dans une ruelle qui passait devant, j'ai ramassé une lettre non cachetée dont l'enveloppe, marquée de traces de pas, sans timbre, portait une adresse écrite au crayon en caractères d'imprimerie. J'ai levé les yeux vers les fenêtres à barreaux des cellules, certaine que cette missive provenait de l'une d'elles. Je l'ai mise dans mon sac en me disant que je la posterais pour un pauvre prisonnier, mais en sachant que je la lirais probablement d'abord.

Jour après jour, je repoussais le moment de me mettre en quête de Lulu à l'adresse qu'elle avait envoyée à ma mère sur sa carte postale. J'étais plusieurs fois passée devant l'immeuble où elle devait vivre, dans Royal Street, en détournant les yeux.

En fin d'après-midi, j'allais sur les bords du fleuve regarder des hommes de couleur charger des marchandises qu'ils transportaient sur leur dos et leur tête le long des quais, sur les passerelles, dans les soutes des navires. Ensuite, je me dirigeais vers la partie ancienne de la ville, le Vieux Carré, où le crépuscule remplissait les rues aussi lentement qu'un miel brun versé depuis le ciel. J'avais l'impression d'errer dans les couloirs et les salles d'un palais où l'on préparait à grand bruit une fête. De la musique s'échappait par la porte d'une boîte de jazz de Bourbon Street. Je m'arrêtais et observais les jazzmen noirs, dont les chapeaux melon tombaient, désinvoltes, jusqu'aux sourcils; ils s'entassaient sur une petite terrasse qui semblait suspendue par l'épaisse fumée de leurs cigarettes, tandis que leurs instruments brillaient comme des filons d'or dans la peau sombre de leurs mains.

Quand je m'arrêtais devant ce genre d'endroit, il arrivait qu'un passant me parle d'une voix douce, insidieuse, offrant et demandant quelque délice sexuel. J'étais étonnée de ressentir une sympathie lointaine envers ce genre d'hommes, plus que je n'en ressentais pour Matthew lorsque ses mains froides et balourdes agrippaient mes seins comme s'il s'était agi de parures portées spécialement lors de nos rendez-vous.

De toute ma vie, je n'avais vu autant de personnes de couleur qu'en un seul après-midi dans ces rues. Il y avait un quartier noir à Poughkeepsie où les garçons de train, les domestiques ou les ouvriers vivaient dans de petites maisons dont les murs n'étaient pas peints. Un manœuvre noir avait travaillé avec les charpentiers qui avaient construit les bungalows de Maman. Pendant la pause du déjeuner, il s'éloignait de son côté, s'accroupissait derrière le tronc d'un érable et sortait d'un sac en papier une grande galette brune. C'était Maman qui donnait à boire aux autres, et elle appuyait son geste en essuyant le verre qu'elle leur tendait avec un petit torchon de drap brodé, un sourire aux lèvres, le pied délicatement tendu. L'homme de couleur allait à la pompe qui se trouvait près de la sellerie et buvait dans une tasse en fer-blanc qu'il sortait du sac en papier où était aussi rangée sa galette, et, apparemment, rien d'autre.

Maman admirait Marian Anderson, la chanteuse noire – une collègue du monde du spectacle, après tout –, et approuvait Mrs. Roosevelt d'avoir démissionné des Filles de la Révolution américaine lorsqu'elles avaient refusé de laisser Miss Anderson chanter au Constitution Hall de Washington. Elle disait que les personnes de couleur avaient une odeur différente des Blancs, ce qui n'empêchait certainement pas Miss Anderson de prendre de nombreux bains et d'être tout à fait propre.

Un après-midi, j'ai suivi le manœuvre noir. Il ne sentait que la sciure de bois et la créosote. Son expression sévère m'interloquait, elle était si vainement elle-même ; il ne souriait jamais, parlait à peine. Sa bouche ressemblait à une grande fleur en bouton légèrement écrasée par un filet invisible. À un moment donné, il était déjà tard, il m'avait soudain regardé droit dans les yeux. « Fichez-moi la paix ! » avait-il dit d'une voix basse mais distincte. Je ne sais pas pourquoi je m'étais imaginé qu'il ne me voyait pas. Comprendre qu'il le faisait m'a bouleversée, plus que ses mots inflexibles, et j'ai couru à la maison, le visage en feu.

Je n'ai pas écrit à Maman. Cela aurait brisé la magie, évoqué la maison et les bungalows, que je me représentais baignés d'une morne lumière grise. Je savais que cette image était fausse.

C'était cette véritable intimité, dont je jouissais pour la première fois de ma vie, que je voulais préserver, ce voluptueux silence intérieur à peine dérangé par les quelques mots prononcés pour commander à manger ou répondre aux salutations du réceptionniste. Mais le lundi, six jours après être arrivée à La Nouvelle-Orléans, j'ai été obligée de penser à l'argent. Quand j'ai compté les billets qu'il me restait, j'ai senti un frisson de peur à l'idée que je frôlais le dénuement total.

J'avais mangé quand j'avais faim. Je m'étais acheté des sandales, une robe et une jupe de coton à Fountain's, un grand magasin en bas de Canal Street, et c'est là que je suis retournée, dans l'espoir de trouver du travail. L'homme qui s'occupait des embauches semblait beaucoup moins intéressé par l'expérience que j'avais acquise dans le magasin de nouveautés de Poughkeepsie que par ma robe. Il s'est penché vers moi et a pincé l'étoffe de ma manche. J'ai remarqué qu'il y avait sur ses joues et ses mâchoires des îlots de talc grumeleux, comme s'il s'en était poudré, puis avait essuyé son visage. « Vous avez acheté cette robe ici ? » m'a-t-il demandé.

Quand je lui ai répondu que oui, il a dit, l'air content de lui, qu'il était certain de l'avoir reconnue. Je l'ai soupçonné de m'avoir embauchée par pure autosatisfaction, alors que je lui avais avoué n'avoir encore jamais vendu de sous-vêtements féminins. « Il n'y a pas grand-chose à savoir », m'a-t-il répondu d'un air supérieur.

J'étais décidée à trouver de quoi me loger dans le Vieux Carré, le Quartier français. Le réceptionniste m'a conseillé d'aller plutôt dans une pension située non loin de St. Charles Avenue. Il pensait que cela me conviendrait mieux. « Il y a trop de pédales dans le Quartier français », m'a-t-il expliqué.

La façon dont il a prononcé « pédales », d'une voix un peu sifflante, avec l'air fat de celui qui exprime l'opinion générale, m'a fait éclater de rire. Bien que n'ayant jamais entendu ce mot dans l'acception qu'il lui donnait, j'ai su tout de suite ce qu'il voulait dire. (Je me suis demandé si l'on pouvait toujours saisir le sens des animadversions, quelque peu familières qu'elles fussent, au ton que prenait la voix d'un interlocuteur ; je me suis demandé s'il n'y avait pas des milliers d'intonations possibles, bien plus qu'il n'y avait de mots, dont le sens était ressenti avant même d'avoir pris forme dans le langage.)

Quand j'avais huit ans, le frère aîné de mon père, mon oncle Morgan, était mort dans un accident de voiture alors qu'il roulait vers le nord sur la Boston Post Road en direction de chez nous. Nous l'attendions à l'heure du dîner. Il avait appelé pour dire qu'il avait été retenu en ville et serait en retard. J'étais déjà couchée quand il y a eu le second coup de téléphone, celui de la police.

« Je n'avais plus que lui, et il n'avait plus que moi », a déclaré mon père après les funérailles. J'y avais assisté car il avait décidé que je devais le faire. Ma mère avait dit en pleurant que j'étais trop jeune pour suivre un enterrement. Je voulais aller regarder mon oncle, voir les transformations qu'apportait le passage de la vie à la mort – l'indicible mystère. Mais le cercueil avait déjà été fermé, car le corps d'Oncle Morgan avait été affreusement mutilé dans l'accident. Quand j'ai supplié ma mère de le faire ouvrir, elle m'a parlé avec une dureté inhabituelle. « Seuls les primitifs ont l'horrible habitude de contempler les cadavres », a-t-elle décrété.

Plus tard cette année-là, alors que je traînais dans le box de Felicity, j'ai surpris, tout d'abord sans grand intérêt, une conversation entre un palefrenier et un électricien qui était venu faire des réparations. Oui, travailler pour Mr. Bynum en valait la peine, disait le jeune garçon à l'électricien. Surtout depuis que sa chochotte de frère avait passé l'arme à gauche. L'électricien avait murmuré quelque chose ; le palefrenier avait répondu que la tapette avait essayé de le coincer plus d'une fois contre un mur.

Me souvenir de l'inquiétude que j'avais ressentie dans l'ombre tiède de l'écurie ne me demandait aucun effort ; c'était cette même inquiétude qui avait en partie provoqué mon éclat de rire face au réceptionniste, face à cette terrifiante lame de fond de rage et d'incompréhension que ses mots, sa voix, avaient exprimée. Ma mère avait une tapette à mouches. À l'école, nous étions, en matière de sexe, des rustres qui pouffaient au son de certains mots : *poitrine*, *poils*, *blanchâtre*, *machin*. *Tapette* n'en faisait pas partie. J'ai fini par en parler à mon père.

« Mon frère était homosexuel, m'a-t-il dit d'un ton grave. C'est ce qu'il voulait dire. Je ne peux pas t'expliquer. Je ne sais pas comment faire. Cela signifie qu'il aimait les hommes.

— Mais il m'aimait », ai-je protesté.

Il a souri. « Oui, il t'aimait, a-t-il reconnu. Ne fais pas trop attention à ce que les gens disent. Et un jour, tu découvriras ce que tu penses par toi-même. Essaye d'aller vers ce qui est nouveau avec autant d'innocence que tu le peux – laisse-toi d'abord surprendre. »

Le réceptionniste tripotait les clés qui étaient accrochées à un tableau sur le mur derrière le comptoir. Il en a fait tomber plusieurs, elles ont touché le sol dans un fracas. Mon hilarité l'avait vexé. J'ai failli lui dire que c'était sa voix qui m'avait fait rire, et non ce qu'il avait dit, comme si cela pouvait me racheter à ses yeux.

« Vous ne savez même pas ce qu'est une pédale », a-t-il dit, triomphant, sa main osseuse agrippée aux clés. J'ai hésité. Mais il était trop bête, alors je lui ai répondu que non, probablement pas. Il a vu le journal que j'avais acheté le matin dans l'espoir de trouver une annonce proposant chambre à louer. « Une fille qui lit les nouvelles ! » s'est-il écrié avec mépris.

J'ai soudain eu envie de lutter contre lui, de le réduire à sa dernière composante – une ampoule extrêmement faible à l'intérieur de son crâne. Et ma colère a disparu tout aussi vite. « J'essaye d'apprendre à le faire, ai-je dit en le regardant les yeux grands ouverts.

— Bonne chance », a-t-il répondu d'un ton aimable, apaisé.

Je me suis assise sur une chaise avec le journal près de l'entrée. Toujours méfiante, j'ai fixé intensément la première page, avant d'ouvrir celle des petites annonces. Tout en apprenant que les nazis avaient capturé des généraux yougoslaves et que le gouvernement grec s'était réfugié en Crète après la défaite de son armée, j'ai jeté un coup d'œil vers le comptoir pour voir si le réceptionniste m'observait. Le menton appuyé sur une main, il regardait dans le vide, vers la porte, dans la posture où je le trouvais presque toujours quand je rentrais à l'hôtel.

J'ai remarqué que son bras, sa main, sa tête se balançaient très légèrement d'avant en arrière, comme si un courant électrique de basse intensité passait en lui. Il semblait incarner le désintérêt. Devant l'annonce de mon désir de vivre dans le Quartier français, ses batteries avaient été rechargées par l'énergie du mépris. Est-ce qu'il pensait à l'Allemagne ? À Adolf Hitler et aux nazis ? Il avait encore l'âge d'être mobilisé.

« Ils se disputent depuis toujours dans cette région du monde – il ne se passera rien », avait dit Maman quand les Allemands avaient envahi la Pologne et que je m'étais inquiétée à voix haute de la possibilité d'une nouvelle guerre mondiale.

Armées et généraux ont été engloutis par les ténèbres. Le réceptionniste vibrait d'ennui. Je suis restée assise là un moment engourdie, doutant de mes intentions, le journal reposé sur mes genoux.

Je n'avais pas cherché Tante Lulu. Je n'avais pas fait ce que j'aurais dû faire cette semaine-là. Je me suis demandé si c'était ce qui m'arriverait tout au long de ma vie.

Après que se fut écoulé un laps de temps que je ne pouvais mesurer, je me suis levée et je suis sortie de l'hôtel. Derrière moi, le réceptionniste a braillé : « Soyez sage, ma p'tite ! »

La chambre que j'ai louée se trouvait au premier et dernier étage d'un petit bâtiment en vieille brique qui s'élevait dans un jardin laissé à l'abandon derrière une maison de bois de St. Phillip Street. Un escalier, presque une échelle, descendait de la chambre dans une cuisine sombre qui sentait le poivre, et une minuscule salle de bains de bois encore nu, de toute évidence installée depuis peu, avec des toilettes et une petite baignoire qui ressemblait à une marmite ronde.

La pièce était baignée dans la lumière du matin, qui entrait par son unique fenêtre, orientée vers l'est. J'ai jeté un coup d'œil circulaire, un seul. Quelque chose dans ce que j'ai enregistré alors a fait battre mon cœur plus vite ; j'ai soudain cru que j'allais être heureuse.

La femme qui m'avait accueillie était redescendue et m'attendait en bas. Je l'ai rejointe dans la pénombre et l'odeur épicée de la cuisine, et elle m'a ouvert la contre-porte. Un chemin de briques conduisait à un escalier derrière la maison de maître. Plantes et fleurs poussaient partout, dans un agréable désordre. « Il y a surtout des gardénias », a-t-elle dit tandis que je humais l'air. Elle s'est assise sur le rebord circulaire d'une fontaine dont le bassin de pierre était couvert de taches vertes et jaunes. « Elle ne marche plus depuis des années, mais quand il y a un peu de brise, le soir, nous aimons nous asseoir autour d'elle. »

Je lui ai dit que j'adorais la chambre. « Ce bâtiment était

autrefois réservé aux esclaves, a-t-elle expliqué. Il faudrait le réparer. » J'ai regardé les briques roses, les poches granuleuses qui ressemblaient à des nids, où le plâtre s'était effrité et entassé, et les lattes étroites qui apparaissaient par endroits. « Mais il est devenu beau, a-t-elle continué, même s'il ne l'a pas toujours été. »

Elle s'appelait Catherine Bruce, et j'ai pensé qu'elle devait avoir un peu plus de trente ans. Le loyer était de huit dollars par semaine, je pouvais me servir de la cuisine quand j'en avais envie.

« C'est la seule salle de bains, a-t-elle dit. Alors nous la partagerons. » Elle a refermé ses petites mains carrées sur un de ses genoux. « Je vis avec Gerald Boyd. Il est poète. Il est parti au marché. C'est lui qui fait la cuisine. Trois matinées par semaine, je vais taper à la machine chez un homme qui écrit une histoire de la Louisiane. » Elle a levé les yeux vers moi en souriant. J'étais debout devant elle. Elle m'a dit tout ça d'un ton vaillant, comme si ces sujets étaient difficiles à aborder, mais devaient l'être, l'honnêteté l'exigeait. Elle n'a pas dit qu'elle était mariée à l'homme qui faisait la cuisine, et qui était poète.

« Je vais retourner à l'hôtel, lui ai-je annoncé. Il vaut mieux que j'enlève mes affaires, sinon ils risquent de me compter un jour de plus. »

Quand j'ai traversé la maison de maître pour rejoindre la rue, j'ai remarqué cette fois à quel point elle était vide, un séjour, une chambre à coucher, et une autre petite pièce qui lui était accolée, dans laquelle j'ai aperçu une table carrée couverte de feuilles de papier. Les meubles étaient simples ; un lit, des chaises en bois, un canapé, une bibliothèque faite de planches reposant sur des briques, et une table en bois ronde, en face de l'âtre vide d'une petite cheminée. Je me suis sentie totalement étrangère à moi-même, jusqu'à ma voix, qui lorsque j'ai dit au revoir à Catherine m'a paru ne pas m'appartenir. Et je suis restée sous le charme de cette étrangeté, qui avait la qualité d'une pensée profonde dont je n'arrivais pas à saisir consciemment le sujet, pendant tout le trajet de cet aller et retour à l'hôtel, jusqu'au moment où j'ai monté avec ma valise les quelques marches qui menaient à ma nouvelle chambre.

Là, Catherine m'a suivie et elle est restée dans l'étroite embrasure de la porte, les mains derrière le dos, appuyée au chambranle. Ses cheveux sombres se retournaient en avant contre ses joues comme des pointes de cimeterre. Elle portait une blouse havane et un pantalon large, mou comme un pyjama. Elle avait aux pieds des sortes de sandales en cuir tressé. Tout en elle me semblait singulier, la façon rapide, fluide, qu'elle avait de bouger, le fait que ses vêtements et ses cheveux, apparemment si peu étudiés, en disent long sur sa nature, que je ne pouvais décrire mais que suggéraient certains noms comme *Shenandoah* ou *Alabama* – et certainement pas *Poughkeepsie*. Elle me semblait aussi peu familière que les fruits que j'avais vus sur les étals du Marché français. Pendant que je pensais à ça, le mot *beauté* s'est glissé dans mon esprit. Je la fixais. Elle souriait, me permettait de la regarder. Peut-être était-il temps de me détourner. J'ai commencé à ranger mes sous-vêtements et mes bas dans le tiroir du haut d'une petite commode. J'ai observé la chambre. Une serviette propre, usée, pendait à un crochet à côté de la porte. Une couverture légère était pliée sur le couvre-pied rouge, au bout du lit. Sur la commode, un broc bleu vif était posé dans une cuvette assortie. Et il y avait une chaise à fond canné, près de l'endroit où Catherine se tenait.

« Je voulais que cette pièce ressemble à ça », a-t-elle dit

quand elle a croisé mon regard. J'ai tourné les yeux vers le mur qu'elle me montrait. Un sous-verre y était accroché, une reproduction d'un tableau représentant un intérieur très semblable à celui où nous nous trouvions. « C'était la chambre de Van Gogh, a-t-elle expliqué. J'ai oublié de vous apporter le miroir. Je le mettrai à côté de la fenêtre, comme sur l'original. J'adore la chambre de Van Gogh. On s'y sent à l'abri du danger, même si ce ne fut pas le cas pour lui. »

Elle s'est écartée du mur. « Vous pouvez prendre un bain quand vous voulez, mais l'eau n'est jamais vraiment chaude. » Elle a disparu dans l'escalier. De la cuisine, elle a lancé : « Si vous avez besoin de quoi que ce soit... » J'ai entendu la contre-porte se fermer.

J'ai regardé la reproduction. Je me suis tout de suite rappelé, dans une douce explosion de souvenirs, où je l'avais déjà vue. Elle était punaisée à un tableau, dans ma classe, au lycée, à côté d'une fenêtre par laquelle je regardais les contreforts des Catskill Mountains de l'autre côté de l'Hudson. J'étais maintenant entrée dans la toile elle-même, laissant derrière moi cette autre vie qui avait eu ces collines-là comme horizon.

Je ne pouvais plus attendre un jour, ni même une heure de plus, pour partir à la recherche de Tante Lulu. Je me suis assise sur le lit et j'ai fouillé dans mon sac, où j'avais glissé sa carte postale. Je suis tombée sur la lettre que j'avais ramassée dans la rue devant la prison, la bande collante de son enveloppe s'était accrochée à la carte de Lulu. Elle était adressée à Juliette Fortier, à Baton Rouge. Et ne contenait pas de salutations.

> Pourquoi t'es si dure avec moi ? Je suis ici pour un bout de temps sans toi. Pourquoi tu m'as pas apporté de clopes ? Je t'en ai demandé, non ? Tu fais rien que me critiquer tout

le temps. Apporte des clopes la prochaine fois. Je crève, sans rien pour passer le temps.

C'était signé «Albert».

Je me suis léché le doigt, je l'ai passé sur la colle sèche du rabat, et j'ai appuyé dessus jusqu'à ce que l'enveloppe soit scellée. Quand j'ai posé la lettre sur le bureau, appuyée contre la cuvette, Juliette Fortier a semblé réclamer la propriété de cette chambre, ne plus faire qu'un avec le broc bleu installé au creux de la cuvette comme un canard dodu, avec l'éclat du couvre-pied rouge sur le lit, la robustesse de la petite chaise. J'avais lu la lettre, elle m'avait pris ma chambre. Je l'ai remise dans mon sac. Puis je me suis peignée, en regardant ma tête par morceaux dans un miroir au dos recouvert d'écailles de tortue que ma mère m'avait offert, et, sans plus d'excuses pour remettre à plus tard, je me suis mise en route vers Royal Street.

4

Sur les grands murs qui cachaient des jardins dont les fleurs emplissaient l'air de leurs parfums, vrilles et feuilles de vigne grimpante projetaient des ombres qui s'allongeaient d'instant en instant. À cette heure-là, le Quartier français murmurait comme une multitude de pigeonniers. Les gens se déplaçaient, indolents, s'arrêtaient, traînaient dans un coin, et je m'attendais un peu à voir quelqu'un venir les prendre par le bras et les conduire chez eux, ou dans un jardin où ils pourraient s'installer à leur aise. À l'entrée des boutiques de Royal Street, des employés s'étiraient et bâillaient. Derrière une fenêtre, j'ai aperçu des éléphants en ivoire placés les uns derrière les autres sur un rebord étroit de velours noir poussiéreux et sous eux, dans des cadres dorés, ou en argent noirci, des dessins au lavis de bals métis.

Les tramways de Royal Street roulaient en grondant, lents comme des mammifères ensommeillés, et ils avaient des noms imprimés sur des planches attachées à leurs flancs. J'ai marché côte à côte avec *Piety*, le long de tout un pâté de maisons.

L'immeuble dont ma tante Lulu avait écrit le numéro sur la carte postale envoyée à ma mère, et devant lequel j'étais passée plusieurs fois au cours de mes promenades, ressemblait à l'épave d'un navire échoué. Le long du balcon de son premier étage courait une phrase indéchiffrable, rédigée dans l'écriture baroque d'une grille de fer forgé. L'entrée voûtée, dont les portes tapaient contre les murs intérieurs, me rappelait celle d'une écurie. Le plancher de bois sur lequel je marchais, éraflé comme par des sabots de cheval, donnait sur une cour pavée que surplombait une énorme fontaine. Son bassin de marbre était à sec, et, s'élevant en son centre, avec le bout rouillé d'un tuyau qui pointait au milieu de ses courbes tachetées, une statue de fille en équilibre sur un pied se penchait en avant comme en train de voler, bras et mains tendus vers branches et ramilles.

J'avais perçu un bruit de ruissellement, mais en regardant la fontaine j'ai pensé que mes oreilles m'avaient trompée. Jusqu'à ce que j'aperçoive de l'eau qui coulait sous un mur dans un coin sombre et descendait une volée de marches vers la base d'un autre mur sous lequel elle avait creusé un petit canal. Une planche de bois grossier était posée au-dessus des marches submergées et son extrémité la plus basse provoquait un remous qui donnait à cet écoulement la tranquille apparence d'un ruisseau de campagne et de ses petites péripéties, rondins ou roches cachées. Une lumière aqueuse vaguement bleue miroitait des murs, blanchis à la chaux par endroits ; combien de temps restait-il avant qu'ils s'effondrent, avant que cette vieille épave finisse par sombrer ? Tout était silencieux, à l'exception de l'eau qui murmurait, paisible, mystérieuse, comme dans un rêve.

J'ai marché sur la planche et monté l'escalier. De hautes doubles portes, de celles que j'associais aux domestiques qui annoncent les visiteurs avant de les faire entrer au salon, bordaient un long couloir. Juste à côté de la première, dont l'un des deux battants était resté légèrement entrebâillé, quelqu'un avait, au pastel vert, écrit sur le mur « Miss Lulu George ».

J'ai poussé la porte lentement. J'ai été aveuglée par une lueur jaune, dernier flamboiement du soleil avant le crépuscule, qui se répandait à travers les vitres sales donnant sur le balcon que j'avais vu de la rue. J'ai ressenti au-dessus de moi comme un poids oppressant, une extrême obscurité. La pièce était immense, circulaire. J'ai levé les yeux. Le plafond formait un dôme bleu nuit, tout là-haut, à travers lequel étaient jetées les constellations, comme des filets de pêcheurs, chaque étoile aussi distincte qu'une épine blanche. J'ai entendu un gargouillis qui s'est transformé en respiration sifflante. Quand le gargouillis a repris, j'ai baissé la tête. Un grand jeune homme me regardait fixement, un doigt sur la bouche, pour m'avertir qu'il ne fallait rien dire. Il se tenait au pied d'un vaste lit où était couché quelqu'un que je n'ai pas vu tout de suite, bien que je sois consciente de la présence d'un corps allongé dont émanaient ces bruits étranges.

Le jeune homme avait une épaisse chevelure, plumeuse et argentée. Il semblait être au cœur même de cette lueur jaune qui, dans son lent reflux, révélait sur le sol poussiéreux un tas de vêtements abandonnés, une paire de chaussures à talons hauts couleur pêche, une bouteille d'alcool vide et le même sac en croco que celui de ma mère, posé par terre près du lit, béant, jonché de pièces de monnaie. Mais j'avais beau le voir, à cet instant, rien de tout cela ne prit sens.

Je m'étais souvent demandé où se trouvait cette part concentrée, sensible, de mon moi, celle qui parlait sans cesse – peut-être même dans mes rêves – et jugeait et dirigeait mon attention vers ceci ou cela –, cette part de moi qui pensait qu'elle pensait. Je sentais maintenant que cette chose, cet être ou cette conscience, avait pris possession de chaque cellule de mon être et qu'elle s'était installée tout entière dans mes yeux, et tout le reste de la pièce est tombé dans le vide, tout sauf la chevelure argentée de l'homme, ses sourcils, noirs, droits, son doigt qui aplatissait sa grande bouche mince pour m'imposer le silence. Je me demande combien de temps je serais restée là, transportée, s'il n'avait soudain fait un geste en direction du lit.

Tante Lulu était là, un drap tiré jusqu'au nombril, nue, pour ce que je pouvais en voir. Ses yeux étaient fermés, les paupières serrées, comme si elle avait fait un effort conscient afin de les garder ainsi, mais sa bouche s'ouvrait mollement. Ses lourdes nattes rousses s'étalaient sur un oreiller sans taie, couvert de taches. Un de ses pieds, étroit, long et pâle sortait du drap. Ses seins se répandaient sur les côtés contre le haut de ses bras, et ses tétons étaient semblables à des framboises couvertes de poussière. Quand je me suis approchée du lit, j'ai senti l'odeur rance de sa chair, l'aigreur acide de l'alcool sur son souffle. Sa nudité me gênait horriblement. Je me suis penchée sur elle pour remonter le drap, mais le jeune homme m'a tout de suite attrapé la main en secouant la tête. J'ai reculé vers la porte, je ne désirais qu'une chose, m'éloigner de lui, de ma tante, de cet endroit bizarre.

Je savais depuis longtemps que Lulu avait ce que ma mère appelait une vie de bohème, qu'elle faisait fi des contraintes ordinaires. Mais je n'avais pas la moindre idée de ce que cela signifiait dans la réalité. Alors, l'idée même que j'étais venue dans le Sud pour persuader cette grande créature rousse pleine d'alcool d'aller s'occuper d'une pauvre petite affaire de location de bungalows dans la campagne glacée du Nord m'a paru si grotesque que j'ai soupçonné ma mère de m'avoir joué un tour monstrueux – elle ne pouvait pas ne pas savoir que Lulu était tombée aussi bas, et combien ce projet était irréalisable – et une bouffée de rancœur m'a envahie.

J'ai pensé que le jeune homme était l'amant de ma tante, ou l'un de ses amants. Mais si j'étais mortifiée, ce n'était pas seulement à cause des seins nus de Lulu et de l'image particulièrement intime et puissamment dérangeante – parce que lui, il était là – de ses tétons. Il avait dû me prendre pour une folle, ou pire, pour une grossière campagnarde, de l'avoir regardé comme je l'avais fait et pendant si longtemps. Tout cela, bien sûr, à cause de ses cheveux argentés.

Il me suivait, marchant presque sans bruit. Je suis sortie dans le couloir, préparant dans ma tête ce que j'écrirais à Maman. Dans une première phrase, je mentais et prétendais ne pas avoir retrouvé trace de Tante Lulu. Dans la seconde, je lui disais qu'elle n'était qu'une incurable sotte. La lettre a disparu, remplacée par la pensée qu'il me faudrait rentrer. J'étais désespérée. Le jeune homme a franchi la double porte derrière moi.

« Il ne faut pas la réveiller, m'a-t-il dit à voix basse. C'est la première fois depuis des jours qu'elle dort vraiment. Elle a bu toute la semaine, sept jours de folie. »

Le col de sa chemise blanche élimée était ouvert et son cou s'en dégageait, puissant. Il a jeté un coup d'œil en arrière dans la chambre, puis il s'est retourné vers moi.

« Il faut que vous sachiez – il faut que vous le sachiez tout de suite : il ne va pas y avoir de troupe, m'a-t-il annoncé d'un ton grave. Quand elle est à jeun, elle pose des affiches partout. Où en avez-vous vu une ? » Il a froncé les sourcils. « Je croyais les avoir toutes enlevées. Enfin, ça amuse le quartier, "Tiens, Lulu a dessoûlé !" voilà ce que les gens disent quand ils voient ses affiches. C'est comme ça que je suis venu ici il y a deux mois. Je pensais qu'elle pourrait me faire travailler aux décors, ou à n'importe quoi d'autre. »

Plus près de lui, j'ai remarqué que même ses petites oreilles bien collées avaient un reflet argenté.

« Les cheveux de ma mère sont eux aussi devenus gris », a-t-il dit simplement, comme s'il avait l'habitude de devoir en rendre compte. Mais il a passé la main sur sa tête d'un geste que j'ai trouvé affecté.

« Je ne suis pas venue chercher du travail », lui ai-je répondu. Ma voix m'a surprise ; j'ai eu l'impression d'avoir été silencieuse pendant des semaines. Et elle tremblait un peu. « Je suis la nièce de Lulu, Helen Bynum.

— Elle m'a dit qu'elle avait une nièce. Je me demandais... elle en raconte tellement. J'ai cru que vous étiez une actrice en quête de rôle. » Il a pris un paquet de cigarettes dans la poche de sa chemise et me l'a tendu. J'ai secoué la tête. En proie à un immense et étrange accès de timidité, j'avais aussi peur de toucher son paquet de cigarettes que s'il s'était agi de sa peau.

« Ma mère, sa sœur, voudrait que Lulu aille vivre avec elle un moment. Elle loue des bungalows à Poughkeepsie. Vous savez où c'est ? Mon père vient de mourir.

— Je suis désolé », a-t-il dit d'une façon mécanique. Il fumait, les yeux dirigés au-delà de moi, vers le bas de l'escalier. Je savais qu'il n'était pas tout à fait là. Il y avait en lui une espèce particulière de nervosité qui l'en empêchait, j'ai pensé qu'il devait s'inquiéter pour Lulu.

« Mes parents ne vivaient plus ensemble depuis des années, lui ai-je dit. Il habitait en Californie avec une autre femme. »

Il a soupiré et il s'est appuyé contre le mur à côté du nom de Lulu crayonné au pastel. Soudain il s'est penché vers la double porte, il a écouté, puis il s'est appuyé à nouveau, comme fatigué. « J'ai cru qu'elle avait dit quelque chose d'intelligible, m'a-t-il expliqué. Elle fait des bruits incroyables, quand elle est comme ça. »

J'ai eu envie de rire, et de m'en aller. La raison de mon

voyage jusqu'à La Nouvelle-Orléans était étendue dans les vapeurs d'alcool au milieu de cette étrange pièce. Je voulais réfléchir à tout cela ; découvrir une *façon* d'y réfléchir qui me permettrait de rester dans le Sud.

« Qu'est-ce que c'est que cette chambre ? Est-ce que toutes les autres sont comme ça ?

— C'était une salle de bal, au siècle dernier, à l'époque où cette maison n'abritait qu'une seule famille. Je devrais dire cette demeure. Vous avez remarqué le plafond ? Les constellations ? »

J'ai hoché la tête.

« Je m'appelle Len Mayer, a-t-il dit. Je viens de Chicago. » Il a écrasé son mégot du pied, l'a ramassé, pincé et mis dans la poche de son pantalon. « Je ne suis là que depuis quelques mois. En fait, j'attends d'être mobilisé. J'ai été déclaré apte. » Il m'a regardée droit dans les yeux, le visage sombre. « Je ne pouvais plus supporter d'attendre chez moi. Vous vivez dans le Vieux Carré ?

— Oui, ai-je répondu d'une voix ferme, et en pensant à ma nouvelle chambre, je me suis sentie légère, exaltée, libre. Je viens de trouver à me loger. Je loue quelque chose chez une femme, elle s'appelle Catherine Bruce. » J'ai failli lui parler de mon travail, mais j'ai eu peur de paraître enfantine, heureuse comme une gamine.

Len Mayer a souri. « Catherine. » Il a prononcé son nom avec tendresse. « Elle vit avec Gerald Boyd. Tout le monde le connaît dans le Quartier français. Sa femme est catholique. Elle refuse de divorcer et il ne peut épouser Catherine.

— Est-ce que ma tante est tout le temps ivre ?

— Elle fait la bringue régulièrement. Entre-temps, elle reste assez sobre. Elle touche une espèce de rente. Quand le chèque arrive, elle se met sur son trente et un, elle arrête de boire et commence à s'occuper de ce projet de troupe théâtrale dont je parlais tout à l'heure. Mais quelque chose la fait toujours recommencer à boire. Howard Meade – avez-vous fait sa connaissance ? C'est le propriétaire de la librairie, et il se débrouille toujours pour la blesser. Ou alors c'est son ex-mari qui revient dans le coin.

— Nous savions qu'elle s'était mariée. Elle nous a envoyé une coupure de presse. Quand nous n'avons plus jamais entendu parler du mari, Maman a pensé qu'elle avait divorcé.

— Il s'appelle Sam Bridge. Il est médecin. Il suit en ce moment l'entraînement militaire, à Fort Benning. Dès qu'il a une permission, il passe dans le Quartier français. Autant dire trop souvent. Lui aussi, il connaît Gerald Boyd. Si seulement il pouvait laisser Lulu tranquille, mais non, il vient toujours la voir. Je pense que leur mariage n'a duré qu'un an, ou quelque chose comme ça. Je ne crois pas qu'il tienne du tout à elle. Alors pourquoi veut-il la voir, je n'en sais rien. Et ensuite, elle se soûle.

— Vous en savez beaucoup sur elle », ai-je remarqué. Je me sentais irritée, oppressée. Je m'étais sentie si joyeuse, si heureuse en pensant à ma chambre. Est-ce que rien ne durait jamais plus d'une minute ou deux ? « Je ne la vois pas aller s'installer chez ma mère à Poughkeepsie, faire le ménage des bungalows, et le soir tirer sa chaise à côté de celle de sa sœur pour écouter *Amos'n'Andy* à la radio.

— Non, a-t-il reconnu.

— Est-ce qu'elle vous a jamais parlé de nous – en dehors du fait qu'elle avait de la famille ? » Je me demandais comment arriver à le faire parler de lui et de Lulu. Est-ce qu'elle l'entretenait, en avait-elle les moyens ? Vivait-il avec elle ?

« J'ai une chambre à côté, dans Pirate Alley », a-t-il dit.

Ses cheveux. Maintenant son logement. Comment savait-il

à quoi je pensais ? Cela devait se lire sur ma figure. Existait-il un visage que l'on pouvait mettre au point avec le temps, illisible, dont on se servirait face au reste du monde ? Je m'étais rarement trouvée face au reste du monde ; il n'y avait pratiquement pas eu d'étrangers dans ma vie. C'était Maman qui traitait avec ceux qui louaient les bungalows tandis que je les regardais de derrière une fenêtre.

« Je travaille quand je peux, disait Len. Il y a des tas de restaurants dans le Quartier français. » Soudain, je l'ai trouvé agaçant. Il y avait dans son sourire de l'autodésapprobation.

« Mais est-ce qu'elle a…

— … Oh oui, oh oui ! » a-t-il vite répondu. J'ai eu honte ; voilà maintenant qu'il était gêné, probablement de ne parler que de lui. « Elle m'a dit qu'elle avait une sœur qui avait épousé un riche propriétaire de chevaux. Et qu'elles avaient toutes les deux, elle et votre mère, été dans les Ziegfield Follies. Ça je l'ai cru… je veux dire, les Follies et son travail d'actrice, parce qu'elle a des photos qui le prouvent. »

Il avait l'air impressionné, la même expression qu'il avait dû prendre quand elle lui avait montré les photos en question. « Mais elle raconte tellement de bobards, a-t-il continué. Elle a ce truc des menteurs, vous savez, cette façon de détourner les yeux, puis de vous regarder à nouveau pour voir si son histoire tient debout. J'espère que vous ne m'en voudrez pas de vous dire ça. Elle a du charme, vous savez. Je veux dire – elle ment comme une gamine de dix ans et elle en a le charme enfantin – même si, sur le moment, on ne peut pas la croire. Elle a des enthousiasmes soudains. Et de grands projets. Elle est comme l'espoir personnifié – et cela simplement parce que, la plupart du temps, c'est si horrible pour elle. Désolé. Je me tais maintenant. Je me sens vraiment très triste pour elle – pour ce qui lui arrive.

— Vous pouvez parler d'elle, cela ne me dérange pas », lui ai-je dit. Ce n'était pas vrai. « Mais a-t-elle jamais parlé de moi ?

— Je crois que oui », a-t-il répondu en fronçant à peine les sourcils, comme pour essayer de se souvenir. « Je crois bien que oui. » Je savais qu'il voulait me ménager. J'étais certaine qu'elle n'avait jamais dit un mot à mon sujet.

« Elle s'est même inventé un enfant, a-t-il repris. Celui de Sam. Il serait mort parce que Sam était quelque part ailleurs avec une autre femme et que, pendant ce temps-là, Lulu ne se serait pas rendu compte que la fièvre du bébé montait dangereusement.

— Pourquoi aurait-elle inventé une chose aussi horrible ? Ne savait-elle pas que personne ne la croirait ?

— Je ne crois pas qu'elle s'en inquiète, a-t-il répondu. Et d'une certaine façon, qu'elle s'en fiche est merveilleux. Sam dit que les sentiments tragiques la rendent heureuse. »

Nous avons tous les deux sursauté. Un puissant gémissement s'était élevé dans la salle de bal. Une seconde plus tard, ma tante a hurlé : « Lennie ! Lennie ! »

Il a couru dans la chambre. Je l'ai suivi à contrecœur. Les yeux de Lulu restaient étroitement fermés, mais elle était assise, toute droite. J'ai vu une ligne rosâtre, la plus pâle des cicatrices, qui descendait le long de son ventre gonflé. Sa tête a plongé en avant, et quand elle s'est arrêtée, on aurait dit que Lulu examinait ses seins de près, avec un regard fou. Len Mayer a appuyé d'une main ferme sur le front de ma tante et elle est retombée sur le lit. Elle avait les lèvres qui tremblaient et le sourire vague d'un nourrisson.

Nous avons attendu. Len a allumé la minuscule ampoule conique d'une applique en fer-blanc. Cette lumière n'a pas changé grand-chose dans l'immense salle de bal. Mais les ombres allaient bien à ce lieu. J'ai levé les yeux vers le plafond.

Dans les constellations, les étoiles semblaient briller avec plus d'éclat que tout à l'heure. Les lampadaires éclairaient maintenant Royal Street et j'ai vu que des bandes usées de papier goudronné étaient posées sur le sol irrégulier du balcon. Sous l'une des fenêtres il y avait un étroit divan jonché de vêtements. À côté de lui deux chaises en bois de la plus simple espèce et un petit meuble, lui aussi en bois, mais plus sombre, sur lequel était posée une casserole. En face du lit, une porte était ouverte. Elle laissait voir un espace pas plus grand qu'un placard qui contenait un petit évier, une étagère avec une plaque chauffante, quelques ustensiles et assiettes empilés, et d'autres objets non identifiables de là où je me trouvais. Une autre porte, dans le mur incurvé, devait mener à la salle de bains.

Len bougea et soupira. J'écoutais la respiration de ma tante, bruyante mais régulière. Je regardais les valises qui étaient sous le lit. Il s'est approché de moi et m'a touché le bras en faisant un signe de tête en direction du couloir. En quittant la pièce, je lui ai parlé du ruisseau qui s'était formé dans le hall. Il m'a expliqué que l'eau venait d'un bar au coin de la rue, dont le propriétaire n'avait jamais fait réparer la plomberie défectueuse. Ça diminuait toujours le soir, mais le matin, la crue était à son maximum.

« Et si nous allions boire une bière dans ce bar, au Murphy's ? m'a-t-il proposé en hésitant un peu.

— Et elle ?

— Je pense qu'elle est hors circuit pour un bout de temps. Elle crie toujours une ou deux fois. Même quand elle est dans les vaps, elle a besoin que les gens sachent qu'elle est là. Elle va reprendre ses esprits dans la nuit.

— Vous la connaissez tellement bien. »

Il a détourné sa tête argentée et a fait un pas vers la double porte. Mais il s'est presque tout de suite retourné. « Il y a en elle beaucoup plus que cela », a-t-il dit. J'ai attendu. Il n'a rien ajouté, il n'a pas dit ce qu'il y avait de plus en elle.

Était-il une sorte de domestique ? Les jeunes gens, ouvriers de Poughkeepsie ou locataires de bungalows, semblaient souvent amusés par ma mère. Était-ce parce qu'ils reconnaissaient son charme d'autrefois, et leur amusement était-il une forme d'hommage qu'ils lui rendaient ?

Tante Lulu n'avait rien d'attirant, en tout cas dans l'état où elle se trouvait alors. Est-ce que Len se sentait mal à l'aise parce que j'étais là, témoin à qui il se sentait obligé de donner une explication de sa présence et de sa familiarité avec Lulu ? Elle était nue ! Mes joues sont devenues brûlantes.

Il avait des poignets fins, semblables à ceux d'un petit garçon. Ses doigts étaient étroits, avec des bouts ovales. J'ai aperçu sous les manches de sa chemise ses bras couverts de délicats poils noirs.

« Je crois que je ferais mieux de regagner ma chambre. Je ne me suis pas encore tout à fait installée », ai-je dit, trouvant une raison qui, si elle avait été vraie, aurait été d'ordre purement matériel. Je ne voulais pas qu'il croie que j'avais envie de m'éloigner de lui, d'échapper à la vieille salle de bal crasseuse dans laquelle ma parente dormait, puant l'alcool. C'était pourtant la vérité. Ce que je venais de voir dépassait de loin tout ce que j'avais vécu et je me sentais repue, au bord de la nausée devant tant de nouveauté.

« Je reviendrai plus tard ce soir, ai-je dit, sans être certaine de le faire.

— D'accord, a-t-il répondu. C'est peut-être mieux. » En entendant comme un soulagement dans sa voix, je me suis sentie déçue.

Dans le hall, le ruisseau s'était transformé en filet d'eau. Je n'ai pas eu besoin de marcher sur la planche.

Dans la rue, libérés par l'ombre de la retenue que la lumière du jour leur imposait, les gens parlaient avec une gaieté bruyante. Tout en descendant Royal Street, j'ai pensé à ces deux sœurs, et à la plus jeune d'entre elles, avec qui j'avais vécu toute ma vie, à l'exception de ces quelques derniers jours – avait-elle la moindre idée de qui était celle qu'elle m'avait envoyée chercher pour la lui ramener ?

J'imaginais Lulu en train de détruire les bungalows de ma mère, de faire s'écrouler sa maison autour d'elle et de la confronter ainsi à la totale et terrible anarchie que, dans la réalité, sa présence entraînait, tandis que ma mère continuait comme si de rien n'était à la traiter d'écervelée. Tante Lulu rêvait, elle aussi, et elle aussi s'inventait des histoires, bien que différemment. Disparaissez ! ai-je ordonné aux deux seules parentes qui me restaient.

J'ai prononcé le nom de Len à voix haute. Des larmes se sont formées dans mes yeux. Une émotion d'une intensité presque insupportable m'a obligée à m'arrêter au coin de St. Phillip Street. Je n'ai pas trouvé de mot qui la qualifie. Mais ne s'était-il pas montré aussi neutre qu'un médecin ou une infirmière, quand nous la regardions ? Il avait dit qu'il y avait en elle plus que *cela*. Était-ce l'attitude d'un amant qui restait sur la défensive ? Ou avait-il juste essayé de se montrer équitable envers elle ?

« Mon impartialité n'est plus à prouver », prétendait souvent ma mère. Il suffisait d'être « au-dessus » des choses, de ces choses, avais-je un jour compris, dont elle tenait soigneusement les comptes. Mais Len avait essayé de rendre justice à Lulu. Ce n'était pas ce que faisait ma mère.

Deux jeunes hommes se sont arrêtés et m'ont lancé des regards interrogateurs. Je me suis remise en route. L'un d'eux a effleuré son chapeau de paille en murmurant : « Belle soirée, non ? » J'ai continué à marcher d'un pas rapide.

Quand je suis arrivée chez les Boyd, j'ai vu, dans la première pièce, un petit homme mince aux cheveux foncés, assis sur une des chaises droites, les yeux fermés, avec sur les genoux un exemplaire du magazine *Life*, qu'une de ses mains empêchait de glisser sur le sol. Devant l'âtre, la table ronde avait été mise pour trois, assiettes, fourchettes et couteaux. Il n'y avait pas de nappe.

Ma mère aurait fait la grimace. Elle recouvrait tout. Si elle me voyait déshabiller une poupée, elle me prenait les mains, les serrait bien fort. « Non, non, disait-elle. Nus nous naissons, mais vêtus nous vivons. » À ce souvenir, je me suis demandé ce qu'elle pensait de ses costumes de music-hall.

L'homme, qui, je le savais, ne pouvait être que Gerald Boyd, semblait avoir autour de quarante-cinq ans. Sa chemise à carreaux était boutonnée jusqu'au cou. Ses cheveux formaient une épaisse masse sombre au-dessus de son front aux rides profondes. Il flottait avec légèreté à la surface du sommeil, comme une feuille d'arbre sur une mare. Craignant de le réveiller, je n'ai plus bougé. Bien que sa respiration fût profonde et régulière, et son visage si tranquille en ce repos, il y avait en lui une certaine vivacité.

Il s'est légèrement éclairci la gorge et il a ouvert les yeux, m'a regardée et souri. « Je ne dors pas vraiment », a-t-il dit d'une voix basse, dans laquelle subsistait une note rauque, comme celle de quelqu'un qui se remet d'un rhume. Il m'a tendu sa main libre, l'autre retenant toujours le magazine. Je l'ai prise et j'ai senti les coussinets durcis de sa paume chaude contre la mienne.

« Je suis Helen Bynum. La locataire de… »

Il a dit : « Vous serez notre pensionnaire. Excusez-moi si je ne me lève pas. Je suis censé y aller mollo dès que c'est possible.

— Il nous a préparé le dîner, il doit maintenant se reposer. Il a fait du gombo, a dit Catherine en entrant avec trois verres et une petite bouteille de gin qu'elle a mis sur la table. Nous gardions cette bouteille. Le professeur Graves, l'homme pour qui je travaille, me l'a donnée au jour de l'an. Chaque fois que nous avons voulu l'entamer, Gerald a dit, "Non, attendons – il y aura une meilleure occasion", et les occasions sont passées. Vous êtes la première personne à être venue voir la chambre. Le moment est donc venu de l'ouvrir. Un homme est arrivé cet après-midi… »

Elle a versé un peu de gin dans chaque verre et en a tendu un à Gerald, puis à moi. « … Je lui ai dit que la chambre était prise, mais il a quand même voulu la voir, savoir ce qu'il avait perdu, et une fois là-haut, il a dit qu'il n'aurait pas supporté de vivre au-dessus d'une cuisine, envahi par des odeurs de nourriture. Il était maigre comme un clou. » Elle nous a regardés avec un sourire narquois.

« Ces raisins sont trop verts… », a commencé Gerald.

J'aimais le gin. J'en buvais parfois avec Matthew, dans sa flasque de métal terni, assis tous les deux dans sa vieille Buick par de froides soirées en haut de la colline au-dessus de chez lui, à regarder la lumière qu'il avait laissée allumée en partant travailler le matin. Elle luisait, ambrée, derrière la vitre de la baie du salon, et toute notre histoire d'amour tenait dans ces instants comme un papillon encore en vie dans le filet qui vient de le capturer.

Gerald buvait son gin à petites gorgées, tout doucement. Il n'avait pas l'air malade. Le magazine *Life* a glissé sur le sol.

Je me suis penchée pour le ramasser et il a dit : « Il est très bien là où il est. Je l'ai trouvé ce matin sur un trottoir. Regardez, il est couvert de traces de pas. Vous en avez déjà ouvert un ? Il y a quelque chose d'étrange dans ces photos. Elles vous font penser à ce qu'elles représentent de la même façon que l'on pense aux gens qui sont morts. Catherine m'a dit que vous veniez de là-haut, dans le Nord. J'aimerais beaucoup y aller. Je ne suis jamais parti de Louisiane. »

Il s'est levé lentement. Quand il s'est mis à déplacer les chaises pour le dîner, j'ai remarqué qu'il boitait un peu. « Je vais m'en occuper, lui ai-je proposé.

— Oh, je peux faire des tas de choses, malgré mon problème de cœur, a-t-il dit. Cela m'oblige seulement à choisir entre elles. » Catherine était partie dans la cuisine et elle en est revenue avec une marmite fumante, qu'elle a posée au milieu de la table.

Elle a pris sur l'étroit rebord de la cheminée une bougie plantée dans une soucoupe jaune et l'a placée à côté de la marmite. Gerald a gratté une allumette de cuisine sur l'ongle de son pouce. « Tu ne devrais pas faire ça », a-t-elle murmuré. Il a souri d'une manière un peu absente, comme quelqu'un qui entend quelque chose dont il a l'habitude. Il a approché l'allumette enflammée de la mèche. Elle a pris et flamboyé, et leurs visages, ni jeunes ni vieux, qui se touchaient presque, ont été transfigurés, représentation frappante d'un amour intime, profond. Ils se sont éloignés l'un de l'autre et ils m'ont regardée. Ils ne savaient pas ce que je venais de voir, et dont des traces traînaient encore dans leurs yeux ; ils n'en avaient pas plus conscience que l'herbe de la prairie n'en a de la brise qui l'agite et s'éloigne bientôt.

J'ai pensé à la femme qui ne voulait pas divorcer de Gerald. Je l'ai imaginée en train de surprendre ce à quoi je venais d'assister ; cela l'aurait anéantie. J'ai tremblé intérieurement, prise d'appréhension devant l'injustice absolue de la vie.

« Vous avez déjà mangé du gombo ? m'a demandé Gerald quand nous nous sommes assis autour de la table. On dit qu'il faut s'y habituer. »

Ils ont parlé d'eux. C'était comme s'ils dépliaient les cartes de leurs vies ; ici il y a une colline, un village, un fleuve, et ici des croisements.

« C'est un poète », m'avait dit Catherine en me faisant visiter la chambre. Il avait travaillé sur une chaîne de montage d'automobiles à Baton Rouge. Une porte lui était tombée sur le pied et il avait perdu deux orteils. Il y était entré alors qu'il était encore un enfant, et il avait aussi écrit des poèmes. Un écrivain renommé était venu visiter l'usine. Gerald lui avait servi de guide. « Pendant tout le temps où je lui ai parlé de voitures, je ne pensais qu'à mes poèmes. À la fin, quand il allait partir, après m'avoir dit merci et au revoir, je l'ai retenu par la veste. J'ai crié *"Attendez!"*, et voilà. »

Catherine a raconté que l'écrivain renommé avait apporté les poèmes de Gerald à un éditeur et qu'ils avaient été publiés et que Gerald avait gagné un prix. « Alors j'ai quitté cet endroit, a-t-il ajouté. Je suis arrivé ici, dans le Quartier français, toute ma vie a changé. »

Catherine venait d'Arizona, elle avait fui sa famille et l'université où elle avait étudié et où elle aurait pu avoir un poste de professeur. Elle avait trouvé à La Nouvelle-Orléans des petits boulots qui lui permettaient à peine de survivre, et un an plus tard, elle n'avait toujours pas l'impression d'être partie de chez elle. Elle a dit : « Je faisais du surplace. » Le matin où elle avait décidé de retourner en Arizona, elle avait ramassé le journal devant la porte de la pension où elle habitait. Gerald avait passé une annonce : *Écrivain cherche dactylo.*

« Je n'avais pas mis *poète*, a dit Gerald. *Écrivain* faisait plus stable, et laissait plus facilement penser qu'il y avait assez d'argent pour payer quelqu'un.

— J'y aurais quand même répondu – les poètes sont éternels. »

Gerald m'a touché le bras. « Vous aimez ce plat ?

— Oui. Mais je n'arrive pas à savoir ce qu'il y a dedans.

— Des gombos, des crevettes et du crabe », m'a-t-il répondu.

Catherine a allumé une cigarette. « Le soir, j'ai le droit de fumer, a-t-elle expliqué. Quand je travaille, cela déplaît au professeur.

— Nous sommes ensemble depuis trois ans, a dit Gerald. Ma femme est catholique et ne veut pas divorcer. J'ai deux grands enfants. Il arrive que mon fils se mette en colère et refuse de me voir. Puis il oublie qu'il est en colère. Ce n'est pas dans sa nature.

— Si nous buvions le café, maintenant ? » a proposé Catherine.

Quelqu'un a frappé à la contre-porte et j'ai vaguement distingué derrière elle une grande silhouette.

« Claude », a dit Catherine.

Gerald s'est retourné sur sa chaise, l'air content. « Entrez, Claude. »

L'homme s'est exécuté, il était grand et solidement bâti. Il avait une tête volumineuse, couverte d'une toque de boucles brun clair.

« Oh – vous dîniez, a-t-il dit. Je reviendrai une autre fois.

— Nous avons fini. Prenez donc le café avec nous.

— Je voulais juste vous donner le livre dont je vous ai parlé la semaine dernière. »

Il est resté un instant sur le pas de la porte. Il était d'une telle immobilité, le corps si calme, qu'il semblait appartenir à un autre règne que celui des humains, au règne minéral peut-être, comme le marbre. Il portait un costume de lin blanc, et quand il a tendu le livre en avant, j'ai perçu un parfum citronné.

Gerald s'est levé, il a pris le livre et l'a posé sur la table. Il s'appelait *Adolphe*, et son auteur, Benjamin Constant.

Soudain, je me suis sentie troublée. Y était-il question d'Hitler ? Catherine et Gerald avaient-ils envie de lire un livre sur Hitler ? Et a fortiori un livre qui le présentait de façon si familière, par son prénom ?

Au milieu de toutes ces choses auxquelles j'étais si peu habituée – la nourriture visqueuse et piquante que j'avais avalée gloutonnement et avec une légère répulsion, ces gens que je commençais à aimer aussi brusquement que l'on sort du sommeil quand résonne un bruyant coup de tonnerre, l'air de cette pièce où se mêlaient des odeurs de cuisine et le parfum des fleurs qui avaient dû s'ouvrir dans l'ombre de tous les jardins du Vieux Carré – le livre qui reposait près de ma main évoquait un monde étranger, nordique, glacé, violent, rempli d'un bruit incompréhensible, monstrueux.

Ils parlaient tous les trois. Le livre avait une couverture brochée couleur crème. Je l'ai ouvert discrètement, et j'ai senti contre mon doigt les bords déchiquetés des feuilles imprimées. Sur la page de titre, j'ai vu qu'il avait été publié pour la première fois en 1816, et à la page suivante, qu'il était en français. « Oh ! » me suis-je exclamée.

Ils m'ont lancé des regards curieux.

« Claude, voici notre locataire, Helen Bynum, a dit Catherine. Helen, voici Claude de la Fontaine. »

Il a tendu en avant sa belle grande main, sa peau était de la même couleur crème que le livre. Il a saisi la mienne, l'a lâchée immédiatement et dit qu'il devait s'en aller.

Après son départ, j'ai dit : « Seigneur ! Je croyais que ce livre parlait d'Adolf Hitler. »

Gerald a éclaté de rire.

« Bien sûr, je vois maintenant que cet *Adolphe*-là s'écrit *phe* et non *f*, ai-je dit d'un air penaud.

— Catherine va me le lire, a-t-il dit. Elle lit le français.

— … Je le lisais. »

Après qu'elle eut apporté le café – il avait le même goût que celui que j'avais goûté dans le petit bar près du Marché – ils m'ont regardée avec l'air d'attendre quelque chose. C'était mon tour.

Je n'avais pas tellement envie de parler. Je voulais continuer à écouter. J'ai pensé à ma vie – eau et biscuits de mer. Mais quand j'ai commencé à en tracer les grandes lignes, leur intérêt m'a prise dans ses bras, et devant l'expression intense de leurs visages, je me suis sentie touchée par l'éloquence, ou par le même sentiment que si je venais de découvrir que je pouvais chanter ; et bien que tant de choses fussent écartées – je ne pouvais faire revivre pour eux ma vie dans toute sa réalité, chacune de ses heures, de ses minutes –, tandis que j'évoquais un paysage, une maison, les occupations de ma mère et de mon père, mon grand-père, le philosophe devenu fournisseur de potion contre la toux, les écuries où les chevaux s'agitaient avec des bruits sourds, le départ de mon père, la construction des bungalows, j'ai entendu, presque comme s'il s'agissait de quelqu'un d'autre, que ce récit était aussi particulier que les leurs, aussi cohérent, résonnant de tous les instants qu'il faut taire, englouti en lui-même.

Lorsque j'ai raconté que ma mère avait été une des « glorieuses » filles des Ziegfield Follies, Gerald a applaudi et Catherine, surprise, a eu un grand rire, et quand j'ai prononcé le nom de la tante que ma mère m'avait envoyé chercher, elle s'est exclamée : « Lulu ! Mais nous la connaissons ! Le médecin qu'elle a épousé est un de nos vieux amis. Sam Bridge. Quand Gerald a été si malade, c'est lui qui s'en est occupé. »

Dans son visage tranquille, derrière ses calmes yeux gris, est passée une expression inquiète, comme si elle avait entendu un cri lointain. La bougie avait fondu. Sa flamme a vacillé et s'est éteinte. Je me suis sentie un peu perdue, incertaine.

« Ma mère veut que Tante Lulu aille vivre avec elle, ai-je expliqué. Elle était trop soûle pour parler quand je l'ai vue aujourd'hui. Il y avait un jeune homme.

— Probablement Len », a dit Gerald.

Il a dû lire quelque chose sur mon visage, une certaine déception. Si seulement j'avais pu la cacher. Mais c'était un coup. Qu'il sache tout de suite de qui il s'agissait prouvait les liens qui existaient entre ma tante et Len.

« C'est un très gentil garçon, a ajouté Gerald.

— Tous ces gens du Quartier français qui viennent d'ailleurs…, a dit Catherine d'une voix douce. On dirait que nous avons tous été portés par le fleuve et déposés ici – comme le limon dans le Delta.

— Est-ce qu'elle est souvent ivre ? » ai-je demandé.

Gerald m'a regardée. Ses joues étaient rouges, ses yeux noirs ; il ressemblait à une image de la mort. Peut-être l'apparence de Tante Lulu avait-elle été trompeuse, elle aussi.

« Oui, a-t-il répondu avec dans la voix quelque chose qui m'a semblé de la miséricorde.

— Len m'a dit que votre ami le docteur venait la voir, et qu'alors elle se mettait à boire.

— Je ne crois pas qu'elle ait besoin de lui, ni de quoi que ce soit d'autre, pour boire, a dit Gerald. Sam est plutôt bringueur, il faut le reconnaître, mais je crois qu'il s'inquiète vraiment pour elle. »

Catherine a reniflé et secoué la tête. « Je lui suis reconnaissante, et je ne peux m'empêcher de bien l'aimer. Je sais pourtant qu'il va voir Lulu pour se prouver à lui-même qu'il peut encore la provoquer, la déstabiliser, a-t-elle dit.

— Oh, Catherine ! Il n'est pas si cruel que ça !

— Eh bien… peut-être pas. Et c'est vrai qu'il se fait beaucoup de soucis au sujet de Lulu. »

Je me suis levée. « Quelle heure est-il ? Vous en avez une idée ? Il faut que je retourne la voir. Et je commence à travailler à Fountain's demain matin.

— C'est la famille de Claude qui en est propriétaire, enfin ce qu'il reste de sa famille, a dit Gerald. Il habite juste à côté. Dans une vieille, vieille maison.

— Il n'a pas grand-chose à voir avec sa famille », a dit Catherine.

Gerald m'a raconté que Claude était censé être un des derniers véritables créoles de La Nouvelle-Orléans, un descendant de l'aristocratie française. Il parlait français et italien, ainsi qu'un peu d'allemand, et il apprenait le grec tout seul, afin de pouvoir lire Homère tel qu'il était avant qu'Alexander Pope ne s'empare de lui.

Catherine allait reprendre la parole, mais elle a refermé la bouche, serré les lèvres et regardé ses mains.

« Merci. J'ai l'impression… que nous avons fêté quelque chose ensemble », leur ai-je dit en les regardant de devant la contre-porte.

Gerald m'a promis de m'emmener au Marché français, il devait me montrer comment y faire mes courses et me présenter à quelques-uns de ses amis cajuns qui y apportaient leurs produits de bien plus bas au bord du fleuve. J'ignorais qu'il y avait des endroits où l'on pouvait vivre au sud de la ville, et Gerald m'a dit que presque personne ne le savait.

« J'ai une petite maison là-bas, nous vous y emmènerons un de ces jours.

— Oh, cette maison ! s'est exclamée Catherine. Les murs sont peuplés d'abeilles. Elle est en train de se transformer en rayons de miel.

— Il faut que j'y aille.

— La porte reste ouverte », a dit Gerald.

Dans Royal Street, quand je lui ai demandé l'heure, une femme d'âge moyen à la folle chevelure frisée a levé son bras à ma hauteur pour que je puisse regarder sa montre. « Il est encore temps pour tout », a-t-elle dit en me soufflant ses vapeurs d'alcool dans la figure.

Ma mère devait avoir depuis longtemps fini de dîner toute seule dans la cuisine, allumé les projecteurs devant le panneau qui annonçait les Bynum Bungalows. Demain matin, il y aurait peut-être du brouillard, un brin de tiède humidité printanière. J'ai frissonné.

Quelqu'un avait poussé du pied la planche dans l'escalier. Le couloir était éclairé par une seule et faible ampoule, vissée dans une douille qui pendait du plafond. J'ai entendu des voix, celle de Len, égale et basse, celle de ma tante, forte et coléreuse. J'ai poussé la double porte.

Debout devant la plaque chauffante de la minuscule cuisine, Len faisait frire quelque chose dans une petite poêle noire. Habillée d'une robe de chambre de satin vert qui avait connu des jours meilleurs, pieds nus, ma tante le regardait, assise sur une des chaises en bois.

« Ce que je veux dire, c'est que tu mets un temps fou... Seigneur ! Pourquoi es-tu si lent ? Tu es apathique, Len. Tu sais ce que tu as ? Tu te l'es déjà demandé ? Tu as peur de la vie, voilà ce que tu as. Tu ne la prends pas à pleines mains. La fameuse peur de la vie des gens du Middle West !

— Tante Lulu ! » ai-je appelé.

Elle s'est redressée et a tourné la tête vers moi, avec précaution, comme si son cou était raide. « Helen ! » a-t-elle crié. Puis elle a répété mon nom, encore et encore, comme une plainte. Je suis restée devant la porte, stupéfaite. Elle tendait ses longs bras et les manches de sa robe de chambre ont glissé en arrière. Entre son index et son médium, si près de sa paume que les jointures de ses doigts semblaient fumer, il y avait un mégot de cigarette. Elle a été prise d'un violent accès de toux qui m'a évité d'avoir à aller me jeter contre elle. Elle a précipitamment porté ce qui restait de sa cigarette à sa bouche et tiré une bouffée. J'ai cru qu'elle allait s'étrangler. J'étais convaincue que si je ressortais discrètement dans le couloir, elle oublierait ma visite à l'instant. La toux s'est arrêtée. Elle a laissé tomber le mégot dans un plat près de son pied. Quand elle a recommencé à parler, c'était d'un ton tout à fait anodin.

« Je devrais me lever, mais je ne me sens pas très solide. Len m'a dit que tu étais passée cet après-midi. Désolée d'avoir dormi. Je ne dors… plus du tout la nuit. Y arriver serait paradisiaque, mais ce genre de sommeil m'a quittée pour toujours. C'est merveilleux de te voir ! Tu es devenue une adulte. Une grande belle fille bien baraquée. »

Len m'a fait signe avec une fourchette et je lui ai répondu d'un geste, comme si j'avais été à bord d'un tramway qui passait.

« Je suis venue à La Nouvelle-Orléans pour te voir, Tante Lulu », ai-je dit, sur mes gardes.

Elle semblait encore soûle, ou tout au moins dans le même genre d'état de désordre mental.

« Pour me voir », a-t-elle repris, pensive. Puis elle a fait un signe vers le lit. « Va t'asseoir », m'a-t-elle ordonné. Les draps avaient été vaguement tirés, et une vilaine couverture de chenille rose jetée par-dessus. L'esprit de contradiction, ou un mouvement de révolte, m'a poussée à m'installer sur le divan. Elle n'a pas semblé le remarquer.

« Et Beth ? Est-ce qu'elle va bien ? Elle n'est pas malade, au moins ?

— Papa est mort », ai-je répondu. Len était en train de carboniser ce qu'il faisait frire dans la poêle. Une odeur de brûlé envahissait la pièce.

« Bah ! Ça fait des siècles qu'il est parti. Ne me dis pas que Bethie en fait un drame ! Il n'a jamais aimé que les chevaux, de toute façon. Je l'en ai avertie dès qu'elle est tombée amoureuse de lui.

— Ça ne lui a pas fait plaisir, ai-je dit, et à moi non plus. »

Elle souriait. Ses dents étaient grandes, tachées de jaune. Il y avait en elle, ainsi assise les jambes allongées, avec sa robe de chambre verte qui lui descendait jusqu'aux mollets, quelque chose d'exagérément long. Il m'était plus facile de l'imaginer en reine des Ziegfield que ma mère.

« Je ne parlais pas de plaisir », a-t-elle répondu d'un ton sec.

Je me suis surprise à lui sourire. Mais j'ai trouvé ça hypocrite. J'imaginais les deux sœurs en train de nettoyer ensemble un bungalow. « Eh bien en fait, elle m'a envoyée ici pour te demander d'aller vivre avec elle… pendant un moment, en tout cas. »

Lulu a hurlé de rire.

« Ça alors ! Moi, aller vivre avec elle ! Mais nous ne nous sommes jamais bien entendues pendant plus d'une minute. C'est une proposition de vieille dame. Je n'en suis pas encore une. Je vais lui écrire et lui rappeler un certain nombre de choses qu'elle a peut-être oubliées, mais pas moi. »

Elle a plissé les yeux et m'a lancé un regard perspicace. « Non, non. Beth est plus maligne que ça. Elle ne t'a pas envoyée ici pour ça. Je ne connais aucun être humain mieux que je ne la connais. Et j'aurais préféré qu'il en aille autrement. J'ai comme une idée qu'elle a dû se demander ce que les gens allaient penser en la voyant garder sa fille toute sa vie auprès d'elle, comme ces méchantes femmes du siècle dernier.

— Je serais partie, si j'avais voulu.
— Vraiment ? J'en doute. »

Je me suis sentie tellement offensée par ses mots méprisants et moqueurs – mais assez proches des arguments unilatéraux que je gardais pour moi quand je me disputais avec ma mère – que j'ai bondi sur mes pieds. « Elle dit tant de bien de toi ! » ai-je protesté.

C'était un mensonge, même si Maman était incapable de parler de quiconque comme Tante Lulu venait de le faire d'elle. Elle n'aurait pu supporter de découvrir en elle-même un sentiment malveillant, le choc aurait été trop fort.

« Oh ! Oh ! Elle dit du bien de moi, hein ? » Tante Lulu riait. « Beth a le don de dire du bien des gens d'une façon qui les enterre. Mais aucune importance. » Elle a écarquillé les yeux avec une expression enfantine très hollywoodienne, et mis le doigt sur son menton. « J'aime vraiment Bethie », a-t-elle chantonné d'une voix sirupeuse. Elle s'est arrêtée, elle m'a lancé un regard perçant, et elle a ajouté d'un ton sombre : « Comme si cela suffisait à tout faire passer ! »

Elle s'est tournée vers Len, a tapé dans ses mains. « Alors, cette côtelette, toujours pas cuite ? Ça fait des jours que je n'ai pas mangé. Helen, donne-moi mon sac. Il est sous l'oreiller. »

Je lui ai apporté son sac en croco en me disant, Lulu fait son show, ça ne veut rien dire. C'est ce que Maman aurait prétendu, et elle aurait souri avec cette insupportable expression compréhensive qu'elle savait si bien prendre, tout en dépoussiérant une chaise du coin de son tablier.

Ma tante fouillait dans son sac, en grinçant des dents d'impatience. Elle en a enfin ressorti une poignée de monnaie. « Len. Dès que tu auras fini dans la cuisine – Seigneur faites que cela arrive bientôt ! – tu iras chercher une bière pour cette jeune fille au Murphy's. »

Il était justement en train de lui apporter sa côtelette. Il m'a regardée et a levé la tête d'un mouvement rapide.

« Non merci, ai-je dit très vite. Je n'ai pas soif. »

Len a posé l'assiette sur les genoux de Lulu et elle a regardé fixement le morceau de viande. « Elle n'est pas coupée, a-t-elle dit avec une moue boudeuse. Comment veux-tu que j'arrive à la couper sur mes genoux ? » Elle a renversé la tête en arrière contre le haut de son dossier et a fermé les yeux. Lentement, des larmes se sont accumulées sous ses paupières et ont coulé le long de ses joues. « Seigneur ! » a-t-elle murmuré.

Len a pris un petit couteau pliant dans sa poche et il a coupé la viande. Il en a porté un morceau à la bouche de Lulu avec la fourchette. « Un, deux, trois, et hop ! » a-t-elle murmuré, et, comme un oiseau, elle a ouvert la bouche pour recevoir sa pitance.

Je me suis approchée des grandes fenêtres et j'ai regardé le balcon, puis le trottoir d'en face, où un homme âgé, avec une canne, descendait lentement Royal Street. Une jeune femme blonde l'a rattrapé. Quand elle l'a dépassé, elle a soudain lancé un regard vers le balcon. Il m'a semblé que non seulement elle m'avait vue à travers les entrelacs de la grille, mais que nos yeux s'étaient vraiment croisés.

« Len, du café, a dit ma tante d'un ton vif. Helen. Reviens ici. » Je suis retournée m'asseoir sur le divan. « Laisse-moi te parler de moi. Ça fait un bail qu'on ne s'est pas vues. C'était à New York, non ? À l'hôtel Astor ?

— Albany », ai-je corrigé en me rappelant qu'elle avait passé son temps à regarder vers l'entrée de ce grand restaurant presque vide, et combien je m'étais sentie triste et vide dans la voiture avec Maman sur le chemin du retour.

« Aucune importance, a-t-elle dit d'un ton sévère. J'ai l'intention de former une troupe de théâtre. Je sais que c'est une bonne idée. Pourquoi les grandes villes auraient-elles le monopole de la culture ? C'est ridicule ! Le talent est partout. Et il y a tellement d'argent, en ce moment. Regarde Claude de la Fontaine... » Elle s'est tue d'un seul coup, et s'est mise à fixer les morceaux de viande qui restaient dans l'assiette posée sur ses genoux.

« J'ai fait sa connaissance, tout à l'heure », lui ai-je dit.

Elle semblait à peine me voir. Len avait les yeux perdus dans les constellations. Je me suis demandé si elle allait s'évanouir. Son regard s'est ravivé. « Claude. Beau garçon, non ? Mais pas pour les femmes.

— J'ai trouvé du travail à Fountain's. Ce grand magasin dont sa famille est propriétaire. Je dois commencer demain.

— Mets-toi bien avec Claude. Il veillera à ce que tu obtiennes un avancement appréciable et tout à fait injuste. On pourrait croire que quelqu'un comme lui dépenserait son argent à promouvoir l'art, qu'un homme cultivé... » Elle s'est arrêtée et elle a soupiré.

Je la voyais s'affaiblir. Elle s'est mise à se balancer d'avant en arrière, faible et agitée. « Len m'a dit que tu avais trouvé une chambre chez Gerald Boyd », a-t-elle repris. Elle a tendu l'assiette à Len. Il l'a repoussée doucement vers elle. « S'il te plaît, finis-la », a-t-il dit. Je me suis rendu compte, et cela m'a surprise, que ces mots étaient les premiers qu'il prononçait depuis mon arrivée. À quoi avait-il bien pu penser pendant tout ce temps ?

Lulu a semblé revenir à la vie. Elle a tapé du pied. « Non ! Je n'en veux pas ! Enlève-moi ça ! » a-t-elle crié.

Sans répondre, Len a pris l'assiette et il l'a rapportée dans la cuisine. Il semblait tellement avoir l'habitude de tout cela. Il a allumé une cigarette et est allé se poser au bord du lit.

« Gerald veillera sur toi. Et Catherine aussi. Gerald prend soin de tout le monde – ou croit le faire. C'est une chose impossible, tu sais, que de s'occuper de tout le monde. Mais ces deux-là sont de véritables saints. Ce n'est pas le cas de Claude. Un ange déchu, oui. »

Nous sommes restés là un moment sans rien dire. De temps à autre, Lulu poussait un soupir. Les mains serrées, Len baissait la tête. C'était comme attendre dans un hôpital, ou à un arrêt de bus.

« Claude vit dangereusement, a-t-elle fini par dire. Il a fait des bêtises. Et maintenant le Grand Méchant Loup est après lui.

— Tu n'en sais rien, a dit Len d'un voix neutre.

— Oh si, je le sais ! a-t-elle répliqué. Pas une feuille d'arbre ne tombe dans cette ville à mon insu ! Howard Meade est au courant de tout, et comme il n'est qu'une méchante vieille rosse, il me raconte tout.

— Pourquoi fais-tu courir ce bruit ? Rien de tout cela n'est sûr…

— Sûr et certain. Claude a des problèmes, c'est tout ce que je veux dire. Les gens comme lui ont toujours des problèmes.

— Tout le monde a des problèmes », a dit Len. Il a légèrement souri. « C'est la vie !

— Qu'est-ce que la vie ? a demandé ma tante d'une voix chantante.

— Un magazine.

— Combien coûte-t-il ?

— Cinq centimes.
— Je ne les ai pas.
— C'est la vie ! »

Ils ont ri et ils m'ont regardée, guettant ma réaction. J'ai essayé de sourire. Leur petit jeu idiot – était-ce elle qui le lui avait appris ? –, leur amusement me semblaient la meilleure preuve de leur relation amoureuse. C'était sordide ! Je me suis sentie parfaitement affreuse, déplacée, coupée de tout, sans aucune raison d'être là ou ailleurs.

« Et ce café ? a demandé ma tante.
— Tu en veux vraiment ?
— Oh et puis non, laisse tomber. » Elle s'est redressée sur sa chaise, s'est éclairci la gorge et m'a lancé un regard apaisé. « Tu sais, bien sûr, que je ne peux pas aller chez Beth. Les deux sœurs qui se retrouvent ! Mais c'est un conte de fées qu'elle se raconte. Nous n'avons jamais été proches l'une de l'autre. Qui aurait pensé que cette jolie petite femme un peu ronde avait des rêves si impossibles. Et en plus, elle a tenté de les vivre – elle s'est même imaginée mariée à un homme riche, propriétaire d'une grande écurie de courses. J'aimais bien ton père. C'était un type assez simple, en vérité, qui n'avait de place dans son cœur que pour une seule passion, ou peut-être une et demie. Et il n'était pas riche ! »

Mais Tante Lulu s'était inventé un bébé, sa vie, sa mort, m'avait dit Len. Les gens étaient-ils donc si totalement étrangers à eux-mêmes ?

« Il l'a voulue dès qu'il l'a vue sur scène, a continué ma tante d'une voix sourde, perdue dans ses souvenirs. Elle était une ravissante petite chose. Alors que moi, j'en ai toujours trop fait. »

J'ai frissonné, confrontée un instant aux forces implacables du temps et de la perte. Contrairement à ce que j'avais pensé,

Tante Lulu avait tout à fait dessoûlé. « Tu as froid ? » m'a-t-elle demandé avec une pointe d'ironie. J'ai secoué la tête, gênée et agacée.

« Je suppose que tu fais partie de sa réalité, m'a-t-elle dit. Mais moi, certainement pas. »

Elle a tendu ses mains en avant, les paumes en l'air, et haussé les épaules. « Il n'y a nulle part où aller, une fois que tu as atterri ici, a-t-elle repris l'air épuisé, comme si elle venait juste d'arriver à la destination finale d'un long voyage. C'est ici que le pays prend fin – ici, et pas dans le Delta, pas dans les horribles hameaux de l'enfer des marais que Gerald aime tant, alors qu'il a failli être tué par des salauds qui y vivent. »

Elle me fixait, m'observait, attendait.

« De quoi parles-tu ? » lui ai-je demandé, fatiguée de tous ses mystères. Elle a souri, fière d'elle.

« Ce pays est dangereux, on n'y est nulle part en sécurité. J'ai voyagé. Je sais de quoi je parle.

— Tu ne devrais pas raconter la vie privée des gens. Ce n'est pas bien, a dit Len, indigné.

— Oh là là ! Qu'est-ce que tu peux être rasoir ! s'est-elle exclamée, en le regardant, les sourcils froncés. Elle a le droit de savoir. Elle va vivre avec eux.

— Ils m'ont parlé de sa femme, ai-je vite dit.

— Non… ce n'est pas de ça qu'il s'agit. Mais de ce que ces sauvages lui ont fait dans le bayou. Il a gagné un prix de poésie, qui lui a été décerné par des gens importants, dans la grande ville, et évidemment le journal local a fait son éloge. Ces créatures du bayou en ont entendu parler, le bouche à oreille, je suppose, car je ne crois pas une seconde qu'ils sachent lire ! Les poèmes parlaient d'eux. De leur vie. C'étaient de magnifiques poèmes. Et ils se sont sentis offensés. De quel droit écrivait-il sur eux ? Un soir, ils l'ont attrapé. Ils l'ont maintenu au sol, ils ont enfoncé un tuyau dans ses pauvres fesses et envoyé de l'air dedans. » Elle s'est arrêtée et m'a regardée, étudiant mon visage comme pour y mesurer l'horreur qu'elle avait dû y voir.

« Je déteste cette histoire, a dit Len, avec véhémence.

— Il a eu une attaque cardiaque, après ça, à cause de ce qu'ils lui avaient fait, a continué Lulu, imperturbable. Ses amis, les gars de son pays. Il n'a pas voulu dire à la police de qui il s'agissait. Et d'après Howard, il continue à les voir.

— Ceux qui l'ont attaqué ? ai-je demandé, avec une incrédulité forcée par laquelle je cherchais en fait à écarter l'image de Gerald Boyd, réduit à l'impuissance, le visage contre terre.

— Le connaissant, je n'en serais pas étonnée », m'a-t-elle répondu. Elle s'est levée, a vacillé. « Aide-moi », a-t-elle demandé à Len, pitoyable. Il l'a prise par le bras et l'a conduite jusqu'au lit. « Je suis si fatiguée, a-t-elle dit. Mais nous allons nous voir souvent, Helen. »

Elle est tombée sur le lit ; elle a rassemblé dans ses mains la couverture en chenille et a posé sa joue dessus. La robe de chambre a glissé de chaque côté de ses jambes, avec lenteur. Le dessous de ses pieds était gris.

« Helen ? Est-ce que tu as vu les constellations qui sont peintes au plafond ? » Sa voix provenait du tas de tissu rose avec une force renouvelée. « Est-ce que les étoiles te font te sentir toute petite ? Est-ce que les problèmes humains te semblent insignifiants quand tu les observes ? Moi non. » Elle a levé la tête et roulé les yeux dans ma direction. Elle voulait probablement être drôle, mais c'était raté. Elle semblait seulement faible et malade. « Non ! a-t-elle lancé d'un ton féroce, comme si elle avait senti la pitié et détestait cela. Les étoiles me donnent l'impression d'être immense – comme si je pouvais les dévorer. »

Sans le vouloir, j'ai regardé les constellations, probablement peintes il y avait plus de cent ans. J'avais peur d'elles, du passé, de ce que j'avais entendu ce soir-là. Quand mes yeux sont revenus vers Tante Lulu, elle semblait dormir. Comme il l'avait déjà fait une fois au cours de cette longue journée, Len m'a accompagnée jusqu'à la double porte.

« Elle a l'air si mal, lui ai-je dit dans le couloir. J'aurais préféré qu'elle ne me raconte pas toutes ces histoires à propos de Gerald Boyd, et de Claude.

— Elle est malade, a-t-il répondu. Et elle n'aurait pas dû faire ça, il vaudrait mieux ne pas colporter ces ragots.

— Ce sont des ragots ?

— Je ne sais pas. Peut-être en partie.

— J'ai oublié comment vous l'aviez rencontrée.

— Dans un bar », a-t-il dit. Nous avons descendu l'escalier et nous nous sommes arrêtés sur le seuil de la cour. Elle était faiblement éclairée par une lampe allumée derrière une des grandes fenêtres qui nous surplombaient. Quand Len a dit « dans un bar », je me suis rappelé ce qu'il m'avait raconté avant, qu'il était allé voir Lulu pour lui demander du travail.

« Je buvais un verre avec Howard Meade, continuait-il. C'est le libraire pour qui j'ai travaillé quelques semaines quand je suis arrivé en ville. Il connaissait Lulu. Je ne savais pas grand-chose à propos de l'alcool – qu'il peut être la seule raison pour laquelle certaines personnes se voient. Quand ils se croisent dans la rue, s'ils sont tous les deux à jeun, Lulu et Howard ne se parlent même pas. Bon. Elle était dans ce bar. Elle s'était débrouillée pour déchirer sa robe et elle s'y agrippait, puis elle s'est effondrée sur un tabouret et elle s'est mise à gémir de la façon la plus horrible qui soit, on aurait dit un animal. Howard était sur le point de sombrer. J'ai raccompagné Lulu chez elle. Je pensais qu'elle allait mourir. Mais elle n'a pas voulu que j'aille chercher de l'aide. Elle venait de passer une semaine à boire. Elle a tout juste réussi à me dire ce qu'il fallait faire pour qu'elle puisse se coucher.

— Vous m'aviez dit être venu lui demander du travail », ai-je murmuré d'une voix glacée.

Len s'est avancé dans la cour et il s'est immobilisé, je ne voyais plus que son dos.

« C'est ce qui s'est passé, a-t-il répondu avec douceur, en se retournant vers moi. Je l'ai ramenée chez elle parce que toute seule, elle n'y serait jamais arrivée. Et je suis revenu la voir quelques jours plus tard, parce que j'avais vu une de ses affiches pour la troupe de théâtre. Elle ne se souvenait pas de la soirée dans le bar. Elle ne savait pas que je l'avais lavée et mise au lit. Je ne le lui ai pas rappelé. Et moi, je ne savais pas, alors, que cette nuit-là n'avait rien d'exceptionnel. »

Comme j'avais mauvais esprit ! Je me découvrais une nature soupçonneuse que je n'aurais jamais imaginé avoir. Je ne pouvais m'excuser, cela aurait été agir de façon trop intime, mais j'aurais aimé le faire, même si je n'avais pas tout à fait dit que je le soupçonnais de m'avoir menti.

« Vous avez été très bon envers elle », ai-je dit alors. Il n'a pas vu l'effort que je faisais pour lui sourire avec reconnaissance ; il s'était assis au bord de la fontaine. Au-dessus de lui, la fille de marbre tendait ses membres d'arbre. Il m'a fait signe et j'ai été heureuse d'aller m'asseoir à côté de lui. C'était un lieu qui paraissait intime, même si l'on pouvait nous regarder tranquillement de derrière une fenêtre. Au-dessus de nous, dans le carré de ciel encadré par les rebords du toit, brillaient de véritables étoiles. Mais ce ciel semblait vernis, comme si le peintre du plafond de Tante Lulu y avait aussi apporté sa touche.

« Je ne la connais pas depuis longtemps, cela doit faire

environ deux mois », a dit Len. Il parlait à voix basse, lançant un coup d'œil vers les fenêtres de temps à autre. « Mais j'ai l'impression que cela remonte à bien avant. Je ne m'étais jamais occupé de qui que ce soit, pas même d'un chien. Quand je suis allé à l'université de Chicago, je parlais à peine aux gens. Je me vois encore traverser le campus à toute vitesse pour aller en cours, craignant que quelqu'un me parle, me demande quelque chose. »

Il m'a regardée fixement, l'air étonné, pendant un long moment, comme si j'avais pu lui expliquer pourquoi il avait été comme ça.

« Vous étiez si jeune… »

Il a secoué la tête. « Je n'arrivais pas à m'extraire de moi-même, a-t-il repris. Quand quelqu'un me disait bonjour, j'avais l'impression qu'une explosion s'était produite devant moi.

— Pourquoi avez-vous arrêté de travailler dans la librairie ? Ce doit être mieux que de servir les gens qui mangent.

— Howard Meade faisait n'importe quoi avec l'argent. Il faut déjà avoir de quoi vivre pour être son employé. Si je lui demandais de me régler quand il était à jeun, il s'exécutait, très Vieux Sud, et se confondait en excuses de ne pas y avoir pensé sans que je le lui demande. Mais quand il était soûl, c'est-à-dire la plupart du temps, soit il me répondait par des insultes, soit il ne venait pas le jour où il devait me payer. Même sobre, il ressent une froide indignation envers tout ce qui existe sous le soleil. Et il prend une sorte de plaisir tout aussi froid à humilier les autres, y compris ses clients, en étalant son savoir littéraire. »

Il y avait une tache couleur de thé foncé sur la cambrure d'un pied de la fille de marbre. J'ai dit : « Ses mains se transforment en branches.

— C'est Daphné, m'a-t-il annoncé, comme si je lui demandais le nom d'une invitée dans une fête. Elle a échappé à Apollon en se changeant en arbre. »

Il a fumé une cigarette. Nous étions tranquilles, dans cette cour, chez nous, cachés, et presque intimes.

« Est-ce que c'est vrai, ce qui est arrivé à Gerald Boyd ?

— Je crois que oui. J'ai entendu à peu près la même histoire dans la bouche de différentes personnes. »

Je voulais rencontrer tous ceux qu'il connaissait. Il semblait extraordinaire que Gerald puisse cuisiner, lire un magazine, écrire ses poèmes, accomplir tous les actes ordinaires de la vie. J'avais déjà ressenti cela, pour une femme que ma mère connaissait et dont le mari et le plus jeune enfant étaient morts dans un incendie. Un an plus tard, je l'avais vue repiquer des fleurs dans un parterre devant sa nouvelle maison, son autre fils à genoux à côté d'elle, une truelle dans sa petite main.

« Alors… tout peut arriver.

— Oui. Tout.

— Quand j'ai vu Claude de la Fontaine, tout à l'heure, j'ai commis une erreur vraiment stupide. » Je lui ai parlé du livre, je lui ai raconté comment j'avais pensé qu'il s'agissait d'un ouvrage sur Adolf Hitler. « Je l'ai entendu à la radio. J'avais l'impression d'écouter la retransmission d'un combat de chiens.

— Si vous compreniez l'allemand, vous sauriez que cet homme est un cauchemar.

— Vous connaissez cette langue ?

— Un peu. Ma mère la parle. Je l'ai étudiée à l'université, mais j'ai laissé tomber. Puis, au bout de deux ans, j'ai complètement abandonné mes études. »

Il a dit que les siens avaient été terriblement déçus, mais

qu'ils avaient exprimé leur désarroi avec leur calme habituel. « C'était presque le pire, cette politesse blessée. »

Son frère était mathématicien et sa sœur, flûtiste, suivait les cours d'une école de musique. Il a dit qu'il n'avait pas été capable d'aller à la rencontre de sa propre vie, comme ils l'avaient fait, eux. Mais comment avoir des projets, avec ce qui se passait dans le monde ? Il pouvait être mobilisé d'un jour à l'autre. Il était venu à La Nouvelle-Orléans en février : « Assister au mardi gras. » Il a souri. « Cette raison en valait bien une autre.

— Et alors, comment était-ce ?

— Merveilleuse musique. Et les gens complètement fous, portant des vêtements inouïs, ivres, dansant. Je suis resté parce que j'aimais cette ville – la façon dont les gens s'y comportent, comme s'ils vous connaissaient depuis toujours. »

Il avait attrapé le rebord de la fontaine à deux mains et se penchait en avant, les épaules un peu voûtées. Je l'ai imaginé en train de marcher à travers le campus de l'université. À la vue de la minceur de son corps, j'ai ressenti une pitié intense, presque insupportable, me transpercer jusqu'aux os. Une légère odeur d'agneau brûlé se dégageait de lui, celle de la côtelette de Tante Lulu, mélangée au parfum doux d'un savon naturel.

Un relent de solvant régnait toujours autour de Matthew, parce qu'il faisait nettoyer ses vestes de tweed bien trop souvent.

J'aurais voulu dormir pendant des jours. Le lendemain il fallait que j'aille travailler, vendre des sous-vêtements à des femmes du Sud.

« Il faut que vous les entendiez jouer *When the Saints Go Marching In*, continua Len.

— Qui donc ?

— Les Noirs. Quand ils suivent un enterrement, ils jouent une marche funèbre, mais ensuite, ils attaquent *When the Saints* et ça vous rend fou de joie.

— Il faut que je rentre, maintenant. » Mon cœur tapait contre ma poitrine, fort, lourd. Mais il n'a pas dit : « Non, non pas encore. » « Je commence à travailler demain », ai-je expliqué bien qu'aucune explication ne m'ait été demandée. Je me suis penchée pour ramasser mon sac. Un coin de la lettre du prisonnier en dépassait. Je l'ai montrée à Len et je lui ai raconté où je l'avais trouvée.

Il a glissé la main dans la poche de sa chemise et en a ressorti un timbre dont les bords rebiquaient. « Il était destiné à une lettre adressée à ma famille, mais je sais que je ne l'écrirai jamais, a-t-il dit. Donnez-la-moi, je vais vous la poster. »

Il a descendu Royal Street avec moi. C'était un homme résigné, pas exactement triste, mais qui avait en lui quelque chose de solitaire, et qui semblait à la dérive. J'aurais été curieuse de le voir… fou de joie, comme il disait. Faisait-il l'amour avec ma tante ? Je sentais ses mouvements à chacun de ses pas. Son bras frôlait le mien. J'avais envie de le regarder. Je n'ai pas osé, de peur qu'il lise sur mon visage ce à quoi je pensais.

J'ai dit que ma mère et Lulu étaient totalement différentes. « J'ai du mal à croire qu'elles sont sœurs. » Ma voix tremblait. Qu'avais-je dit ? Avais-je parlé de Lulu et de ma mère ? Ou avais-je avoué voir sa tête argentée posée sur les seins de ma tante ?

« Mon père est rabbin », m'a-t-il soudain annoncé alors que nous arrivions sur St. Phillip Street.

Je me suis arrêtée, ébahie. « Mais je croyais que les prêtres ne pouvaient pas se marier ! »

Il a éclaté de rire. « Helen, mon père agit souvent comme un prêtre, mais il n'en est pas un. »

Il m'a touché la main d'un geste ouvertement amical, une attitude dont il n'avait pas encore fait preuve vis-à-vis de moi. Et il m'avait appelée par mon nom. « Je vous explique la différence ?

— Non… pas encore. Il s'est passé tellement de choses, aujourd'hui, que la tête me tourne. » « Que la tête me tourne » était une expression que ma mère aurait utilisée. « *Adolphe*, et maintenant les rabbins », ai-je dit. J'ai essayé de sourire, car il souriait. « On dirait que j'ai oublié tout ce que j'ai jamais appris. Même si ce n'était pas grand-chose…

— Ne soyez pas gênée, a-t-il dit. Et bonne chance pour demain. »

En me dirigeant vers la maison de Gerald, je me suis retournée sans le vouloir. Len avait disparu.

Les gens se faufilent dans votre conscience et ils y occupent ce qui semble, a posteriori, avoir toujours été leur place.

Je venais de rencontrer presque tous ceux qui joueraient un rôle dans ma vie pendant les mois suivants et longtemps après que j'ai quitté La Nouvelle-Orléans, sauf l'une des plus importantes, une fille du nom de Nina Weir.

En fait, je l'avais vue à travers la grille de fer forgé du balcon de la salle de bal, quand en passant dans Royal Street, elle avait levé les yeux, sentant, peut-être, que derrière la fenêtre, quelqu'un la regardait marcher.

5

En début de soirée, une semaine environ après l'avoir vu chez Gerald Boyd, j'ai aperçu Claude de la Fontaine qui traversait St. Louis Square en direction du Cabildo. Il s'est arrêté un instant et je l'ai vu plus nettement, dans son costume de lin blanc. La lumière d'un des réverbères qui entouraient la place illuminait son large front et transformait ses yeux en creux. Immobile, il ressemblait à une statue antique. Puis un jeune homme aux cheveux noirs et au nez fin et busqué comme le bec d'un petit oiseau est sorti de Pirates Alley pour vite aller vers lui.

Ils ont échangé un mot ou deux. Lorsque Claude a lancé un regard rapide autour d'eux, je me suis faite toute petite derrière un long banc. Claude a posé la main sur les fesses du jeune homme, et l'a serré contre lui jusqu'à ce que son long corps mince s'appuie contre le sien comme celui d'un enfant ensommeillé qui se repose dans les bras de son père. Une seconde de plus et ils disparaissaient dans la ruelle.

Une certitude dont je ne voulais pas s'est immiscée en moi. Ma tante m'avait bien fait comprendre que les femmes n'intéressaient pas Claude. Mais il y a une différence entre savoir et voir.

J'avais appris deux ou trois choses à propos de sous-vêtements féminins cette semaine-là, et constaté la férocité des femmes envahies par la crainte mortelle du vieillissement physique qui, avant d'en essayer une, attrapaient les gaines avec ce qui ressemblait à de la colère, les étiraient autant qu'elles pouvaient, tordaient crochets et attaches, pinçaient bandes et parements élastiques, tiraient sur les jarretelles avec une telle fureur que je craignais de les voir les arracher. Si la gaine passait ce premier examen, la femme se dirigeait d'un air sinistre vers une cabine pour y vérifier quelle quantité d'elle-même pouvait contenir et aplatir ce que j'en étais venue à considérer comme l'armure rose de l'abysse – il y avait quelque chose d'à la fois organique et aquatique pour moi dans ces objets vestimentaires. Les jeunes filles achetaient combinaisons et culottes rapidement, souvent sans les essayer. La soie et le coton se posaient avec légèreté sur leurs seins et leurs fesses. Une vendeuse du rayon des vêtements pour femmes m'a dit qu'il était beaucoup plus facile de vendre des dessous car les clientes avaient des convictions secrètes et inébranlables sur ce qu'elles devaient porter dans ce domaine. Tandis qu'avec les robes, pour vendre, il fallait convaincre.

Ce travail ne me paraissait pas dur. Je voyais l'ennui poindre à l'horizon comme un trou dans la chaussée, mais pour l'instant cela pouvait aller. Ce que je faisais demandait si peu d'attention – j'avais vite appris à connaître le stock – que je pouvais rêvasser à ma vraie vie dans le Quartier français, la vie que mon salaire rendait possible.

J'avais dîné plusieurs fois avec Gerald et Catherine. Quand je rentrais, je trouvais un couvert mis pour moi. C'était délicieux d'être si bien accueillie, et je m'en sentais gênée. « Vous dépensez à me nourrir tout l'argent que je vous donne pour la chambre, ai-je dit à Catherine. Je vais manger de plus en plus, et vous allez être obligés de prendre un autre locataire pour m'entretenir. » Elle m'a répondu que pour l'instant, je n'avais pas besoin de m'inquiéter. Ils étaient contents de m'avoir à leur table, et une fois que je serais installée, dans une semaine ou deux, nous pourrions trouver un arrangement. Ce soir-là Gerald a dit que j'étais la bienvenue, qu'il aimait faire la cuisine, que je savais apprécier ce qu'il préparait, et que peut-être je pourrais plus tard leur préparer des plats du Nord. Il avait entendu parler de notre façon de manger, haricots blancs et sirop d'érable, non ?

Ces gentilles plaisanteries furent interrompues par l'apparition dans la contre-porte d'un homme au visage rond qui portait des lunettes et souriait. J'ai vu, juste derrière lui, une petite silhouette rebondie, enveloppée d'une éclatante étole vermillon. « C'est Norman Lindner et sa femme Marlene », m'a dit Catherine. « Il vient du Nord, lui aussi », a ajouté Gerald. Quand les Lindner sont entrés, Catherine m'a glissé à l'oreille qu'il peignait.

« À l'unanimité ! a annoncé Lindner à Gerald sur un ton triomphant.

— Tu pourrais commencer par dire bonjour, Norm », a dit sa femme. Elle me regardait comme on fait un inventaire. J'ai eu l'impression qu'elle aurait aimé que je me lève pour voir quel genre de chaussures je pouvais bien porter. Elle était en talons hauts, et très maquillée. Au coin de ses yeux, elle avait dessiné un épais trait noir, comme pour ressembler à une Asiatique.

Norman Lindner a salué Catherine et hoché la tête dans ma direction. « Tu en as entendu parler, Gerald ? Unanimes ! Charles Evans Hughes est le phare de cette nation !

— Assieds-toi un peu, a dit Gerald d'une voix douce. Tu vas t'épuiser de bonheur. Voici notre amie Helen Bynum, qui loue la chambre au-dessus de la cuisine. Elle vient du Nord, comme toi.

— Bonjour, Helen, a dit Lindner en me regardant une seconde avant de se retourner à nouveau vers Gerald. Qu'est-ce que tu en dis, Gerry ? Si tous les membres de la cour suprême ont soutenu cette décision, est-ce que tu ne crois pas que le vent est en train de tourner ?

— Je dirais que Hugues est peut-être le phare de la nation, mais le vent souffle de tous les côtés à la fois. Tu ne peux pas forcer les Blancs à apprécier le fait que les Noirs voyagent en première classe, et encore faudrait-il qu'ils voyagent vraiment en première classe. Pourquoi est-ce que tu ne t'assieds pas, Marlene ? Vous boirez bien un café ?

— Non, nous ne restons pas. Nous allons voir l'exposition d'un de mes amis. Le problème n'est pas que les gens apprécient ou non. Les mentalités finissent toujours par changer, mais jamais sans que de justes lois ne soient d'abord votées.

— Vous êtes artiste, Helen ? m'a demandé Marlene d'une voix haute et flûtée.

— Je travaille à Fountain's, ai-je répondu. Je vends des sous-vêtements pour femmes.

— Rien que ça ! s'est exclamée Marlene.

— Il faut qu'on y aille. De toute façon, cher vieux Gerry, c'est un grand jour pour la Constitution. »

Après leur départ, Catherine a dit qu'elle aurait préféré que Norman n'appelle pas Gerald « Gerry ». « Ça me donne l'impression de chavirer, a-t-elle expliqué.

— Ça ne me dérange pas, a répondu Gerald. Il veut juste avoir des liens de familiarité avec tout ce qui existe. »

Catherine a fumé une cigarette, un coude sur la table, la joue appuyée dans la main. « Il est agaçant, et il le sait. Il te pousse aussi loin qu'il peut, puis il te demande ton avis, tu vois, comme pour t'adoucir. Il est étrange.

— Nous le sommes tous, a dit Gerald.

— Lui plus que les autres. Il voit des complots partout. Il se pense constamment épié par des gens haut placés qui réunissent contre lui des preuves accablantes. »

Elle avait dans la voix une sévérité inhabituelle. Soudain elle s'est mise à rire. Gerald lui a souri, il a tendu la main vers elle et lui a tapoté la tête. « Arrête, a-t-elle protesté gentiment. Norman est réellement ennuyeux comme la pluie, et tu le sais. Il voudrait que la vie ressemble à ses peintures murales – de grands nigauds de travailleurs bien nourris défilant contre les patrons comme à la guerre. Des imbéciles vertueux.

— Il a juste besoin d'ordre, a dit Gerald. Il ne supporte pas que les gens se montrent confus et contradictoires. Et il aime vraiment les pauvres, ils évitent au cerveau de suer sang et eau. »

Cela ressemblait entre eux deux à une scène connue. J'ai pensé à Maman essayant d'adoucir de ses charmes la dureté de mon cœur. Une scène pas tout à fait artificielle, mais pas non plus complètement vraie. J'étais frappée par le fait que Gerald, qui semblait d'une disponibilité illimitée et d'une tolérance tout aussi infinie, épiait lui aussi les gens. Et devait intérieurement porter sur eux des jugements secrets.

Il était toujours prêt à bavarder avec ceux qui poussaient la contre-porte dans la soirée et, pour ce que j'en savais, tout le reste de la journée aussi. D'autres que les Lindner étaient passés cette semaine-là, que j'avais aperçus dans le jardin en rejoignant ma chambre. Une fois, un homme avait appelé Gerald de la rue. Il avait quitté la table et était revenu après que nous avions, Catherine et moi, déjà fini de dîner.

Elle m'avait un peu parlé de sa famille, de son père, dont la mère était une Indienne de la tribu des Blackfeet, d'un frère mort jeune de méningite. Mais je savais qu'elle tendait l'oreille en même temps, à l'affût des bruits qui annonceraient le retour de Gerald. Elle voulait qu'il revienne. Et quand nous l'avons entendu s'avancer lentement, elle m'a murmuré : « Les gens ne comprennent pas combien il devrait faire attention – ce qu'il est incapable de faire. Ils le dévorent, et lui, il se laisse dévorer. »

Une quinzaine de jours plus tard, j'ai rencontré l'ex-mari de ma tante Lulu, le docteur Samuel Bridge, qui est venu un soir avec Claude de la Fontaine, manger la fameuse jambalaya de Gerald. C'était samedi, il m'avait emmenée au Marché français, et j'avais vu deux de ses amis cajuns qui vivaient au bord du fleuve, au sud de la ville, lui tendre par poignées entières des crabes vivants, verts et gris comme des pierres, humides et s'agitant de façon frénétique. Il était un autre homme avec eux, excité, un peu agressif, quoique jovial et amical, et prenant pour parler un accent qui ressemblait au leur.

Je me suis sentie défaillir à l'idée que ces hommes étaient peut-être ceux qui lui avaient fait cette terrible chose. Je suis restée à l'écart, regrettant d'être venue. Chargé de sacs pleins de nourriture – y compris de crabes qui remuaient constamment –, il m'a conduite dans le bar du marché où j'avais bu ma première tasse de café de La Nouvelle-Orléans.

« Tu as réussi à persuader Lulu d'aller dans le Nord ? » m'a-t-il demandé quand nous avons été servis.

Je me suis donné une tape sur le front. Il a ri. J'ai essuyé les miettes de mon beignet, le comptoir de marbre était frais sous mes doigts moites.

« Peut-être est-ce ici qu'elle est le mieux, a dit Gerald.

— Je ne comprends pas comment elle peut continuer à boire comme ça.

— Ils vivent quelquefois assez longtemps, a-t-il répondu, d'un ton vague.

— Len devrait aller s'installer avec elle, ai-je suggéré, pour voir ce qu'il dirait.

— Oh non, a-t-il protesté. Il n'est encore sûr de rien.

— Il s'occuperait mieux d'elle », ai-je insisté faiblement.

Gerald n'a rien répondu à cela. Je n'étais pas arrivée à lui faire dire ce que je voulais, la vérité à propos de Len et de ma tante. J'ai changé de sujet et je lui ai annoncé que j'avais écrit à ma mère et que je lui en avais assez dit à propos de ma tante pour qu'elle comprenne toute seule de quoi il retournait. J'avais craint que cela ne provoque une crise, et même imaginé ma mère débarquant à La Nouvelle-Orléans pour forcer sa sœur à aller se mettre au sec dans les confins rigoureux de sa vieille maison. Mais elle m'avait répondu que tout allait bien, qu'elle avait trouvé « une solide gaillarde de la campagne » qui travaillait mieux qu'elle n'aurait jamais pu l'imaginer, et que les affaires marchaient. Dommage, pour Lulu, écrivait-elle, mais ce n'était probablement qu'un mauvais moment à passer, un de ces problèmes que les femmes devaient affronter quand elles devenaient trop vieilles pour certaines choses. Elle ne précisait pas lesquelles.

Le scénario de mon voyage dans le Sud à la recherche de la sœur de la veuve affligée s'était effacé dans le lointain, une idée sans racines. C'était moi, maintenant, qui m'inquiétais pour Lulu. J'étais à La Nouvelle-Orléans depuis plus d'un mois. J'avais beau essayer, je ne pouvais m'empêcher de penser aux journées qu'elle passait seule, ivre, dans la salle de bal, descendant l'escalier et marchant sur la planche au-dessus de l'eau d'un pas chancelant pour sortir acheter les sandwiches dont elle devait se nourrir quand Len n'était pas là pour lui apporter à manger.

Dans la cuisine, Gerald préparait la jambalaya. Je le voyais par une fente du plancher à larges lattes de ma petite chambre. De temps à autre, il levait les yeux vers la fente, un couteau à la main pour couper les légumes, et il prenait l'accent cajun pour m'expliquer la recette de son ragoût. Mais bon, il était poète, et cela ne voulait pas dire qu'il se moquait de qui que ce fût ; il était juste un peu plus loin de sa propre vie que les gens ne le sont en général de la leur.

J'avais un exemplaire de son livre de poèmes, que Catherine m'avait donné. Je connaissais, pour les avoir étudiés à l'école, Milton, Thomas Gray, Wordsworth, Longfellow et Edwin Markham, ainsi que Joyce Kilmer, que j'avais détesté car il m'avait fallu apprendre par cœur son *Trees*. Les poèmes de Gerald ne ressemblaient à rien de ce que j'avais lu. Courts, de huit ou dix lignes, ils ne rimaient pas. Ils étaient comme de petites explosions dans des pièces nues, et le dernier vers avait une sorte d'effet retard sur moi, celui qui vous fait voir soudain d'une façon tout à fait différente quelque chose que vous pensiez avoir définitivement compris. Il y avait çà et là des mots dont je ne saisissais pas le sens, presque tous français, comme ceux dont se servaient les Cajuns du marché. La poésie de Gerald était marquée par la douleur, une douleur ni fabriquée ni théâtrale, mais simple, pure, inconsolable.

Les deux invités sont arrivés ce soir-là à quelques minutes d'intervalle, le docteur Bridge en premier. Il était mince, pas grand, avec un visage plutôt long. Sans ses lunettes, qu'il a enlevées pour manger, il paraissait beaucoup plus jeune. De son agréable voix rauque, il m'a dit : « Je suis presque ton oncle. »

Il tenait ma main avec légèreté. Je me sentais mortifiée, comme si j'avais eu des comptes à rendre à propos de la vie dissolue que menait ma parente. Il a lâché ma main. « Je suis désolé de ne pas l'être vraiment », a-t-il ajouté. Était-il possible qu'il regrette encore de ne plus être marié avec elle ?

Il s'était détourné de moi et parlait à Catherine. Son uniforme lui allait à la perfection, on aurait dit qu'il avait été fait sur mesure par un tailleur attitré. Ses cheveux bruns étaient plus ondulés que bouclés.

Avait-il eu l'intention de me complimenter en disant qu'il regrettait de ne pas être mon oncle ? La raison profonde de ce compliment, si c'en était un, m'échappait. Gerald m'avait dit : « Sam est un homme à femmes. » Peut-être un homme à femmes ne pouvait-il résister au besoin d'attirer à lui le monde entier. J'observais le docteur Bridge qui se tenait, élégant, à côté de Catherine. Il y avait dans son apparence une netteté extrême et pleine de fraîcheur qui pouvait donner envie de le voir, ou de le pousser à se mettre dans une tenue moins impeccable, et à oublier à quoi il ressemblait. J'ai alors pensé que Gerald avait tort lorsqu'il disait que le docteur Bridge s'inquiétait pour Lulu, et que Catherine était plus près de la vérité. Il allait chez ma tante afin de s'assurer du désir qu'elle avait de sa présence. Je me suis souvenue du bel homme musclé qui, accompagnant sa femme dans le rayon de sous-vêtements de Fountain's, la semaine précédente, avait dit, sans me regarder, que la direction du magasin choisissait les filles qu'il fallait pour donner envie d'acheter ces merveilleuses petites choses. Son épouse, qui avait besoin de plus qu'une petite chose pour couvrir la partie médiane de son corps, lui avait lancé un regard sombre et triste tandis qu'il souriait, indifférent, en direction du plafonnier. J'ai frissonné à la pensée de Lulu et de son désespérant laisser-aller.

J'avais déjà brièvement rencontré Claude, mais quand il a ouvert la contre-porte et qu'il est entré dans la pièce, ce fut comme si je le voyais pour la première fois. Il avait ce genre de beauté que je croyais exister surtout dans la nature, les arbres majestueux, les paysages inhabités et sereins, certains animaux, les chevaux, les chats, mais pas dans l'être humain.

Assise à table en face de lui, je n'ai pas autant suivi la conversation que j'aurais pu le faire si j'avais réussi à ne plus le regarder. De toute façon, ils étaient quatre vieux amis et une grande partie de ce qu'ils racontaient se référait à des gens et des événements dont je ne savais rien. J'éprouvais la plupart du temps ce plaisir enfantin que l'on a à écouter les adultes sans être obligée d'intervenir et d'interrompre les réflexions qu'ils vous inspirent.

Claude a cité un magazine qui préparait un reportage sur les artistes du Quartier français, dont Gerald et le peintre Norman Lindner.

« C'est la grande mode, a dit Gerald. Maintenant, les gens ont besoin de visages. Mais ce n'est pas ce qui va faire lire mes poèmes à ceux qui ne les connaissent pas.

— Norman va être content, a dit Claude de sa voix douce et profonde. Il va enfin devenir réel à ses propres yeux.

— Il l'est déjà trop, a dit Catherine.

— C'est vrai ! » lui a répondu Claude. Catherine a souri avec une certaine timidité, et effleuré la manche de Claude. J'ai senti un pincement de jalousie. Sans savoir pourquoi, ou de qui. Ils ont ensuite évoqué le roman d'un écrivain noir, Richard Wright, qui était sorti un an plus tôt. Je n'en avais pas entendu parler ; je n'avais entendu parler d'aucun écrivain noir.

« Il ne comprend pas les Blancs, a dit Gerald.

— Qui les comprend ? a lancé Claude d'un ton léger. Et pourquoi le devrait-il ? Et Countee Cullen, et Jean Toomer, tu crois qu'ils le font ?

— Ils ne parlent pas des Blancs dans ce qu'ils écrivent, a répondu Gerald.

— Quels Blancs ? a demandé Claude. On a l'impression que tu parles d'une masse gélatineuse.

— C'est bien ce que je veux dire. De quoi d'autre pouvons-nous avoir l'air aux yeux des Noirs ? J'ai demandé à mon voisin Julius, qui sort s'asseoir sur sa chaise et parle avec moi de temps en temps l'après-midi, s'il l'avait lu, et il m'a répondu que Wright ne savait rien non plus des Noirs.

— Qui est Julius ? ai-je demandé à Catherine dans un murmure.

— Il habite en bas de la rue, là où commence le quartier noir. Il doit avoir environ quatre-vingts ans, mais on a du mal à le croire – les gens qui ont la peau sombre ne font jamais leur âge. » Elle a élevé la voix et dit pour tous les autres : « Mais il est si vieux, Gerald. Comment veux-tu qu'il apprécie le fait qu'un homme si jeune écrive un livre ? Et un livre où coule tant de sang. Julius ne peut aimer cela. Il est un peu vieux jeu.

— Eh bien, Catherine ! s'est exclamé le docteur Bridge en souriant. Tu veux dire que votre ami noir pense que Wright est présomptueux ?

— Julius a mis le doigt sur quelque chose, a dit Gerald. Cet avocat, Max – vous y croyez, vous, aux saints communistes ? Bigger doit mourir – et il lui dit de mourir libre. Pauvre Bigger, tué par les mots autant que par l'État. Et cet avocat lui parle des bâtiments qui les entourent, et de la façon dont des gens comme lui les empêchent de s'écrouler. Un vrai prêchi-prêcha.

— Mais c'est un merveilleux livre, a alors dit Claude. Il faut y réfléchir et le relire, et en relire certains passages encore et encore, jusqu'à ce qu'il s'empare de vous pour enfin voir ce qu'a fait Wright. C'est l'État, qui *est* Kurtz – le Kurtz de *The Heart of Darkness* –, voilà ce que Wright montre. Quand Max s'exclame à propos de Bigger : "Sa simple existence est un crime contre l'État!", Wright vous a tout dit. Max est plein de vertu sentimentale – au point que c'en est presque insupportable. Mais cela n'a aucune importance. La vertu sociale est la chose la plus difficile qu'un écrivain puisse aborder. Et que vas-tu dire de *Everyman*, Gerald ? Que c'est un livre aux personnages convenus ? Quelque chose t'a échappé. C'est un roman sur la passion. Il brûle comme un grand feu.

— Très bien, Claude, a dit Gerald. Vraiment très bien.

— Tu t'es surpassé avec cette jambalaya, a dit le docteur Bridge. Quand tu en auras marre de la poésie, Gerald, tu pourras toujours ouvrir un restaurant dans le Quartier français.

— Tu essayes de changer de sujet, Sam ? a demandé Claude.

— D'objet, simplement, a répondu le docteur Bridge. Cette jeune dame du Nord va penser que toutes nos conversations tournent autour des personnes de couleur.

— Nous parlions de tribus, a dit Claude. D'une manière ou d'une autre, c'est ce dont les gens parlent le plus.

— Et de nourriture, a dit le docteur Bridge.

— Et de nourriture, a répété Claude en lui souriant.

— Et d'amour », a ajouté le docteur Bridge.

Pendant un instant j'ai eu l'impression d'étouffer. Je me suis vue courir hors de la pièce, puis dans la rue, où je m'apercevais qu'il n'y avait pas plus d'air à respirer qu'ici. Mais une bouffée de joie m'a envahie en même temps à la pensée de ce à quoi j'avais échappé quand j'étais descendue du train dans cet étourdissant pays. J'ai pris une profonde inspiration – l'air était revenu – et Claude m'a lancé un regard.

« C'est l'humidité, a-t-il dit. Tu t'y habitueras peut-être. »
J'ai souri. Y avait-il de la sollicitude dans ses yeux ? Est-ce que je finirais par m'habituer à tout, et tout comprendre ? Était-il possible à quelqu'un comme Claude d'imaginer le monde dont je venais, ce monde que je me représentais toujours gris, glacé, où je serais devenue comme ma mère, ma bouche prononçant des paroles impensées pour dompter la terreur de mon cœur – à moins que je ne finisse, en restant, comme la vieille femme que l'on avait un printemps trouvée en train d'errer, nue, hurlant comme un loup dans les prairies au-dessus de Rhinebeck sous un torrent de pluie.

Des restes de ce ragoût, qui m'avait mis la bouche en feu, s'étalaient dans mon assiette comme des reliques ramassées au fond de la mer. Les autres parlaient tranquillement avec leurs voix du Sud, finissaient leur assiette, jusqu'à la dernière miette, comme de bons enfants. Il me faudrait apprendre à manger épicé.

Plus tard, alors que j'étais assise sur le rebord de la fontaine, Claude s'est installé à côté de moi. Les trois autres étaient dans la cuisine, ils bavardaient et, par moments, riaient. Le docteur Bridge et Catherine s'appuyaient contre le mur, fumant des cigarettes, tandis que Gerald préparait le café.

« Je crois que je travaille pour vous, ai-je dit à Claude.

— Gerald m'a raconté. Est-ce qu'ils vous traitent bien, au magasin ?

— Très bien. Ils sont plutôt amicaux. Je vends des sous-vêtements, mais on m'a dit que je passerai un jour au rayon des tailleurs. » J'ai entendu dans ma voix une note d'autodérision. J'ai eu peur qu'il n'apprécie pas. « Ce sera plus intéressant, ai-je vite ajouté.

— Ce pourrait être comme inventer un conte, a-t-il murmuré. Il suffirait de raconter une belle histoire sur un tailleur, de dire à la cliente qu'elle sera éblouissante dans cette tenue, et elle l'achèterait.

— Il y a quand même une chose… ces fontaines à eau… Je n'avais jamais vu ça. Ces panneaux au-dessus d'elles, qui précisent Blancs, ou Personnes de couleur. »

Il a continué à parler comme s'il n'avait pas entendu ce que je disais.

« En fait, je n'ai pas grand-chose à voir avec le magasin. Il me rapporte de l'argent, c'est vrai, et je suis obligé d'assister à des réunions de temps en temps. Mais ce sont les autres qui s'en occupent. Je ne suis bon à rien dans ce domaine. Une vraie tête de linotte. »

Je ne m'étais pas attendue à de fausses excuses.

« Les gens éprouvent de l'horreur envers ceux qu'ils maltraitent, a-t-il continué. Un jour il n'y aura plus qu'une seule grosse fontaine. Nous allons certainement participer à cette guerre, tu sais, et les Noirs iront se battre. Personne, bien sûr, n'aimera cette grosse fontaine où tout le monde pourra boire. La colère, celle de ceux qui maltraitent comme celle de ceux qui sont maltraités, ne s'effacera pas avant une bonne centaine d'années. Mais la loi changera. Elle ne peut continuer de mettre en œuvre des pratiques qui remontent au temps de l'esclavage. »

Il m'avait donc entendue. Peut-être faisait-il partie de ceux qui n'essayent pas de répondre à tout immédiatement. Il a allumé une cigarette. Sa main gauche était posée sur ses genoux. Il portait un petit anneau d'or orné d'une pierre rougeâtre.

« Quelle magnifique bague », ai-je remarqué, tout en pensant à sa main, à ses doigts apparemment pleins de force, et à sa peau couleur d'ivoire. Il l'a tout de suite enlevée et l'a tendue en avant. Je me suis penchée dans l'axe de la lumière qui venait de la cuisine. J'ai vu un visage, gravé sur la pierre.

« Hermès, m'a-t-il précisé. C'est une cornaline. Un cadeau qu'on m'a fait il y a longtemps. »

J'avais adoré Oncle Morgan. Je ne ressentais plus cet amour, mais il était là, quand je me rappelais mon enfance, mon père. Oncle Morgan apportait avec lui quelque chose de la splendeur du monde dans notre maison. Il faisait rire mon père comme je ne l'ai jamais entendu rire avec qui que ce soit d'autre.

Nous sommes restés assis en silence pendant un moment, à écouter le murmure agréable qui provenait de la cuisine. Claude ne sentait pas le citron, ce soir-là, mais autre chose. Des semaines plus tard, j'ai vu chez lui, sur une commode, une bouteille en verre taillé d'eau de toilette de Guerlain.

« Il reste encore quelque chose des Saxons, des nordiques, a-t-il murmuré, comme s'il me disait un secret. Je crois qu'ils ne se sont jamais habitués au fait qu'il y a des ouvertures dans le corps humain. C'est ce qui explique peut-être qu'ils se soient adonnés à tant de massacres et de tueries sans même l'excuse de la foi religieuse. Quoiqu'ils aient aussi tué à cause d'elle, comme le reste du monde. Les Méditerranéens sont différents. »

J'étais totalement déconcertée. Personne ne m'avait jamais parlé ainsi. Mais j'avais presque envie d'éclater de rire, comme mon père riait en présence de son frère, sans réserve.

« Les Saxons, j'imagine, ne se voient pas comme ça, ai-je dit.

— Oh ça ! Je ne crois pas que les gens puissent se voir très clairement eux-mêmes. Personne n'est assez libre pour ça. Comment faire pour s'arracher à ce que l'on est et le regarder de haut ? Les lois sont peut-être ce par quoi les êtres humains s'approchent le plus de l'autocritique.

— Qu'est-ce qui est vraiment arrivé à Gerald ? » ai-je demandé dans un souffle. Il a lancé un regard rapide vers la cuisine comme si je faisais allusion à quelque chose qui venait de se passer. Je me suis dit, Gerald est désormais quelqu'un que le danger menace continuellement. « Je voulais parler du jour où ils l'ont battus, ai-je ajouté.

— Je crois qu'il y a des moments où je comprends ce qui s'est passé. Puis d'autres pas du tout. Il y a eu tout un tintouin autour de lui, quand il a gagné ce prix. C'est un enfant du pays, tout ça.

— J'ai lu ses poèmes. Je ne comprends pas ce qu'ils peuvent avoir de si offensant. Je trouve que ce sont eux, les gens sur qui il a écrit – bien que rien dans ses poèmes ne m'aurait permis de savoir qu'il parlait de certaines personnes en particulier si ma tante ne me l'avait pas dit –, qui auraient dû lui donner un prix.

— Il a choisi leur vie pour sujet. Il les a délimités, il leur a donné l'impression d'être différents de ce qu'ils croyaient être. Peut-être leur a-t-il fait prendre conscience de leur propre existence.

— Est-ce que les gens ne veulent pas être distingués des autres ? C'est-à-dire différents ?

— Non, a-t-il répondu en souriant un peu. Ou plus exactement, s'est-il repris, il y en a certains qui ne le veulent pas. Le seul fait d'être remarqués les fait se sentir monstrueux, répugnants.

— Mais ce qu'ils lui ont fait… » Je me suis arrêtée. Ma voix s'est éteinte. Je voyais. La nuit. Gerald se débattant à terre, maintenu par des mains épaisses. Ses vêtements déchirés.

« Je ne crois pas qu'ils aient préparé leur coup. Ils l'ont aperçu un soir où il se promenait, peut-être vers un des petits embarcadères que l'on trouve dans les hameaux du Delta. Il n'a jamais dit lequel. Et trois d'entre eux lui sont tombés dessus.

— Mais ils avaient un *tuyau* ! On ne fait pas ça par hasard, on s'organise, on élabore un plan…

— Ils avaient un bout de tuyau… qui traînait probablement par là dans une cour. Une chose tout à fait banale.

— Et il reste ami avec eux, il continue d'aller là-bas. »

Catherine s'est arrêtée sur le seuil de la cuisine. « Le café arrive, a-t-elle lancé dans notre direction.

— C'est parce qu'il les comprend vraiment. Et c'est pour cela que ses poèmes possèdent une telle tendresse, a dit Claude en se penchant un peu vers moi. Il sait de quoi ils sont capables, pourtant il éprouve pour eux une immense sympathie. Et quelle valeur peut avoir la sympathie, si nous ne connaissons pas la part de l'ombre ?

— Mais c'est sur son corps à lui qu'ils ont exercé leur part d'ombre ! »

À cet instant, ils sont sortis tous les trois de la cuisine. Le docteur Bridge et Catherine portaient les tasses. La lumière derrière eux assombrissait leurs silhouettes tandis qu'ils marchaient lentement vers nous. On aurait dit les personnages d'un rêve. En même temps que l'odeur du café, j'ai senti l'humidité de l'air et entendu les froissements de la jupe de Catherine. C'était comme si mes sens, tous sauf l'ouïe, avaient été endormis pendant que Claude tentait de m'expliquer l'inexplicable.

Sam Bridge me souriait et me tendait une tasse. Tout, pour moi, avait une signification, la ligne nette de son poignet de chemise bien repassé, les cheveux de Gerald dans la lumière qui tombait ensuite sur mes sandales et la toile de lin des jambes de pantalon de Claude, le rire timide et doux de Catherine quand Gerald s'était penché en avant pour lui chuchoter quelque chose à l'oreille.

Quand je me suis mise au lit, ce soir-là, en repoussant l'ultralégère couverture, j'ai repensé à l'attention et au respect dont Claude faisait preuve envers Catherine et Gerald. Par la suite, j'ai pu me rendre compte qu'il était surtout comme ça avec ceux chez qui il sentait de la souffrance, quels qu'ils fussent, comme inéluctablement attiré vers ce qui repoussait la plupart d'entre nous.

6

Lorsque je me rendais à la salle de bal, le soir ou le dimanche, j'apportais quelquefois à ma tante de quoi manger dans une tourtière couverte d'un mouchoir noué, en général les restes d'un dîner préparé par Gerald, ou d'un plat que je m'étais fait. Avant même de lui dire bonjour, j'allais dans la minuscule cuisine transvaser le contenu du plat dans l'une des trois assiettes bleu et blanc ébréchées, et je n'en reparlais jamais dans la conversation qui suivait, quelle qu'elle fût. Quand elle dormait – ou cuvait – j'entrais et repartais, ombre porteuse d'aliments. Elle grignotait plus tard un petit peu de ce que je déposais. Je l'ai su par Len, et il a ajouté qu'elle se sentait mortifiée quand je la nourrissais, surtout lorsqu'elle trouvait à son réveil ce que je lui avais apporté. Mais elle le mangeait. Ne sachant comment je devais agir, j'ai continué. Le souci que je me faisais pour elle était souvent plein de rancœur, probablement parce que je ne l'aimais pas assez.

Dans les rares lettres de ma mère, rien ne laissait jamais transparaître un éventuel désir de me voir rentrer à la maison. Mon départ semblait l'avoir autant libérée que moi de la monotonie de notre vie commune, à moins qu'elle n'ait fait un effort conscient pour laisser croire qu'il en allait ainsi.

À la suite d'un rhume dont elle n'arrivait pas à se débarrasser, elle avait vu le médecin, et il lui avait dit qu'elle avait un cœur et une tension de Jeune Femme. Elle avait souvent recours aux majuscules pour faire passer ses émotions. Cela pouvait paraître enfantin, mais c'était efficace ; j'entendais sa voix s'élever, triomphale, avec ce : « Jeune Femme ».

Matthew m'a envoyé une lettre. Son écriture était en elle-même un véritable affront : elle manquait tellement de personnalité qu'après un regard rapide j'ai replié la feuille de papier et l'ai laissée tomber sur une chaise en décidant de ne pas la lire. Quelques minutes plus tard je me suis trouvée idiote et je l'ai ramassée. Rien, dans son contenu, ne divergeait de son aspect extérieur. Je me suis demandé si nous nous étions vraiment allongés sur le vieux matelas qui sentait le moisi, nus et haletants, dans le grenier où il m'emmenait par respect pour sa mère qui, de toute façon, était sourde comme un pot.

Je ne pensais plus que Len fût l'amant de Lulu. Il y avait peut-être eu quelque chose entre eux, avant, mais désormais, même s'il continuait de faire ses courses, et tout ce qu'il pouvait pour la soulager, lui changeant les idées quand elle se montrait irritable, essuyant la sueur de son front quand elle était malade, je voyais bien qu'il semblait plongé dans un ennui profond chaque fois qu'il était là. Je ressentais un espoir fugitif car, en un sens, il s'éloignait d'elle pour se rapprocher de moi. Lorsque nous nous retrouvions ensemble dans la salle de bal, il me raccompagnait ensuite chez les Boyd. Et il nous arrivait de boire des bières au Murphy's Bar.

Nous étions bizarres, l'un avec l'autre. Assis en face de moi dans l'ombre du box, il avait l'air distant et confiant en même temps. Je me sentais, une fois installée, tendue par l'effort que je devais faire pour réfréner les sentiments qu'il m'inspirait.

Nous étions réunis mais emprisonnés par les liens différents qui nous attachaient à Lulu. Nous parlions d'elle comme deux acteurs dans un film, déguisés en docteurs avec autour du cou des stéthoscopes pour enfants.

Bien que mortifiée par la nourriture que je lui apportais, ma tante semblait contente de ma présence et elle montrait quand je venais une joie fragile et frémissante que je soupçonnais en partie simulée. Mais j'étais soulagée qu'elle ne m'accueille plus avec la rudesse bruyante dont elle avait fait preuve lorsque j'avais commencé à aller la voir plus ou moins régulièrement. Quand elle était assez sobre, elle me parlait de sa, de notre famille. Alors le poids du devoir tombait de mes épaules, et je ne sentais plus passer les heures.

« Ton grand-père avait le cœur dur, m'a-t-elle dit un jour. Il était intelligent et cela le rendait dédaigneux. À la mort de notre mère, il a laissé son cœur se transformer en pierre. Je sais, bien sûr, que le fait de voir ses deux filles devenir danseuses de cabaret fut un choc pour lui. Il aurait voulu avoir des enfants instruites, vivant loin du monde dans l'univers des livres, des jeunes filles à la coiffure modeste, aux voix fraîches et virginales. » Elle a ri. « Cela pour t'apprendre qu'il ne faut jamais t'attendre à ce que tes enfants fassent ce que tu voulais qu'ils fassent. Mais bon, il était juste, à sa manière de pierre. Il faut au moins lui reconnaître ça. Je dois même dire qu'il était horriblement seul. Mais il faisait partie de ces gens, de ces hommes, dont la solitude confirme le pessimisme général – et c'était ce qui le rendait prétentieux. Ta mère ne dirait évidemment jamais ça de lui. Pour elle, il était tout simplement un personnage tragique. Et brillant. Naturellement. Nous nous disputions à ce sujet. Cela n'avait aucun autre intérêt que de donner à Beth l'occasion de se vanter de sa loyauté. Je n'arrive pas à comprendre comment nous pouvons être si différentes l'une de l'autre ! Comment elle s'est toujours donné tant de mal pour se prouver qu'elle était une fille bien – patiente, joyeusement stoïque, compréhensive... » Elle s'est interrompue et a contemplé le plafond étoilé. Ses mains s'étreignaient l'une l'autre. « Elle ne comprenait rien, a-t-elle murmuré.

— Elle n'a jamais prononcé le moindre mot contre mon père, ai-je dit.

— Oh non ! s'est-elle exclamée en baissant la tête pour me regarder. Cela aurait rejailli sur elle. Elle était incommensurablement fière. » Elle a souri, comme si la fierté de ma mère était un trait de caractère touchant. « Mais cela a failli la réduire à néant. Pouvait-elle dire qu'il avait eu raison de la quitter ? Difficilement. Elle a tant souffert. Elle ne pouvait trouver comment justifier ce qu'il avait fait – tout en se préservant. Ça l'a presque brisée. Mais cela aurait peut-être mieux valu. Je veux dire qu'elle s'effondre. Au moins une fois. »

Et Lulu a poussé un profond soupir. « Je crois que j'ai compensé l'attitude de ma sœur en transformant en vertu chacune de mes faiblesses, exactement le contraire d'elle. Lorsque je suis devenue actrice, la crainte des critiques me mettait à la torture, car je savais qu'ils auraient raison. Or même si Beth n'avait pas épousé ton père, je ne pense pas qu'elle serait devenue comédienne. Elle aurait comme moi redouté les critiques, mais pas pour la même raison. Elle aurait eu peur qu'ils soient trop bêtes pour voir qu'elle était merveilleuse. »

Je me suis mise à rire, et mon rire a tout de suite sonné un peu faux, trop fort à mes oreilles. Lulu riait, elle aussi, mais à mon avis, son rire ne provenait pas du mélange discordant de culpabilité et de plaisir que nos conversations sur ma mère provoquaient en moi.

« Est-ce que tu as connu Oncle Morgan ? »

Elle a eu l'air stupéfaite. « Mais bien sûr, voyons. Beth ne t'en a pas parlé ? J'étais à moitié amoureuse de lui. »

Elle a dû voir combien j'étais étonnée. Elle a ri, d'un rire un peu gras. « Je te préviens, si tu crois tout savoir de lui, tu te trompes ! Il était si séduisant... tout en gaieté, et gentillesse. Et il n'était pas si évident que ça, en tout cas pour moi, qu'il préférait les hommes. Je dis "préférait" parce qu'il y avait en lui une certaine ambiguïté. Il faut dire que j'étais habituée aux danseurs fins comme les poupées que leurs mères fabriquaient avec des os et des plumes d'oiseaux, des bouts de panne et de soie.

— Je ne me souviens que de l'atmosphère particulière qui régnait quand il était là, ai-je dit. Est-ce qu'il était comme Claude de la Fontaine ?

— Claude est une lionne. » Elle a souri un peu. « Ton oncle Morgan n'était pas aussi femelle.

— Et Maman, qu'est-ce qu'elle en pensait ?

— Elle disait que Morgan était le plus beau parti de tout l'est des États-Unis !

— Elle ne pouvait pas ne pas en avoir... su quelque chose.

— Les gens peuvent très bien ne pas savoir ce qu'ils ne veulent pas savoir. Tu ne crois quand même pas que les êtres humains se comprennent les uns les autres ? » Elle s'est arrêtée et elle a secoué la tête. « Ils en sont incapables, a-t-elle dit.

— Ça, je ne le crois pas, ai-je répondu.

— Oh, tu peux mettre des mots sur les choses... En réalité, je suis trop dure. Beth a une certaine innocence. Elle ne savait pas grand-chose du pouvoir – elle a hésité un instant, puis elle a continué –, du pouvoir de la chair. Elle était la fille de notre mère – et j'étais l'oubliée. Je crois que Maman avait peur de moi, un petit peu peur, et je me souviens combien elle détestait la rousseur de mes cheveux. »

Tante Lulu a posé les mains sur sa tête, elle a attrapé ses cheveux par poignées, les a tirés tout droit à la verticale, on aurait dit qu'elle volait dans les airs. Elle a ri. « Je trouvais des compensations. Bien qu'elle soit morte lorsque Bethie avait onze ans et moi treize, ma sœur a continué de se conduire comme si Maman avait été encore là, le bras passé autour de ses épaules, pleine d'indulgence envers elle. Tu veux bien me faire du café, Helen ? Je me déshydrate dangereusement. »

Debout dans la cuisine, en train de mesurer la quantité d'eau nécessaire, j'ai sursauté en entendant quelque chose tomber, et je me suis détournée du minuscule robinet qui coulait toujours. Ma tante me regardait avec un air sauvage. À côté d'elle, une chaise était renversée sur le côté ; elle avait dû se lever brutalement.

« Claude ! a-t-elle crié. Pourquoi penses-tu qu'il est si cultivé, et si raffiné, si ce n'est pour protéger ses arrières ! Oh, Morgan était comme ça, lui aussi, rayonnant de sensibilité... Et je les connais par cœur, toutes ces ruses qui poussent les gens à regarder ailleurs afin de ne pas voir les blessures. Par cœur ! Ne l'ai-je pas fait moi-même des milliers de fois ? Helen, tiens-toi loin de Claude. Il a volé un poulet dans le nid des gangsters ! »

Elle a caché son visage dans ses longs doigts rougis. Elle sanglotait. « Ce n'est pas comme si Claude n'était pas si gentil, et si intelligent... tellement intelligent. Non, c'est moi, a-t-elle dit entre ses doigts d'une voix cassée. Oh, Seigneur ! Le sommeil ne me fait aucun bien ! Je voudrais être morte ! »

Je l'ai poussée vers son lit en la tenant par les bras, à reculons. Elle est tombée assise, a relevé ses jambes pour s'allonger. « J'avais un enfant », a-t-elle balbutié.

J'ai senti la chair de poule envahir l'arrière de mon cou. J'ai eu envie de poser ma main sur sa bouche pour l'immobiliser. Mais elle n'a plus rien dit. Je suis restée sur le lit à côté d'elle jusqu'à ce que j'entende, à sa respiration, qu'elle s'était glissée dans une certaine forme de sommeil.

Ce n'était pas la première fois, mais je me suis dit, là encore, que j'aurais dû venir vivre dans la salle de bal, essayer de m'occuper d'elle. Pourtant l'idée m'en était insupportable. Quelle horreur ! Avoir quitté la maison de ma mère pour finir dans cette pièce déprimante de grandeur déchue, cette ruine du passé, et servir d'infirmière à la sœur de ma mère !

Tandis que je descendais Royal Street pour rentrer, respirant peu profondément – je ne m'étais pas encore habituée à l'humidité et il m'arrivait de me demander si elle ne finirait pas par me faire fuir la ville –, j'ai revu une fois de plus le jeune homme que Claude avait pris dans ses bras parmi les ombres de Pirates Alley. Était-ce lui, le poulet volé dans le nid des gangsters ?

J'y pensais comme quelqu'un qui fouille dans un coin sombre ; mes idées ressemblaient à la plus faible, à la plus vacillante des bougies.

Quand j'étais petite, mon père m'avait emmenée dans des grottes à côté d'Albany. Je me souviens de la descente, si lente que la terre semblait nous aspirer à l'intérieur d'elle-même, de l'étonnement suscité par ces chambres aux murs de roche et ce lac si noir, immobile comme une pierre sombre.

Mais à quoi essayais-je de ne pas penser ? À Oncle Morgan, à Claude, et à l'amour. À l'enfant imaginaire de Lulu. À Gerald, en train de pleurer allongé sur le sol. Et à Len, qu'à cet instant j'avais envie de voir avec le désespoir absolu que j'aurais ressenti si l'ascenseur qui nous avait emmenés, mon père et moi, dans la grotte souterraine, était remonté sans nous et s'était volatilisé, nous abandonnant à jamais en ce lieu.

Un lundi matin, en passant devant l'immeuble de ma tante, j'ai vu une fille qui regardait par la porte. Elle portait ce qu'on appelait une jupe à balai. Nous venions, au magasin, d'en recevoir une livraison. Après les avoir lavées, vous étiez supposé entortiller ces jupes autour d'un manche à balai, et ne pas avoir besoin ensuite de les repasser. Ses cheveux, épais et blonds, retombaient souplement sur son front, ce qui lui donnait un certain mystère. Mince, elle avait des hanches étroites et ses longues jambes étaient nues. Elle portait les mêmes sandales que moi. Elle s'est tournée pour me sourire. « Il y a une rivière, là-dedans, a-t-elle dit.

— C'est le bar, au coin de la rue. Ils ont un problème de plomberie. Personne ne fait rien pour que ça change.

— Je cherche une chambre, a-t-elle continué. Vous avez peut-être entendu parler de quelque chose…

— Ma tante habite là. Je ne sais pas s'il y a des chambres libres, mais elle le saura peut-être.

— Je vis dans un vrai trou à rats, a-t-elle dit. En fait c'est une ancienne cuisine où on a mis un lit. Les cafards sont gros comme des souris. Il faut que je parte de là. Et il y fait si chaud… »

Elle n'avait pas l'accent du Sud. « Vous n'êtes pas d'ici, ai-je remarqué.

— Non, a-t-elle répondu. Je viens de la région de New York. Cela fait exactement un mois aujourd'hui que je suis arrivée. Je croyais que ça faisait un mois hier, et j'aurais préféré ça car Rudolf Hess s'est écrasé en Écosse hier et cela m'aurait permis de me rappeler cette date. C'est la seule chose dont j'arrive à me souvenir, les mois qui passent. Vous trouvez qu'il est fou ?

— Qui ?

— Hess. J'aime bien ce qu'a dit Churchill : "une affaire dans laquelle l'imagination est dépassée par la réalité". Tout à fait vrai. Et il me semble que c'est ce qui arrive la plupart du temps.

— Je ne lis pas beaucoup les journaux », ai-je répondu.

Deux hommes plongés dans une conversation animée se sont tus en passant devant nous et l'ont dévisagée. Elle s'est avancée dans l'entrée de l'immeuble.

« Mon Dieu ! Mais c'est un vrai fleuve ! » s'est-elle exclamée.

Le flot qui provenait du Murphy's était plus fort que jamais. J'ai vu en pensée la lente érosion des fondations, l'immeuble en train de s'effondrer et ses ruines immobilisées dans un nuage de poussière.

« J'ai un job, a-t-elle dit. Je travaille à la base aérienne où on teste les avions de combat sur le lac Pontchartrain. Je fais surtout du classement et de la frappe. Mais ça me donne de quoi payer un loyer plus cher qu'en ce moment. »

Je pouvais lui accorder quelques minutes sans me mettre en retard. Le chef de rayon était très strict sur la ponctualité : le personnel devait arriver le matin avant l'heure d'ouverture, et rester le soir, à la seconde près, jusqu'à la fermeture. Mais entre les deux, le temps s'écoulait dans une espèce de torpeur gaie, les employés se rendant visite entre voisins de rayon, sauf à midi, pendant l'heure de pointe. Même le directeur s'arrêtait bavarder avec moi, penché au-dessus de la caisse de sorte que je me retrouvais engloutie dans les effluves de sa lotion après-rasage au laurier, et il me taquinait à propos de New York où j'avais, selon lui, grandi et pris des manières citadines. Il s'appelait Tom Elder, et je savais qu'il aurait voulu me voir après le travail. Je me demandais ce que je dirais s'il me le demandait. Il était marié et avait un enfant. Je l'avais entendu chantonner *My Blue Heaven* en arpentant les allées du magasin, et dire distinctement quand il passait devant ma caisse : «*Juste Molly, moi et l'enfant font trois.* »

La fille me regardait avec un calme étrange. Je lui ai dit : « Venez avec moi. Nous allons demander à ma tante s'il y a des chambres à louer dans son immeuble. » Si Lulu dormait ou cuvait une fois de plus, tout serait réglé.

Elle a marché derrière moi sur la planche, m'a suivie dans l'escalier, jusqu'à la salle de bal.

La pièce semblait vaste, digne d'une représentation lyrique, resplendissante dans la radieuse lumière matinale qui masquait sa dégradation. Tante Lulu était non seulement à jeun, mais vêtue d'un beau tailleur, quoiqu'un peu froissé, et elle avait attaché ses cheveux en chignon bas sur la nuque. Elle buvait du café, debout à la fenêtre.

« Tu n'en reviens pas, hein ? » s'est-elle exclamée de bon cœur. Et c'était vrai. « C'est le jour de la banque, a-t-elle expliqué en levant sa tasse pour porter un toast. Le jour de l'argent. Merci, cher père ! Je vais aller déjeuner dans un très bon restaurant. Je vais m'acheter une paire de chaussures. Et Sam vient me voir ce soir. Et en dehors de tout cela, j'ai l'intention de faire un saut au bureau du maire. C'est ce qui me manque depuis le début, pour monter ma troupe de théâtre, un appui officiel. » Elle a eu un rire fou. « Helen ! Ta tante est une idiote ! Je suis passée à côté de ce qu'il y avait de plus important pour nous lancer. Les relations ! J'avais la tête dans les nuages. Bon sang, je ne pensais qu'à… Ibsen, Molière, Somerset Maugham ! Mais qui est cette fille ? »

Était-elle à jeun ? La fille se tenait à la porte, le visage et le corps immobiles, à l'aise.

Elle a vu que nous la regardions et elle s'est lancée. « Oh ! Je m'appelle Nina Weir. Je cherche un endroit où habiter, une chambre à louer. »

Lulu a traversé la pièce d'un pas lent, ne s'arrêtant que pour reposer sa tasse sur le petit bureau. Elle était plus grande que Nina Weir. Debout devant elle, on aurait dit qu'elle fouillait du regard dans la chevelure blonde. La fille a relevé la tête en souriant. « Je dois quitter l'endroit où je vis, a-t-elle dit. C'est un trou abandonné, avec la cuisinière à côté du lit et le lit à côté de la porte. Je travaille, je ne suis pas une vagabonde. Peut-être avez-vous entendu parler de quelque chose. J'en suis arrivée à penser que je ferais mieux de dormir dans ma voiture.

— Tu as une voiture ?

— Une épave qui appartenait à mon grand-père. Et qui m'a permis d'arriver dans le Sud, a-t-elle répondu.

— Tu peux venir vivre ici, avec moi, a dit Tante Lulu. Il faudra que tu dormes sur le divan. Tu m'aideras un petit peu, et je ne te demanderai que cinq dollars par semaine. De temps à autre, j'aurai besoin d'intimité. Nous nous arrangerons. Je suppose que tu as des amis chez qui aller. Il y a un lavabo derrière cette porte, des toilettes derrière celle-là, et une salle d'eau avec baignoire au bout du couloir. C'est simple, non ? » Elle riait à nouveau, les mains tendues en avant comme pour dire : Là ! Regarde ! Aucun problème !

Nina Weir a jeté un coup d'œil autour d'elle, regardé l'étroit divan, les quelques chaises, le lit et ses petits monticules d'hideuse chenille.

Non sans ruse, Tante Lulu a dit : « Lève la tête ! Regarde le plafond. Tu vois les constellations qui sont peintes dans les cieux ? Magnifique, non ? Les meubles sont plutôt moches, je te l'accorde. Mais la lumière et l'air, voilà ce qui est important, et ce plafond. Ça, c'est La Nouvelle-Orléans ! »

Nina a tourné les yeux vers le balcon de l'autre côté de la fenêtre. Je l'avais déjà vue ! C'était elle qui m'avait regardée de la rue quand elle était passée dans Royal Street le soir où Len m'avait raccompagnée pour la première fois jusqu'à St. Phillip Street.

J'ai compris que ma tante avait désespérément envie que Nina accepte son offre, et combien elle avait besoin d'avoir quelqu'un près d'elle, quelqu'un qui habite avec elle. Je n'avais pas voulu savoir jusque-là ce qu'il en était vraiment. Je croyais connaître maintenant toutes les phases de son ivrognerie, mais j'ai soudain réalisé, tandis qu'elle tentait de persuader la fille d'emménager, que je ne l'avais jamais vue complètement à jeun. Elle vivait dans une perpétuelle vapeur d'alcool. Elle avait peur, peur de trébucher un jour et de mourir seule sur le plancher, le visage dans la poussière.

Nina regardait le cagibi et son lavabo grand comme une soupière, les obscurs moutons sous le lit, la toile tachée de l'oreiller sans taie. Elle allait refuser l'offre de ma tante. Len et moi devrions continuer de servir.

« Oui, a dit Nina. Merci. D'accord.

— Quand ? » a demandé Lulu d'une voix dure, insistante. Mais pas aussi dure que mon cœur à cet instant. Je voyais en Nina ma délivrance, ma liberté.

« J'ai déjà fait mes bagages. Si je n'avais pas trouvé de chambre, ce soir, je serais allée à l'hôtel », a-t-elle répondu. Et pendant qu'elle parlait, Lulu a agité les mains impatiemment.

« Est-ce que ça peut être fait tout de suite ? Maintenant ? Il faut que j'arrive la première à la banque. Je ne supporte pas d'attendre. Je ne ferme jamais la porte à clé. Mon Dieu ! Comment le pourrais-je ? Il n'y a pas de clé. Mais je voudrais être là pour te montrer où mettre tes affaires.

— Oui, oui, a vite répondu Nina. Je n'ai que deux valises. Je vais les chercher, je reviens dans une demi-heure.

— Bien ! Formidable ! s'est écriée Lulu. Tu te feras à manger toute seule. Nous nous débrouillerons pour séparer nos courses. Et tu veilleras à ce que ton lit soit impeccable. Mais je te demanderai peut-être à l'occasion de me préparer une tasse de thé ou de café – ça ne t'ennuie pas ? »

À ce moment-là, j'ai failli la prévenir, la prendre par le bras pour l'emmener ailleurs. Mais je ne l'ai pas fait.

« Non, pas du tout », a dit Nina avec un sourire charmant.

Ce jour-là, Nina s'est fait avoir. Même moi, qui en savais plus qu'elle, je n'ai pas senti combien était passagère et rare la force qui avait donné à ma tante l'air de si bien se contrôler. Elle avait à peine suffi à la conduire jusqu'à la banque pour y encaisser son chèque. Lulu elle-même devait avoir su, comme seuls les ivrognes savent les choses, c'est-à-dire en s'en fichant royalement, que son histoire de visite au maire et d'influence politique était une blague.

En sortant de la banque, dès qu'elle a eu son argent, elle est directement allée acheter de l'alcool, et elle a payé un homme de couleur pour qu'il l'aide à porter les bouteilles jusqu'à la salle de bal. Elle a caché les billets qui lui restaient dans des poches de vêtements, dans de vieux sacs à main, sous son matelas. Je pouvais l'imaginer en train de chanter tout en vaquant à son ménage, le souffle presque coupé par le désir de l'oubli qui l'attendait.

Elle prenait presque toujours plaisir à ce pouvoir qu'elle accordait à la déraison. Mais même dans le meilleur des cas, il aurait été pénible de vivre à deux dans cette salle ronde, qui semblait vous pousser vers son centre comme si ses murs avaient exercé sur vous une force centripète. Nina, avec ses manières douces teintées d'un léger étonnement, a dû être au supplice en entendant les hurlements avinés de Lulu et en voyant le noir désespoir qui envahissait ma tante lorsqu'elle dessoûlait.

Elle m'a dit avoir toujours espéré que les choses s'arrangeraient. Et qu'elle n'avait pas tellement l'habitude de vivre avec des femmes. Elle avait été élevée par le père de sa mère, n'avait à sa connaissance aucune parente de sexe féminin, et avait suivi l'enseignement de répétiteurs car son grand-père désapprouvait les écoles publiques de Tarrytown, où Nina et lui vivaient dans la loge de garde qu'il possédait à l'entrée d'un vieux domaine. Ses parents avaient divorcé quand elle avait deux ans, sa mère était partie pour la France et elle était morte à Paris quelques années plus tard. Son père avait disparu. Son grand-père était maître imprimeur. Quand il avait pris sa retraite, il s'était adonné à sa passion pour les livres. Il avait des goûts très personnels. À dix ans, Nina l'avait écouté lire James Huneker, *Life of Johnson* de Boswell, des traductions de Heine, Pouchkine ou bien Huysmans.

Il était socialiste, adepte d'Eugene Debs ; pendant la Première Guerre mondiale il avait été pacifiste. Adolescente, poussée par la passion de son grand-père, Nina avait lu Elihu Burritt, William Lloyd Garrison et, bien sûr, Gandhi. Peut-être tout cela expliquait-il cette innocence qui la caractérisait, cette impression qu'elle donnait d'appartenir à un autre temps, un autre monde. Elle était comme ces gens qui ont vécu des années dans une communauté utopiste et marginale. Son instruction particulière, étroite, et sa blondeur rayonnante étaient empreintes de mystère et, à mes yeux, extrêmement attirantes.

Le vieil homme était mort quand elle avait dix-huit ans. Un de ses amis socialistes, homme de loi d'une cinquantaine d'années, voulait épouser Nina. Elle l'avait repoussé, mais il l'avait quand même aidée à vendre la maison.

Le grand-père avait violemment désavoué sa fille. Il avait pleuré en recevant le télégramme de l'Hôpital Américain de Paris où Eleanor Weir était morte, mais il avait dit à Nina que sa mère détestait la vie de l'esprit, qu'elle s'était adonnée au plaisir. Pendant longtemps, m'a-t-elle raconté, quand elle tentait de se représenter sa mère, Nina l'avait vue habillée comme une courtisane à la cour du Roi-Soleil. Son grand-père lui avait conseillé de ne pas chercher son père. Il y a des gens, lui avait-il dit, qui se ruent sur la vie, détruisant tout ce qui se trouve sur leur passage, de vraies catastrophes naturelles.

Il avait fallu un peu plus d'un an à Nina pour le retrouver. Il était entré dans un ordre religieux, avait fait vœu de silence. Le lieu de sa retraite, un édifice victorien élevé sur les bords de l'Hudson River, ne se trouvait qu'à quelques kilomètres de la loge de garde.

Il avait refusé de la voir. Elle avait quand même attendu, assise sur un banc, dans un hall sombre qui sentait la cire aigre, pendant cinq heures, écoutant les pas doucement murmurés des frères qui passaient de l'autre côté du mur. Par la fenêtre, elle voyait un jardin magnifiquement entretenu.

Elle n'avait presque plus d'argent. Elle était allée à New York, avait trouvé un petit appartement, dans Bank Street, et un travail de serveuse, dans un Childs. Elle avait eu une brève aventure avec un acteur, puis, sentant que tout cela ne la menait nulle part, et que la loge de garde et son grand-père assis le soir dans sa chaise Morris en train de lui lire de sa grosse voix caverneuse le livre qu'il tenait dans ses grandes mains lui manquaient affreusement, elle était venue à La Nouvelle-Orléans. Un livre en particulier avait marqué ses souvenirs. Il s'agissait de *Creole Sketches*, de Lafcadio Hearn.

Je n'avais jamais rencontré quelqu'un qui fît preuve d'une indépendance si absolue – en ce sens qu'elle n'attendait jamais que l'on s'occupe d'elle, que l'on fasse quoi que ce fût pour elle.

Bien qu'ayant des raisons de souhaiter qu'elle reste avec Lulu, j'ai éprouvé un profond soulagement quand Nina a fui la salle de bal, un mois après s'y être installée. Je la voyais souffrir, jour après jour. Et ce n'était pas seulement à cause de ma tante.

Sam Bridge avait fait la connaissance de Nina en rendant visite à Lulu, et il s'était entiché d'elle. Chaque fois qu'il avait une permission, il quittait Fort Benning et se rendait à la salle de bal. Quand Lulu a commencé à soupçonner que ce n'était pas pour elle qu'il venait, Nina s'est affolée. Ma tante s'était mise à la regarder fixement, comme un chat enragé : sans rien dire, les yeux écarquillés, menaçante.

« Tu baises avec mon mari, le père de mon enfant mort », a crié Lulu un soir après que Sam était venu et reparti. Nina s'est enfuie en courant jusque chez Gerald. Catherine est allée voir Claude et lui a raconté ce qui était arrivé. Nina est retournée à la salle de bal et a fait ses bagages tandis que Lulu, trop faible pour rester debout, lui lançait de son lit quelques insanités. Quand elle a été prête, Nina a frappé aux portes qui ouvraient sur le couloir. Claude, qui attendait juste devant, est entré, il a pris les valises et, sans même un regard pour le lit et son occupante furieuse, il a quitté la pièce, suivi de Nina.

Il l'a installée dans une de ses chambres d'amis. Sur la tête du lit, un ange était peint, en différents tons de rose et en doré, retenu dans les airs par des nuages, roses eux aussi. Ce meuble avait deux cents ans et était venu de Paris avec son propriétaire, un ancêtre de Claude, sur un navire qui avait été, pendant le voyage du retour vers la France, capturé et coulé par des pirates.

Je ne crois pas que Claude ait jamais voulu que qui que ce soit habite avec lui dans sa maison cachée par un grand mur. Mais lorsque Catherine lui avait raconté les malheurs de Nina, il était tout de suite venu lui proposer une chambre, ajoutant qu'elle pourrait y rester aussi longtemps qu'elle en aurait besoin.

Ils s'étaient rencontrés un soir chez Gerald. Marlene Lindner avait parlé d'elle et de Norman sans s'arrêter pendant dix minutes qui avaient semblé durer un jour et une nuit – la vanité humaine a apparemment le pouvoir d'étirer le temps. Elle s'était avouée frivole, ne suivant que ses impulsions et son imagination, alors que Norman était l'incarnation de la raison et du bon sens honnête. Elle avait continué de broder sur ce thème, d'une voix de plus en plus aiguë, surexcitée, et expliqué comment leurs natures opposées avaient donné son équilibre à leur mariage, et comment Norman, avec son réalisme terre à terre, la ramenait toujours à la sagesse. Norman, assis à table, raide, son petit visage dénué d'expression, ressemblait de plus en plus au lourdaud paralysé par le sens commun que sa femme décrivait. Nina se tenait debout dans un coin sombre à côté de la cheminée, les yeux fermés. Quand Marlene, à bout de souffle, s'était arrêtée pour prendre une profonde inspiration, j'étais allée rechercher du café dans la cuisine avec Gerald.

Il s'est mis à rire dès que nous avons été dans le jardin. « Elle ne t'agace pas trop ? Elle est bouleversée, c'est tout. Tu te souviens de ce magazine qui a fait un article sur les artistes du Quartier français ? Ils n'ont mis qu'une seule photo où on la voit. Alors elle invente une histoire pour se faire du bien.

— Mais quel paquet de bobards », ai-je répondu.

Il a grimacé un sourire. « Elle voudrait être une artiste, elle aussi, a-t-il dit d'un ton léger. Seulement c'est lui le peintre, alors elle prétend en avoir le caractère.

— C'est un bon peintre ?

— Eh bien... Je crois que son problème c'est qu'il n'est jamais tombé sur un paysage, ou un travailleur qu'il n'ait pas pu peindre. Et facilement. »

Quand nous sommes revenus, Claude était là. Marlene s'était enfin tue, elle regardait ses mains dodues et ses longs ongles peints. Norman décrivait à Catherine un système qui permettait d'écouter les conversations téléphoniques des gens : « Une nouvelle arme dans l'arsenal du contrôle qu'exerce l'État sur nos vies », l'ai-je entendu dire.

Nina et Claude étaient debout l'un près de l'autre, ils parlaient à voix basse. Après leur départ, Catherine a dit, tout en éteignant une petite lampe de table en fer, que Claude ne lui avait jamais porté ce genre d'attention.

« Quel genre d'attention ? » lui ai-je demandé.

Elle est restée silencieuse un instant, et nous avons attendu, dans la pièce maintenant plongée dans l'ombre. Enfin, elle a dit : « Sans artifice. »

Quelques jours après l'installation de Nina chez Claude, j'ai rencontré Marlene Lindner dans la rue. « Et comment va l'étrange couple qui vit dans la belle maison de St. Ann Street ? m'a-t-elle demandé en penchant la tête de côté, un sourire sur les lèvres.

— Ils ne sont pas en couple, juste amis.

— Vraiment ! s'est-elle exclamée avant d'émettre une cascade de rire idiot. Je ne l'aurais jamais deviné. »

Un soir chez Gerald, Nina a fini, elle aussi, par parler de son enfance, de la loge de garde, des livres, de son grand-père. Tous ceux qui venaient là avaient des histoires à raconter. Et personne ne semblait jamais se lasser de celle de Gerald quittant la chaîne de montage pour écrire des poèmes. Peut-être parce qu'il y était question de liberté, de vie nouvelle.

7

C'était dimanche. Gerald était parti en voiture au lac Pontchartrain, où il devait retrouver son fils Charles sur le large escalier de ciment au bord de l'eau. Ils allaient passer une heure ou deux ensemble, assis sur une marche, à regarder les pêcheurs et à parler, surtout de la sœur de Charles, Jean, qui était infirmière au Charity Hospital. Il arrivait que Charles ne dise pas un mot. Petit à petit, même Gerald se taisait : « comme un gramophone en fin de course », m'a-t-il raconté. Puis Charles allait s'installer sur une autre marche, puis il s'éloignait encore, et ainsi de suite jusqu'à ce que Gerald ne puisse plus le distinguer de tous ceux qui marchaient ou s'asseyaient au bord du lac.

Catherine devait déjeuner au restaurant avec une amie professeur, venue d'Arizona pour visiter la ville. Elle s'était mis du rouge sur les lèvres, et sur le front et les joues du blush trop foncé, qui s'amassait sur sa peau comme des petites crêpes brunes. Je lui ai frotté le visage de la main, pour étaler la poudre. « C'est ce qu'elles mettent, chez moi, a-t-elle dit avec un petit gloussement. Elle sera en chapeau. Je n'en ai pas. Si en plus je ne suis pas maquillée, elle va penser que je me laisse complètement aller. »

Je suis restée à la porte de la petite pièce où Gerald travaillait, sans autre intention que d'y jeter un regard. Puis je suis entrée. Une simple étagère était accrochée sous la fenêtre qui donnait sur le jardin sauvage, remplie d'ouvrages de poésie : Chaucer, *L'Iliade* et *L'Odyssée*, Keats, Walt Whitman, William Carlos Williams, Hart Crane, John Donne et plusieurs anthologies dont les couvertures reproduisaient des photos de poètes placées dans des petits médaillons. Il y avait sur la table une machine à écrire, une Remington portable, et quelques cahiers pareils à ceux que j'avais eus à l'école. Un crayon était posé en travers d'une longue feuille de papier, couverte de listes de mots.

J'avais toujours pensé que les poètes attrapaient leurs poèmes au vol. Comment est-ce que rimes et sens pouvaient s'associer de façon si absolue, former ce qui ressemblait à une chose si naturelle ? Et laisser croire que le poème était déjà là, objet attendant qu'on le trouve ?

Les listes de mots – il y avait beaucoup de feuilles jaunes empilées, couvertes d'autres listes rédigées de la main de Gerald – suggéraient un humble labeur dont je n'avais pas eu idée.

En partie parce que superstitieusement persuadée que ma présence aurait laissé des traces, et en partie par curiosité, j'ai avoué à Gerald être allée dans son bureau. Cela n'a pas eu l'air de le déranger. Je lui ai demandé de me parler des listes de mots. « Ce sont des exercices, m'a-t-il expliqué. On trouve les poèmes, et ensuite on les fait. »

Pendant les mois où j'ai vécu à La Nouvelle-Orléans, j'ai aimé plus de gens que je n'en avais aimé de toute ma vie. Je sombrais dans un océan d'amour. Mon cœur battait plus vite à l'idée de les voir. Je ne me suis jamais lassée de leurs visages, ni de leurs voix.

Il y en avait quelques-uns que je n'aimais pas : les Lindner, David Hamilton, jeune pianiste et ami de Claude, et Tom Elder, mon chef de rayon. Mais si je les avais tous aimés, je me serais retrouvée internée dans un asile d'aliénés, folle d'exaltation. Nina faisait partie de ceux auxquels je tenais le plus, ce qui ne m'avait pas empêchée de lui faire endosser mon rôle d'aide à domicile auprès de Tante Lulu.

Quand je lui ai parlé de Len, peu après qu'elle se fut installée dans la salle de bal, je me suis surprise moi-même à déformer ce qui s'était passé. Je ne voulais pas communiquer à Nina – en les admettant ouvertement – les doutes que j'avais eus quant à sa relation avec ma tante. Je voulais que Nina apprécie Len. J'étais chez Lulu le soir où ils se sont rencontrés. Pour autant que j'en puisse juger, Lulu n'avait pas beaucoup bu, mais elle était d'humeur capricieuse et arrogante, quoique toujours prête à séduire Nina, à qui elle s'adressait d'une voix plus douce et aussi séduisante que possible.

Len avait apporté des crevettes du restaurant où il travaillait. Elles étaient enveloppées dans du papier. À peine est-il entré dans la pièce que ma tante a déversé sur lui un flot de reproches :

« Pour l'amour de Dieu ! Espèce d'enfant gâté, depuis que tu as fait cuire cette espèce de frichti dans ma poêle, je ne peux plus m'en servir. J'espère que tu vas la nettoyer ! J'aimerais bien que tu ne prennes pas ma maison pour une porcherie !

— C'est à toi que ce frichti était destiné, a répondu Len d'un ton neutre.

— Et qu'est-ce que cela a à voir avec ce dont je te parle ? »

Il lui a tendu les crevettes. Elle les a regardées d'un air hautain, puis elle en a choisi une et elle a enlevé les grains de riz qui s'y accrochaient.

« Je suppose que ce sont les restes d'un client.

— Non, je les ai prises directement dans la cuisine.

— Len ! » ai-je appelé.

Il s'est tourné vers moi. J'étais assise sur le divan à côté de Nina, qui recousait un bouton sur un corsage blanc.

« Salut, Helen. »

Il a tourné les yeux vers Nina.

J'ai fait les présentations. Ils se sont souri poliment. Pendant le peu de temps où il est resté, ils ne se sont pas adressé la parole. J'ai vu qu'il la regardait de temps en temps, tout en continuant de se disputer avec Lulu.

« Qu'est-ce que tu en penses ? » ai-je demandé à Nina dès que nous nous sommes retrouvées seules. Ma tante était allée prendre un bain, en se plaignant amèrement de l'état de saleté où elle était certaine que ses sales culs-terreux de voisins auraient laissé la baignoire.

« Il a l'air charmant », a dit Nina. Elle a dû voir que j'étais déçue car elle a vite ajouté : « Et ces cheveux, quelle merveille ! On dirait les plumes de poitrine d'un oiseau. J'aime bien cette attitude qu'il a, si réservée, comme s'il pensait à des choses qu'on a envie de savoir mais qu'il n'avouerait peut-être pas. »

Pourtant dans les semaines qui ont suivi, elle a semblé développer une certaine antipathie vis-à-vis de lui. Quand il venait à la salle de bal ou chez Gerald et s'asseyait à côté d'elle, elle allait se mettre aussi loin de lui que possible. Lorsque Gerald nous a emmenés dans le Delta, à la fin du mois de juin, elle s'est serrée sur le siège arrière contre la portière de la vieille Ford. Je voyais bien qu'elle se raidissait, qu'elle était mal. Je savais que c'était parce que Len était assis entre nous. Mais cela ne lui ressemblait pas de repousser quelqu'un, qui que ce fût, même Marlene Lindner qui la traitait pourtant avec une telle condescendance.

J'admirais son calme dénué de tout jugement, une attitude assez proche de celle de Gerald, entre autres, et la façon qu'elle avait d'écouter ses interlocuteurs, comme le faisait aussi Gerald, avec déférence. Elle me faisait prendre conscience de l'agitation de mon esprit, qui ne semblait presque jamais vide de commentaires et d'arguments, de convictions qui crépitaient dans mon cerveau et qui, pensais-je, dépendaient de sentiments ayant peu de rapport les uns avec les autres.

« Pourquoi est-ce que tu ne l'aimes pas ? lui ai-je demandé un jour.

— Ce n'est pas ça, ce n'est pas que je ne l'aime pas, a-t-elle dit. C'est plutôt que ta tante est si malheureuse, et qu'elle lui parle avec une telle cruauté. Cela me fait une impression bizarre.

— Comment ça, bizarre ? »

Elle m'a lancé un regard perdu. « Je ne sais pas », a-t-elle répondu.

J'ai insisté, mais cela n'a servi à rien. J'étais amoureuse de Len. Je ne savais pas ce qu'il ressentait pour moi, ou plutôt je croyais le savoir et à l'instant suivant il n'en était plus rien. La réaction de Nina m'inquiétait. J'y voyais un mauvais présage.

Nina avait une aventure avec Sam Bridge. Elle me l'a dit quelques jours après s'être installée dans la maison de Claude.

Le samedi, quand nous ne travaillions ni l'une ni l'autre l'après-midi, nous emportions des sandwiches sur les rives du Mississippi près du Marché français, et passions là-bas des heures tranquilles ensemble. Tout en ouvrant le papier sulfurisé qui entourait notre déjeuner, nous commencions le récit décousu de la semaine qui venait de s'écouler. Raconter des événements qui, sur le moment, étaient apparus comme banals et aléatoires suffisait à leur donner du sens et à les replacer dans une certaine logique. Je n'avais jamais encore vécu une amitié aussi intime et tendre avec une femme.

Je lui ai raconté ce jour-là que Tom Elder m'avait laissé un mot caché dans un jupon sur le comptoir de mon rayon. Il y avait recopié les paroles d'une chanson à la mode, en soulignant une phrase, d'un trait épais de crayon rouge : « Je me demande parfois pourquoi je reste seul… » J'ai ri. La tête tournée, elle regardait ailleurs. « Nina ?

— Je me suis mise dans une situation terrible. Avec Sam Bridge. »

J'étais troublée, et j'avais peur, au point que pendant un instant de folie, j'ai cru que ma tante s'était glissée derrière nous pour nous écouter.

« Mais où, pas dans la salle de bal ? » Je les ai vus tous les deux – l'uniforme de Sam soigneusement plié sur une chaise, la robe couleur bleuet, que j'avais achetée à Nina dans une braderie, lancée sur le divan –, écoutant dans une terreur fiévreuse si les pas de Lulu ne résonnaient pas dans l'escalier, quoiqu'il fût difficile d'imaginer cet homme plein de courtoisie terrifié ou fiévreux.

« Nous sommes allés dans le Mississippi, a-t-elle dit. Il était venu voir Lulu. J'étais couchée. Elle dormait. Elle avait mangé tellement de crabe et bu tellement de bière qu'elle était complètement dans les vapes. »

Sam et elle avaient parlé de Lulu en chuchotant. Il lui avait posé des questions de plus en plus ineptes : « juste pour que je continue à parler », m'a-t-elle raconté. Il s'était assis au pied de son divan. Elle avait remonté le drap sous son menton. « Et si nous allions à Pass Christian avec ta voiture ? » avait-il soudain proposé.

« C'était magique – cette sensation, au milieu de la nuit, de pouvoir s'en aller n'importe où. C'est vraiment pour ça que je suis partie avec lui. Il n'en avait aucune idée, et je crois que de toute façon cela n'aurait rien changé. Il voulait me faire sortir de la salle de bal, se retrouver seul avec moi. »

Sam l'avait vue jeter un coup d'œil inquiet à Lulu, qui ronflait dans son lit. Il lui avait dit que pour elle, cela ne changerait rien.

« Je lui ai demandé : "Qu'est-ce qui ne changera rien ?" et il a répondu : "Rien, rien ne peut changer quoi que ce soit pour elle." » Elle lui avait expliqué que Lulu était déjà presque tout le temps furieuse contre elle, et que de toute évidence elle regrettait de lui avoir proposé de vivre là. Sam lui avait dit que Lulu inventait sa vie, à l'exception de ses beuveries, qu'elle imaginait des histoires – comme celle du bébé mort – et que personne, ni rien, n'avait de réalité pour elle, à l'exception du soulagement immense et passager que lui apportait le premier verre de la journée.

« Alors j'ai touché sa main. Je lui ai dit : "Vous, vous êtes réel." Et quand j'ai prononcé ces mots, j'ai su que j'allais aller avec lui. Je n'aurais jamais dû le toucher. »

Ils ont roulé à travers les heures sombres jusqu'à une aube rose pâle. Il y avait une sensation d'eau dans ce voyage, comme s'ils avaient été dans un bateau, et non dans une voiture. La route longeait des baies, passait sur des rivières où des îles flottantes de jacinthes couleur lavande attrapaient et retenaient dans leurs pétales les premières lueurs du jour. Derrière d'étroites bandes de plage, Nina voyait la verdure riche et humide des arbres qui semblaient s'avancer vers l'eau, avec leurs racines nues, dures et brunes, sur les douces rives de terre noire, trempée. Elle s'est raconté qu'elle était en train de se promener avec son grand-père. Sam lui a parlé de ses années d'internat. « Je ressentais, bien sûr, cette fascination macabre que l'on éprouve pour tout ce qui est médical – pour l'intérieur du corps, qui n'a pas d'individualité. »

Quand il a prononcé le nom de Lulu, une ou deux fois, c'était avec l'indifférence totale d'un homme qui a perdu toute forme d'intérêt pour une femme qu'il a aimée un jour. « Alors j'ai été horrifiée de me voir là, dans cette voiture, en route vers un lit, dans un hôtel. »

Celui où il l'a emmenée ressemblait à une demeure de planteurs. Devant le bâtiment, le golfe s'étendait, étincelant comme du mica, au bord d'une plage vide. Il a pris une grande chambre au rez-de-chaussée. « Tu ne peux pas imaginer comment il parlait, m'a-t-elle raconté. On aurait dit qu'il possédait le monde. L'employé de la réception ne m'a même pas regardée. » La chambre avait de grandes fenêtres doublées de volets qui laissaient passer d'étroites coulées de lumière. Elle n'avait pas de maillot de bain. Ils étaient passés, dans l'entrée de l'hôtel, devant des petites boutiques dont une qui vendait des articles de plage. « Allons prendre le petit déjeuner, lui a-t-il dit, et ensuite, je t'achète un maillot. »

Dans la salle à manger, on leur a servi des demi-pamplemousses posés sur des lits de glace. Le nœud papillon du serveur noir pendait de travers sous son menton. Ses chaussures craquaient et elle a baissé les yeux pour les regarder. Depuis qu'elle était arrivée dans le Sud, elle avait observé les pieds des personnes de couleur. « On les a durement écrasés, a-t-elle dit, et le poids de ce qu'ils transportent torture leurs pieds. »

C'était un dimanche, et les magasins du hall sont restés fermés, mais Sam a obtenu du réceptionniste le numéro de téléphone de la femme qui vendait les articles de plage, puis il l'a appelée et persuadée de venir jusqu'à l'hôtel ouvrir sa boutique juste assez longtemps pour qu'il choisisse et achète à Nina un deux-pièces vert jade.

« En dehors de Claude – et lui n'aurait pas essayé – je ne connais personne qui s'en serait sorti de cette façon, a-t-elle dit. Avec cette arrogance. Mon grand-père appelait ça la tyrannie bourgeoise des choses sans importance. Bagatelles et compagnie... »

Ils sont allés à la plage, où il n'y avait encore que peu de gens allongés sur le sable. Sam a proposé une promenade avant le bain. Elle savait qu'il voulait l'impressionner : « m'allécher », a-t-elle dit.

Dans l'eau, Sam portait un fin bonnet de caoutchouc blanc qui se gonflait quand il nageait. Nina se sentait oppressée par tout ce qui se passait, le fait qu'il s'affiche ainsi avec elle devant les gens qui se faisaient bronzer, la façon dont il avait houspillé la vendeuse de maillots pour qu'elle ouvre sa boutique, la vessie blanche et membraneuse qu'il mettait sur sa tête, la voix soudain éteinte qu'il avait prise pour s'adresser au vieux serveur, et elle se détestait d'être devenue sa complice pour le bref plaisir qu'elle avait éprouvé en cédant à son impulsion au moment de partir.

Ils sont retournés dans la chambre aux volets. Il a tiré la couverture du lit et replié le lourd drap de toile. Elle avait trouvé l'eau trop tiède. La terre entière était trop tiède. Elle est restée debout au milieu de la pièce, tandis que le sel séchait sur sa peau, sans savoir quoi faire. Il y avait une odeur de jasmin dans la tiédeur tranquille.

« C'était étrange. Pendant un instant, la chambre m'a semblé vide. Nous étions tous deux absents – juste pendant cet instant. Puis il est venu vers moi et il a fait glisser de mon épaule une des bretelles du maillot. Sa main était froide, à cause du bain. Nous avons réussi à atteindre le lit, malgré la distance, qui était énorme. Des kilomètres. L'agrafe de son caleçon m'a écorché la hanche. J'ai remarqué qu'une rose était brodée sur la taie d'oreiller. Les choses avaient cette présence irréelle qu'elles prennent quand tu es sur le point de t'évanouir. Puis il a mis sa main entre mes jambes pour m'attraper par les fesses et me soulever comme s'il allait me rouler en boule. Je n'en revenais pas. »

Elle m'a regardée fixement. « Il y a quelque chose d'effrayant, dans le sexe, a-t-elle repris. Ce qui n'empêche pas d'en avoir envie. La terreur est vite engloutie. C'est comme une ombre monstrueuse qui s'arrête un quart de seconde devant ta fenêtre – avant que tu descendes le store.

— On ne t'a jamais dit que le sexe était une chose magnifique ? » lui ai-je demandé. J'avais la gorge sèche. Je voulais faire de l'ironie, mais j'ai seulement paru timide.

« On ne m'a rien dit du tout, a-t-elle répondu. Mais j'avais une amie, quand j'étais petite, et nous dessinions des organes sexuels mâles et femelles à l'envers de nos poupées de papier. Nos dessins se sont avérés assez exacts. » Elle a souri. L'intensité et la tension qui avaient envahi son visage ont disparu. Mais la tension était contagieuse. Tandis que je pliais et repliais le papier de mon sandwich en carrés de plus en plus petits, mes mains tremblaient. Je pensais à ma tante.

À l'hôtel, au grand amusement de Sam, Nina avait refait le lit. Quand ils avaient quitté la chambre, elle avait regardé derrière elle. Elle n'avait pas jusque-là remarqué le motif à anémones et épaisses vignes vertes du tapis, ni la coiffeuse surmontée de trois miroirs.

« C'était tellement luxueux. Et j'adorais ça. J'ai découvert cette part de moi. Je ne savais pas que j'aimerais ce genre d'endroit. » Sam a pris pour lui le plaisir silencieux qu'elle avait à contempler les lieux. Il a commencé à lui caresser le dos et les cuisses, ouvertement, devant un vieux couple qui venait d'apparaître à l'autre bout du couloir. Nina s'est écartée de lui d'un mouvement vif. Il a ri. Le vieux couple s'est immobilisé, visiblement choqué.

« Mon grand-père avait raison, à propos des classes moyennes, a dit Nina. Ils adorent ce qu'ils sont et se moquent de ce qu'ils donnent à voir aux autres. C'est pour ça qu'ils peuvent se conduire avec tant de brutalité et de cruauté. Sam est si courtois, on n'imagine pas qu'il puisse agir ainsi.

— Qui ça, "ils" ? Je crois que mon père appartenait à la classe moyenne. Il n'était pas comme ça. Et la seule chose qui inquiète ma mère, c'est ce que les autres vont penser d'elle.

— Je voulais dire la plupart d'entre eux. Claude non plus n'est pas comme ça. D'une certaine manière, ce n'est pas un bourgeois.

— Claude suit aussi ses pulsions.

— Je sais. Mais quoi qu'il fasse, ce qu'il pense de lui-même n'est jamais… (elle s'est arrêtée, cherchant ses mots)… triomphant. » Je ne voyais pas ce qu'elle voulait dire. Je n'avais pas envie de penser à ces pulsions que Claude suivait.

« Est-ce que tu as ressenti quelque chose pour Sam ?

— À regret. Comment t'expliquer ? Est-ce que le mot *sexe* contient cet instant où l'on glisse de l'autre côté de la barrière, où on se laisse emporter ?

— Oui. »

Elle a ri et elle m'a repoussé les cheveux derrière les oreilles et regardée. « Chère Helen », a-t-elle dit.

Sur le chemin du retour, Sam n'avait pas arrêté de parler. Il était exubérant, immensément joyeux. Quand ils étaient arrivés près de La Nouvelle-Orléans, Nina s'était sentie complètement paniquée. Elle lui avait demandé de garer la voiture au coin de la rue où habitaient les Boyd, et de s'en aller immédiatement.

« Il ne faut pas avoir peur de Lulu, lui avait-il dit. Elle le sentira. La peur l'excite. Elle deviendra folle.

— Comment est-ce que je peux ne pas ressentir ce que je ressens ? » lui avait-elle demandé.

Il lui avait serré le cou dans sa main. « Fais ce que je te dis », lui avait-il ordonné, un sourire sur les lèvres.

Ils avaient parlé de Claude, que Sam connaissait depuis qu'ils étaient enfants. Claude avait deux ans de plus que lui. Quand Sam était interne à La Nouvelle-Orléans, il avait soigné Claude pour une blennorragie.

« Il mène une vie dangereuse, avait-il expliqué à Nina. En ce moment, il s'est acoquiné avec un gamin italien. »

« Lulu m'a dit quelque chose à ce sujet, l'ai-je interrompu.

— Claude est tellement maître de lui. Il ressemble à un membre d'une famille royale qui traverse son domaine en carrosse. Mais le carrosse a perdu sa partie arrière de sorte que l'on peut regarder à l'intérieur et voir ce qui s'y passe. Tous ceux qui le connaissent semblent être au courant, pour ce garçon. »

J'ai raconté à Nina que j'avais vu Claude et le jeune homme aux cheveux noirs un soir près de Pirates Alley.

« D'après Sam, son père est un mafieux qui fait de la contrebande, probablement un membre de la Black Hand, sorte de royaume du crime installé à l'intérieur de notre pays. Ils ont toujours eu du pouvoir en Louisiane. Il y a cinquante ans, ils ont fait tuer le chef de la police. Sam dit qu'ils ne représentent pas le revers de la médaille, mais qu'ils "sont" la médaille.

« Le père du garçon l'a fait suivre jusque chez Claude. L'homme qui le filait l'a trouvé nu sous le piano – sans doute en train d'incuber des gonocoques supplémentaires, a dit Sam –, endormi dans les bras de Claude. Il aurait tué Claude sans hésiter, mais il y a un groupe de pression qui fait faire en ce moment une enquête sur la Black Hand, et en attendant ses conclusions, le vieux doit se priver de meurtre. Sam dit que d'autres groupes de pression ont déjà mené des enquêtes, mais qu'elles n'ont jamais abouti. Le vieux a un autre fils, qui a tué un syndicaliste à Baton Rouge. Il vit à Cuba, maintenant.

« Claude ne dormait pas. Il a vu l'homme qui le regardait à travers les portes vitrées. Il a raconté à Sam qu'on aurait dit un gros crapaud. »

Elle s'est arrêtée et m'a lancé un regard. Je sentais mes lèvres se rentrer, serrées contre mes dents. S'attendait-elle à ce que je me mette à pleurer, à hurler ou à agiter les bras en signe de protestation ?

« C'est vraiment affreux, Nina. Est-ce que personne ne peut jamais arrêter le cours des choses ? Est-ce que nous flottons simplement, impuissants ? Pourquoi est-ce que Claude ne s'en va pas ? »

Elle n'a pas répondu, elle a juste secoué la tête lentement. Les journées qui s'écoulaient au magasin dans un ennui facile, les soirées passées avec Gerald et Catherine, le désir que j'avais d'être avec Len, ma chambre jaune et bleu, toute la vie que je menais s'était assombrie, rétrécie avec une effrayante rapidité quand elle m'avait parlé d'elle et de Sam, de Claude, du jeune garçon et de ces assassins. Ce n'était plus ma tante que j'imaginais s'avançant lentement derrière nous, mais des hommes crapauds, armés de revolvers. Les histoires que j'avais entendues dans la maison de St. Phillip Street m'avaient remplie, comme les dîners de Gerald, de satisfaction, du plaisir que procure la diversité des êtres lorsqu'on se sent en lieu sûr. Mais certains récits pouvaient aussi vous remplir d'appréhension, vous faire prendre conscience de la fragilité de votre vie – vous couper de la vie.

J'avais envie d'effacer ce que je venais d'entendre et de me retrouver avec Nina dans la simplicité de ma petite chambre, dont le plancher de bois gardait la chaleur de la journée jusque tard dans la nuit.

Gerald savait faire rire Nina. Elle perdait alors un peu de ce sérieux que je considérais, je ne sais pas pourquoi, comme un trait particulier de la jeunesse, et devenait enjouée, comme l'était Gerald avec sa voix gentille, taquine, et ses plaisanteries sans prétention qui ne vous rejetaient pas mais vous gardaient à l'intérieur du cercle.

« Sam était presque joyeux, a-t-elle dit. Il aime beaucoup Claude – c'est probablement un truc social, et, enfants, ils se sont côtoyés – mais on dirait qu'il se fiche complètement de ce qui peut lui arriver. Ou alors, il pense que Claude mérite un horrible destin. C'est impossible de savoir ce que les gens pensent vraiment de *ça*.

— Quelquefois, on y arrive, ai-je dit en me souvenant des mots employés par le réceptionniste de l'hôtel où j'avais habité et par le garçon d'écurie bien des années auparavant.

— Sam a dit une chose affreuse, qui m'a glacée. Il a dit : "Claude va là où sa queue le conduit. Il est un organe sans le moindre neurone, tout en désir violent, aveugle." Puis il a tendu la main pour prendre la mienne en ajoutant : "Tu vois ce que je veux dire." Si tu savais comme je l'ai détesté à ce moment-là !

— Mais enfin Nina ! me suis-je exclamée. Tu vis là-bas, avec Claude ! Tu es en danger ! »

Elle a attaqué son sandwich. Sa peau s'embrasait dans la lumière du soleil, ses cheveux de blé sont tombés en travers de son front quand elle s'est penchée pour mordre dans le long morceau de pain. Un instant plus tard elle a dit avec calme : « J'y pense, tu sais. Le soir où je me suis installée, pendant que je rangeais mes affaires, Claude est entré dans la chambre, il s'est assis et il m'a parlé de ces hommes. Je ne lui ai pas dit ce que je savais déjà, ni que Sam me trouvait folle d'aller vivre là-bas. Claude était tellement calme. Il aurait aussi bien pu être en train d'évoquer l'histoire d'une vieille demeure au coin de la rue. Il m'a dit que je ne risquais rien. Le père de ce garçon n'en a qu'après lui. Puis il a ajouté : "Peut-être que tout cela mourra bien avant moi." J'étais si troublée, et si gênée, par ce qu'il m'avait raconté, que je me suis sentie obligée en quelque sorte de lui rendre la pareille, alors je lui ai parlé de Sam et moi, de la nuit où nous sommes partis pour Pass Christian, et de tout le reste. Et il a dit : "Lorsque nous accordons nos faveurs, nous devons ensuite en assumer les conséquences." Ensuite il m'a préparé une omelette. Je lui ai dit que j'avais déjà mangé. Il a répondu : "Aucune importance, les complications de l'amour vont te faire maigrir." »

Elle a terminé son sandwich. « Et je l'ai mangée, a-t-elle continué. La cuisine est magnifique, comme toute la maison. Il faut que tu viennes voir ça. Il y a une coupe japonaise gris pâle sur la table dans laquelle il met des fruits. Même pour manger des crackers, il se sert des assiettes en porcelaine qu'il a héritées de sa mère. Il est comme ça, cérémonieux. »

Prétentieux, oui, ai-je pensé intérieurement.

« Le soir, quand il est chez lui, il boit toujours quelque chose avant d'aller se coucher. Il ne dort pas bien. Il boit debout, très solennel, dans la cuisine. Je l'ai vu avec un grand verre rempli d'un liquide trouble comme de la fumée. David Hamilton prétend que ce verre est en cristal, mais il ne sait pas, lui non plus, ce qu'il contient. Quand je lui ai dit qu'il s'agissait peut-être d'un mélange de lait et de sherry, il a relevé les sourcils et plissé les lèvres – je suis certaine qu'il a vu un acteur de cinéma faire cette moue – et il m'a répondu : "Claude, boire du lait ? Tu es folle !" Enfin, passons. J'ai posé la question à Claude. Et il m'a expliqué que c'était une libation au dieu des cauchemars.

— Rien d'étonnant, après ce que tu viens de me raconter.
— Non, pas du tout. Il ne veut pas s'empêcher de faire des cauchemars. Au contraire, il en réclame, mais il n'en veut que pendant son sommeil.
— Et il en fait ? ai-je demandé.
— Presque chaque nuit. Il espère qu'il n'y en aura pas dans sa vie éveillée, et maintenant il m'inclut dans ce souhait. »

Elle a souri et elle semblait heureuse, si incroyablement heureuse, comme si on lui avait offert un important présent, quelque chose que son cœur désirait.

Quand son sourire s'est effacé, elle a dit : « Il ne va pas toujours directement se coucher après sa libation. Quelquefois il sort. Et il ne rentre pas avant que le ciel ait pris la même couleur que ce qu'il boit.

— De quoi parlait-il quand il a dit que "tout cela" mourrait avant lui ?
— De sa passion pour ce garçon, a-t-elle répondu.
— Donc il ne va pas partir, ni arrêter de le voir ?
— Non. »

8

Deux fontaines à eau, qui arrivaient à hauteur de la taille, étaient installées de chaque côté de l'ascenseur, au premier étage du magasin, avec un panonceau accroché au-dessus de chacune d'elles. Sur l'un, on avait écrit le mot «Blancs», sur l'autre, «Personnes de couleur».

C'était samedi, quelques minutes avant la fermeture de midi, et je surveillais l'entrée du magasin où Nina allait arriver. Elle devait venir me chercher. Avant de déjeuner, nous irions à Basin Street, dans le cimetière où Marie Laveau, la reine vaudou de La Nouvelle-Orléans, étaient enterrée dans une crypte. Claude avait dit à Nina qu'elle y croiserait peut-être quelque adepte de la magie noire, car beaucoup d'entre eux venaient graver sur la crypte de la reine le X qui leur portait bonheur. Nous voulions ensuite passer devant d'anciennes demeures dont Catherine m'avait parlé. L'historien pour qui elle tapait à la machine trois matins par semaine avait juste terminé un chapitre sur l'architecture de La Nouvelle-Orléans, et elle avait établi une liste de maisons de style néo-classique que, selon elle, Nina et moi aurions envie de voir. Nina a dit que ce qui lui plairait ensuite, ce serait de passer l'après-midi à manger des platées d'écrevisses et à boire du bourbon. J'en ai déduit que Sam Bridge ne serait pas en ville ce week-end-là.

À midi pile, Nina a poussé la porte, habillée de sa robe bleue. Je l'ai vue regarder les fontaines et immédiatement se diriger vers elles. Elle s'est penchée sur celle qui était surmontée du panneau « Personnes de couleur », a tourné le robinet métallique et ouvert la bouche pour y recevoir la giclée d'eau. Il y a eu un mouvement de panique immédiat dans les rayons les plus proches, les vendeurs ont quitté leur poste et se sont dirigés vers elle, hésitant, tous sauf Tom Elder, qui a couru dans l'allée à petits pas, en secouant le derrière. Je suis vite passée devant mon comptoir pour aller la rejoindre.

« Elle a bu dans celle des personnes de couleur ! » a crié Miss Beauregard quand je suis passée devant la parfumerie. Tom Elder et les employés, qui avaient convergé vers Nina, la regardaient, furieux. Elle ne semblait pas provocante, mais patiente et déterminée.

« Ça ne se fait pas, a dit Tom Elder. Tout le monde sait que ça ne se fait pas !

— Quelles mauvaises manières ! a murmuré un vendeur que je ne connaissais pas.

— Peut-être que vous ne savez pas lire, a repris Tom. Si c'est le cas, laissez-moi vous expliquer que vous avez gravement insulté nos clients de couleur. Cette fontaine est à eux, et rien qu'à eux !

— Je sais lire, a dit Nina d'une voix forte et tremblante. Et je déteste ce que je lis.

— On s'en fiche de ce que vous détestez ! » a soudain hurlé Tom Elder. Les vendeurs ont reculé d'un pas, s'écartant de Nina. J'ai couru vers elle, je l'ai attrapée à deux mains par le bras et entraînée vers l'entrée, puis dans la rue.

« Mais qu'est-ce qui t'a pris ? ai-je crié.

— Je ne sais pas », a-t-elle répondu, éperdue, en secouant la tête d'avant en arrière comme si c'était par le cou que je la tenais au lieu du bras. Je l'ai lâchée.

« Ça me désespère de voir ces panneaux.

— Mais tu les connaissais.

— Oui, mais depuis j'y ai réfléchi.

— Ce n'est pas comme ça qu'on changera quoi que ce soit.

— Et comment tu fais, toi ? »

Les gens tournaient autour de nous. « Allez, viens, on s'en va », lui ai-je dit. Je n'avais pas rangé mon stock. Je n'avais pas pointé. Qu'est-ce qu'ils allaient me dire, lundi ? J'avais lu la colère et la peur sur les visages des employés pendant qu'ils regardaient Nina. Gerald pouvait se permettre de passer une heure avec son voisin noir, tous deux assis à cinq mètres l'un de l'autre, à bavarder ensemble. Mais Gerald était un poète. Les poètes peuvent faire ce que les autres ne peuvent pas.

« Et tu ne changeras rien non plus en te mettant des pièces de monnaie dans l'oreille », lui ai-je dit. Je me suis mise à rire, et à mon grand soulagement, elle a souri. Quand elle l'avait croisée dans St. Ann Street la semaine précédente, Catherine avait vu qu'elle avait une pièce dans l'oreille. Nina avait expliqué que c'était ainsi que les enfants de couleur portaient l'argent de leurs trajets en tramway.

« Ça m'a semblé commode, avait-elle dit. Comme ça, pas besoin de prendre de sac. »

J'ai pensé à Len. Quand il avait huit ou neuf ans, il s'était joint à un groupe d'enfants de couleur qui dansaient pour de l'argent à un coin de rue dans Chicago. Il avait enlevé ses chaussures et ses chaussettes, comme les autres, et accroché des capsules de bouteille à ses orteils. Les gens leur jetaient des sous et ils avaient partagé la recette. Len était ravi. Tous les jours, pendant presque une semaine, après l'école, il partait de chez lui à toute vitesse pour rejoindre la troupe de danse. Le vendredi après-midi, son père, le rabbin, qui était parti à sa recherche pour le ramener à la maison avant le coucher du soleil, avait découvert son petit enfant pâle au milieu des danseurs à la peau sombre. « Il a failli s'évanouir », m'avait raconté Len. Pendant tout le chemin du retour, le rabbin, qui tenait d'une main ferme celle de son fils, comme s'il était sur le point de s'enfuir, lui avait répété qu'il était juif, qu'il devait se montrer charitable envers les nègres, envers quiconque avait moins de chance que lui – mais ne pas danser dans la rue, ne plus jamais danser.

« Je n'ai pas envie de voir la tombe de la reine vaudou, a déclaré Nina. Allons plutôt directement dans ce café de Bourbon Street.

— Nous pourrions peut-être quand même passer devant les maisons dont Catherine m'a parlé. » J'aurais voulu que cette journée se déroule comme nous l'avions projeté, même si je savais que ce n'était plus possible. L'air était plombé, le ciel s'était obscurci. Je me suis rappelé le visage de Miss Beauregard, d'habitude placide, gentil, même. C'était comme si elle avait bondi sur moi de derrière son comptoir avec un masque de diable à l'instant où Nina avait relevé la tête au-dessus de la fontaine.

« Ils vont mourir dans cette guerre qui commence, exactement comme tous les autres, a dit Nina après que nous eûmes commandé notre déjeuner. Tout tremble, à l'intérieur de moi, lorsque je vois ces panneaux. Gerald dit : "Patience, patience." Il parle des lois. Mais là, maintenant, quelle mutilation ! »

Elle a pris une petite bouchée du poisson qu'elle avait commandé.

« Et qui a attrapé ce poisson ? s'est-elle exclamée.

— Ça peut être n'importe qui, ai-je vite répondu. Tu ne crois quand même pas qu'il n'y a que les Noirs qui pêchent ?

— Mais toi, qu'est-ce que tu crois ? m'a-t-elle demandé, en me lançant un regard pénétrant. Tu n'as rien dit. Tu t'inquiètes. Tu as essayé de me calmer. Pourquoi est-ce que les gens ne disent pas ce qu'ils pensent ? Claude dit qu'ils ne pensent pas – que ce n'est pas américain de penser. » Elle a eu un petit rire bref, irrité.

« Je l'ai déjà entendu le dire, ai-je répondu. Est-ce que tu es communiste, ou quelque chose comme ça ? ai-je demandé en souriant.

— Si je l'étais, je me débrouillerais pour avoir un peu de cet or de Moscou dont j'ai entendu parler, puis je m'achèterais un bon sac à main et je me louerais une vraie chambre à moi.

— C'est difficile, de vivre chez Claude ?

— Oui. Je le gêne. Je sais qu'il préférerait avoir sa maison pour lui seul. Nous sommes trop attentionnés l'un envers l'autre. C'est pesant pour nous deux. Mais en même temps c'est merveilleux aussi, les conversations que nous avons, et même les efforts que nous devons faire. »

Nous avons mangé sans rien dire pendant un moment. Elle a reposé sa fourchette et a tendu la main au-dessus de la table pour toucher la mienne.

« Qu'est-ce que tu ressens, Helen, quand tu vois un Noir se diriger vers cette fontaine-là quand il a soif ? »

Est-ce que j'y avais jamais fait attention ? Je ne m'en souvenais pas. « Je crois que je n'ai jamais vu quelqu'un s'en servir, ai-je répondu. Mais je ne passe pas mon temps à la regarder.

— Ils font probablement en sorte de boire suffisamment avant de sortir faire leurs courses, a-t-elle dit comme si elle parlait toute seule.

— Vraiment – je ne me souviens pas d'avoir vu de Noirs dans le magasin. » Elle me regardait d'un air pensif.

« Les choses ne sont pas bon marché à Fountain's, ai-je ajouté, mal à l'aise.

— Ah oui, il y a aussi ça », a-t-elle dit. Elle m'a souri, avec sa gracieuse douceur habituelle. Sa tête était légèrement penchée en avant, vers moi, comme si tout ce que j'allais dire ne pouvait être qu'intéressant. C'était sa façon d'avoir du tact. Ma mère parlait souvent de son tact, qu'elle appelait la base sur laquelle reposent les bonnes manières. Elle espérait que moi aussi, j'aurais de bonnes manières. En grandissant, je suis allée plus souvent chez mes amies de classe, et j'ai vu qu'il y avait d'autres façons d'être et de se conduire. J'en ai conclu que le tact de Maman consistait à se tenir à l'écart du malaise des autres. Je me demandais si je n'avais pas trop bien appris la leçon.

« C'était totalement impulsif, a dit Nina. Je n'ai pas pris le temps de réfléchir aux problèmes que cela pourrait te causer. Je suis désolée.

— À mon avis, je n'aurai aucun ennui, ai-je répondu. Ils oublieront. »

Pendant quelques jours, ils n'ont pas oublié. Tom Elder m'a demandé si mon amie aimait les nègres.

« Je ne vois pas comment on peut aimer tout un groupe de gens, lui ai-je répondu d'un ton définitif et froid. Elle vient du Nord, et elle n'a pas l'habitude de la façon dont les choses se passent, ici en bas.

— Ici en bas, a-t-il répété en m'imitant. Alors c'est comme ça que vous nous appelez, vous autres ? Ceux d'en bas ? Comme si nous vivions au fond d'un vilain trou creusé dans le sol ? »

J'ai refusé de continuer à parler de ça avec lui. Miss Beauregard se montrait ouvertement inamicale envers moi, mais je l'ai vue me regarder de derrière ses bouteilles de parfum avec avidité, et je me suis dit qu'elle aurait adoré me mettre en pièces à coups de questions.

« Vos chaussures sont couvertes de terre », m'a-t-elle fait observer un matin quelques jours après avoir vu Nina en train de boire à la fontaine des personnes de couleur. Nous étions dans la salle réservée aux employés et elle mettait du rouge sur ses grandes joues cotonneuses. « Regardez-moi tout ce truc vert autour de vos talons. Vous devriez les nettoyer tous les jours. Vous n'avez pas encore compris à quoi ressemble le temps, chez nous ? »

J'ai pris un mouchoir dans mon sac et frotté mes chaussures. « Non mais regardez-moi ce que vous faites de ce joli tire-jus », a-t-elle gloussé. J'ai relevé les yeux vers elle et croisé son regard intense. J'ai compris que j'étais devenue pour elle à la fois répugnante et fascinante.

« Vous devriez passer chez moi, un de ces dimanches, a-t-elle dit. Comme ça vous pourrez voir une chouette maison sudiste. Je fais collection de pull-overs, j'en ai vingt-huit, si vous voulez, je vous les montrerai. On prendra le thé. »

Je me suis rendu compte qu'elle était jeune. J'avais toujours pensé à elle comme à une femme mûre, entre autres parce que, dans ses robes de coton imprimé, elle paraissait sans formes. L'épais maquillage dont elle avait enduit ses joues donnait à son visage une coloration fiévreuse. Ses sourcils blond-roux se relevaient, hauts, quand elle me regardait, et ses yeux noisette clair étaient écarquillés d'excitation. Je me suis dit – elle veut que j'amène Nina chez elle. Il y a quelque chose qu'elle veut savoir. J'ai été prise d'une vague pitié envers cette femme coincée dans ses vingt-huit pull-overs et qui ressentait des choses pour lesquelles elle ne pouvait trouver de langage. Et, pendant un instant, j'ai eu aussi pitié de moi, de mon manque de résolution, de mes pensées qui manquaient autant de formes que le corps de Miss Beauregard. Seule Nina était libre.

« Merci, ai-je dit. J'essaierai de venir.

— Ce serait super », a-t-elle répondu d'une voix stridente.

Mais je n'ai jamais réussi à aller voir sa chouette maison sudiste.

Nina n'était pas retournée à la salle de bal depuis qu'elle était partie s'installer chez Claude. Pendant quelque temps, elle avait craint de rencontrer Tante Lulu par hasard. Elle évitait les environs de Royal Street.

« C'est elle qui t'a obligée à partir, lui ai-je dit. Tu ne devrais pas avoir peur de la regarder en face.

— Oui, mais j'ai quand même peur, a répondu Nina. Une fois le choc passé, j'ai pu y réfléchir. C'était de ma faute, en fait. Dès l'instant où j'ai mis le pied dans cette pièce, j'ai su que m'y installer serait une mauvaise idée. Je devais quitter l'endroit où je vivais, c'est vrai, mais j'aurais pu continuer à chercher. Le truc, c'est que ça semblait facile, sur le moment, et j'avais envie de mieux vous connaître, toi et elle. Elle a une bonne raison de me détester, maintenant.

— Mais elle n'est plus la femme de Sam.

— Oh, Helen... », a-t-elle commencé.

C'est à cet instant que j'ai relevé les yeux et vu Lulu qui marchait lentement vers nous à travers Jackson Square, où nous étions, Nina et moi, en train de bavarder, assises sur un banc. À côté de ma tante, le bras passé sous le sien, il y avait un homme d'un certain âge en costume bleu, avec un gilet, et une lourde moustache jaunâtre qui cachait sa bouche comme un museau. Sa peau était rouge et granuleuse et ses yeux bleus écarquillés et fixes comme ceux d'une poupée. Nina s'est tout de suite levée, prête à s'enfuir.

« Mes enfants ! s'est exclamée ma tante avec un grand sourire. Comme c'est délicieux de vous rencontrer là ! » Elle portait son tailleur du jour du chèque. Ses cheveux étaient retenus dans un épais filet vert. Tandis qu'ils s'approchaient, je me suis imaginé qu'ils titubaient un peu.

« Voici ma chère nièce, Helen, et une de mes jeunes amies, Nina Blake. Je vous présente Mr. Metcalf, une de mes connaissances…

— Je m'appelle Weir, a dit Nina comme à bout de souffle.

— Oh, quelle mémoire ! Mais bien sûr. Weir. Mr. Metcalf est venu passer quelques jours à La Nouvelle-Orléans. » Elle a cligné de l'œil avec insistance, mais je n'aurais pu dire si c'était en direction du monument en mémoire de la bataille de La Nouvelle-Orléans qui s'élevait derrière notre banc ou vers Nina et moi.

« Venez donc boire un verre avec nous, a proposé Mr. Metcalf, en faisant suivre ses mots d'un petit rire bas et grinçant.

— Mr. Metcalf a un poste important dans une fabrique de cycles, a dit Tante Lulu avec emphase. Mais oui, venez donc boire avec nous !

— Hum… », a dit Mr. Metcalf.

Quand Tante Lulu a parlé de fabrique de cycles, je me suis souvenue du réceptionniste pour qui le Quartier français était « plein de pédales » et un accès de rire a envahi ma gorge. J'ai tout juste réussi à le contenir derrière un sourire que je savais aussi rigide que celui des citrouilles d'Halloween. Je fixais la moustache de Mr. Metcalf, dans laquelle j'étais certaine d'avoir aperçu la minuscule pince ambrée d'un crustacé qu'il avait dû manger au déjeuner.

« Nous allions partir, ai-je entendu Nina lancer en direction du visage souriant de ma tante. Nous sommes même peut-être déjà en retard, alors… » D'un geste royal, ma tante nous a donné congé. « Allez, mes enfants, allez », a-t-elle dit, magnanime.

Ils se sont retournés et se sont remis à marcher jusqu'à ce que Mr. Metcalf, pris d'un étrange accès d'obstination infantile, reste planté comme une souche tandis que Tante Lulu poussait et tirait en vain sur ses épaules affaissées. Puis il l'a soudain entraînée dans la direction opposée.

« Seigneur! me suis-je exclamée, le souffle court. Mais qu'est-ce qui les fait tenir?

— La quête du Saint-Graal débordant de bourbon, a répondu Nina.

— Je me sens affreusement mal, quand je la vois comme ça », ai-je dit, mais je n'arrivais plus à m'empêcher de rire. Nina m'a secouée. « En tout cas… elle ne m'a pas tuée, a-t-elle dit.

— Elle a oublié, lui ai-je répondu en toussant.

— Allons à la cathédrale, a-t-elle proposé. Ensuite il faudra que je te quitte. Je dois retrouver Sam au Charity Hospital. Il va me faire assister à une opération. Un de ses amis est chirurgien.

— Seigneur! Mais pour quoi faire?

— Je veux voir », a-t-elle répondu.

Je devais écrire à ma mère et j'avais des vêtements à laver. J'aimais mettre le linge à sécher sur le fil dans le jardin de Gerald. En pressant mon visage contre le tissu mouillé, je sentais un arôme de gardénia un peu étouffé, une odeur folle et romantique, même mélangée à celle du savon blanc.

Catherine et Gerald étaient sortis. J'ai accompli mes tâches et décidé d'aller me promener. Il était tard dans l'après-midi, j'avais l'intention de marcher jusqu'au crépuscule, mon heure préférée dans le Quartier français, celle à laquelle je me sentais portée comme par un tiède courant parfumé dans le tendre déclin du jour.

Tandis que je m'approchais de Toulouse Street, Len est apparu au coin de la rue, en train d'allumer une cigarette. J'ai pris en moi tout ce que j'ai surpris de lui en un seul regard, ses mains fines arrondies autour de l'allumette, ses cheveux argentés, une déchirure dans la poche droite de son pantalon, son front large et pâle.

Une semaine s'était écoulée depuis que je l'avais vu pour la dernière fois, chez les Lindner. Ils avaient invité des amis à écouter autour d'un café les révélations politiques qu'ils avaient à leur faire, et qu'ils avaient faites avec cet air qu'ils prenaient toujours, celui de ceux qui apportent la civilisation aux indigènes. Il n'y avait qu'à Gerald qu'ils n'essayaient pas d'apprendre à se méfier des perfidies du capitalisme. « Ils savent que je suis perdu pour leur cause », m'avait-il expliqué.

Ce soir-là, ils voulaient aussi nous montrer une paire de chaussures qu'un ami new-yorkais avait fabriquée pour Norman selon les mensurations exactes de chaque partie de chacun de ses deux pieds. Selon Norman, il s'agissait d'un nouveau procédé qui allait révolutionner l'industrie de la chaussure et mettre fin à la destruction des pieds humains par les industriels avides de profits et, il ne fallait pas l'oublier, par la vanité d'une bourgeoisie bourrée de prétentions. J'avais vu Len jeter, comme moi, un coup d'œil rapide aux sandales à talons hauts dont les pieds larges et courts de Marlene étaient chaussés.

Savions-nous, avait demandé Norman, que les femmes de la haute société chinoise devaient avoir les pieds bandés afin de montrer qu'elles n'exécutaient aucune tâche physique ? Et que si les casques des policiers anglais étaient si hauts ce n'était que pour intimider la classe ouvrière, qui, de toute façon, était déjà assommée par les privations ?

Norman avait sorti les chaussures. Leur cuir avait la couleur des crapauds-buffles et il était façonné en bosses rigides qui épousaient la forme de chaque orteil. Elles semblaient extraordinairement primitives, comme quelque animal en voie de disparition. Norman s'était débarrassé de ses tennis et nous avait montré que ses nouveaux souliers lui allaient à la perfection. « Quelle merveille ! avait-il insisté.

— À mon avis, elles ne plairont ni à la bourgeoisie, ni à la classe ouvrière, avait lancé Gerald d'un ton léger. Combien coûtent-elles ?

— Écoute Gerry, tout le monde sait que tu n'es pas un animal politique. Alors comment pourrais-tu savoir ce qui plaît à telle ou telle classe sociale ? Tu ne crois même pas qu'il existe encore des classes sociales dans ce pays. »

Norman n'avait pas avoué le prix qu'il avait payé, et Gerald n'avait pas insisté.

« Qu'as-tu pensé de ces objets hideux que Norman nous a montrés l'autre jour ? ai-je demandé à Len tandis que nous marchions dans Bourbon Street.

— Peut-être que Norman va abandonner la révolution et consacrer le reste de sa vie à ses pieds, a-t-il répondu.

— C'est effarant, cette façon dont parlent les gens qui ont un avis sur tout ce qui existe sous le soleil, ce ton d'évidence et de certitude qu'ils prennent toujours, comme si rien ni personne ne pouvait résister à ce qu'ils professent. Ma mère est un peu comme ça.

— Je suis quand même certain que Norman apprécie beaucoup Gerald, même s'il ne supporte pas qu'on parle de sentiments personnels. C'est plus facile d'aimer les paysans chinois qui se trouvent à des milliers de kilomètres d'ici. »

Quand il a prononcé les mots « sentiments personnels », mon cœur a tambouriné dans mes oreilles.

« Tu ne crois pas qu'il éprouve pour Marlene des sentiments personnels ?

— Il la voit comme une autre forme de lui-même.

— En talons hauts ? »

Il a ri. « Tu as faim ? m'a-t-il demandé. Il est encore un peu tôt mais… si nous allions dîner ensemble chez Florian ? »

J'ai accepté tout de suite, et quelques minutes plus tard, nous nous sommes installés dans le box où Nina et moi étions souvent assises. Quelques hommes buvaient au bar, ils parlaient à voix basse. La soirée n'était pas assez avancée pour qu'ils se montrent bruyants.

« Nina et moi, nous venons beaucoup ici, ai-je dit, timide.

— Comment va-t-elle ?

— Elle a passé l'après-midi avec Sam à assister à une opération au Charity Hospital. »

Il a eu l'air surpris. « Comment se fait-il qu'elle ait eu envie de faire ça ? Enfin…, ça lui ressemble, je suppose. C'est une Martienne, tout ce qui existe sur cette terre semble être nouveau pour elle. Je me demande si elle a des idées à défendre. »

Je lui ai raconté l'incident de la fontaine à eau.

« Oui. Dans ce cas elle a défendu son opinion, a-t-il dit. Est-ce que les Lindner sont au courant de cette histoire ?

— Gerald leur en a parlé. Marlene a dit que Nina était une romantique bourgeoise et infantile.

— Ça ne m'étonne pas d'elle. Je boirais bien un petit coup. Pas toi ? »

J'ai hoché la tête. Il aurait pu me proposer de l'arsenic, j'aurais accepté. J'avais déjà été dans des bars avec lui. Ce n'était pas pareil. Mon humeur variait d'un instant à l'autre. J'avais envie de rire comme une folle. Ma peau était électrique. Je me suis demandé – sait-il dans quel état je suis en ce moment ? Je me suis mise à parler de Nina ; un sujet derrière lequel je pouvais m'abriter.

Elle avait suivi un garçon de couleur. Il tenait un paquet de cerises qu'il mangeait une à une. Elle l'avait filé à travers le Quartier français jusqu'à Rampart Street. De temps à autre, une cerise tombait sur le trottoir. « Comme Hansel et Gretel, a commenté Len.

— Enfin, c'est le lendemain qu'elle est venue me chercher à Fountain's et qu'elle a provoqué tout ce tintouin en buvant dans la fontaine des personnes de couleur.

— Elle continuait à le suivre », a-t-il dit. Il m'a vue regarder les prix sur la carte. « Vas-y, prends ce que tu veux. J'ai travaillé cinq nuits de suite et je suis plein aux as. Je t'invite. » Il m'a adressé ce que je ne pouvais appeler autrement qu'un sourire encourageant. Je me suis sentie très malheureuse, encore plus malheureuse que lorsqu'il a dit que c'était dans ce bar qu'il avait vu Lulu pour la première fois. Je lui ai raconté notre rencontre avec Mr. Metcalf. « C'est un de ses compagnons de beuverie, m'a-t-il expliqué. Il vient en ville pour affaires. J'ai fait sa connaissance peu après celle de Lulu. Il m'a offert du travail.

— Quel genre de travail ? » Je n'avais pas eu l'intention de paraître soupçonneuse, mais c'est ce qui s'était passé. Il a eu l'air légèrement surpris.

« Il était trop ivre pour être clair. Je crois qu'il s'agissait d'aller enseigner quelque chose dans un pays d'Amérique centrale. Il n'arrêtait pas de répéter que j'allais adorer vivre là-bas. Que je m'y sentirais comme un roi. »

J'écoutais, mais mon attention était ailleurs. J'étais en train d'essayer de m'empêcher de lui demander carrément s'il avait fait l'amour avec ma tante. Il venait d'une famille où l'on ne faisait jamais n'importe quoi. Lulu lui avait-elle semblé incarner la liberté ? Une femme qui brûlait la vie par les deux bouts ? J'ai posé la main sur ma bouche. Il m'a lancé un regard inquisiteur.

Il a tendu le bras au-dessus de la table et a doucement écarté le mien de mon visage. « Qu'est-ce que tu voulais dire ? » m'a-t-il demandé d'une voix douce. J'ai eu peur de me mettre à pleurer. J'ai secoué la tête, incapable de parler. En posant devant nous les poissons en sauce que nous avions commandés tous les deux, la serveuse m'a sauvée de la désintégration aqueuse. J'ai pris une tranche de pain blanc, que j'ai pressée contre ma joue. Il a fait comme si de rien n'était et il s'est mis à me parler de son père.

« C'est un mélange déconcertant, il est tout le temps en train de nous dire que l'on doit, dans ce monde, être capable de s'en sortir, de s'arranger des choses – que seuls les idiots n'y arrivent pas – et il garde en même temps une photo des garçons de Scottsboro accrochée sur le mur au-dessus de son bureau. Est-ce que tu savais que le plus jeune d'entre eux, Haywood Patterson, n'avait que treize ans ? Le juré l'a condamné en vingt-cinq minutes. Papa m'a montré dans un journal l'image d'un homme qui avait été lynché, un pauvre paquet de haillons pendant au bout d'une corde, rétréci, comme si la chair avait été pressée contre les os par quelque terrible instrument. J'ai failli me sentir mal. Quelle réussite peut-il y avoir dans un tel monde ? Et pour qui que ce soit ? »

J'avais entendu parler des garçons de Scottsboro. Peut-être à l'école. J'ai pensé à Nina en train de marcher derrière le jeune Noir aux cerises, puis, comme l'avait dit Len, de le suivre mentalement, et de se laisser ainsi conduire droit vers la fontaine à eau destinée aux personnes de couleur.

« Pour mon père, le Sud, c'est l'abomination. Quand je lui ai appris que je partais à La Nouvelle-Orléans, il m'a dit que j'aurais aussi bien pu aller me promener en touriste dans un village où un pogrom venait de se dérouler. »

J'ai hésité. J'ai regardé Len droit dans les yeux et la vérité est sortie de ma bouche. « Je ne sais pas ce qu'est un pogrom », ai-je avoué.

Il n'a pas semblé si surpris que ça. Il m'a raconté que son père avait fui Kishiniev, un village russe, à la suite d'un pogrom de trois jours dans lequel quarante-cinq juifs avaient été tués. Pendant qu'il parlait, un autre paysage a éclipsé les douces collines de l'Hudson Valley et l'air parfumé des rues du Quartier français. J'ai vu un village resserré sur lui-même, des cavaliers, des poulets qui couraient affolés, une épaisse forêt, des gens qui s'enfuyaient, des chiens qui rôdaient au milieu des cadavres.

« C'est en partie pour ça que mon père a des réactions aussi fortes face à l'esclavage et au problème des personnes de couleur. Et c'est aussi dans son caractère. Avoir souffert ne rend pas forcément sensible à la douleur des autres. Il arrive assez souvent que ce soit l'inverse. Et en même temps, mon père a peur des Noirs, de leur côté sombre, caché. Nous avons eu une employée de maison qui était noire, et aussi une cuisinière, que ma mère appelait quelquefois en extra. Il ne savait jamais quoi leur dire – et il craignait ce que, elles, pouvaient soudain lui dire. Alors il paye toujours plus que ce qu'il faut. C'est très compliqué pour lui. Comme ça l'est, je suppose, pour la plupart de ceux qui réfléchissent à ça. »

Nous avons parlé d'autre chose. Je lui ai dit que Gerald avait été invité à faire des lectures de ses poèmes à New York, Boston et quelques autres villes, et qu'il avait envie d'y aller mais qu'avec tout ce qu'il devait envoyer à sa femme, il ne savait pas comment faire pour réunir l'argent nécessaire.

Nous avons évoqué l'affection que nous portions à Gerald. Notre conversation s'est réduite à cet amour que nous ressentions tous deux pour quelqu'un d'autre, quelqu'un qui n'était soudain plus qu'une ombre à mes yeux.

Les hommes assis au bar se faisaient plus bruyants. Nous avons plaisanté à propos de Lulu et de Mr. Metcalf, et Len a dit : « Attends qu'elle lui raconte comment elle a connu Anna Held et Will Rogers, si ce n'est pas encore fait.

— Tu crois vraiment que ça impressionnera Mr. Metcalf ? » lui ai-je répondu avec un sourire, et, complices, nous avons pris ma tante comme cible de nos plaisanteries.

Toute notion de temps, ou presque, semblait m'avoir abandonnée, quand nous nous sommes retrouvés en train de marcher dans la rue, en direction de chez lui, comme si chaque « ici » était immédiatement remplacé pas un « là-bas ». Il n'y avait pas de lumière dans l'escalier du second étage. L'immeuble était délabré, vieux et mal entretenu. Sa chambre assez vide, bien rangée. La présence de Len était autour de moi comme une seconde peau.

Il y a eu un moment où, quand ma main s'est posée dans le creux de ses reins, j'ai vu à sa place les longs doigts de Lulu.

« Est-ce que tu as fait l'amour avec elle ? » ai-je murmuré. Je n'ai pas eu besoin de prononcer son nom.

« Une fois », a-t-il répondu.

J'ai grogné.

« Arrête, a-t-il dit. Ça fait partie des choses de la vie, sans plus. C'est arrivé, voilà tout. »

Il a dormi. Avait-il été, après avoir échoué à l'examen familial de bonne conduite, le gentil petit garçon de ma tante ? Parti de chez lui sans projet défini, il attendait que la guerre donne une forme à sa vie.

Il a bougé, réveillé.

« J'ai dormi longtemps ?
— Je suis ici depuis un bout de temps sans toi.
— Quoi ?
— C'est une phrase qui était dans la lettre que tu as postée pour moi. Celle qu'un prisonnier avait laissée tomber de sa fenêtre.
— Je suis là, maintenant. »

Il a posé sa main sur mon sein. J'ai ressenti une légère surprise, comme s'il n'était pas possible que nous soyons ensemble dans son lit. Il ne m'avait pas demandé quel sens je voulais donner aux mots du prisonnier. Il était plus simple que je ne l'avais pensé.

Nina était restée dans la salle d'opération pendant presque deux heures. Sam avait dit à son ami chirurgien qu'elle était étudiante en médecine. On lui avait donné un masque de coton et un tabouret où monter afin de ne rien rater. Le malade avait de nombreuses occlusions intestinales.

« Pendant l'opération, les médecins bavardaient et plaisantaient. Quand le chirurgien a fait la première longue incision dans le ventre du patient, et que ses tripes sont sorties en ondulant doucement, comme des plantes aquatiques dans la mer, j'ai failli vomir. Alors, je me suis dit que c'était beau. Mais j'étais terrifiée. Puis la peur a disparu. J'ai été obligée de sortir avant la fin car l'odeur de l'éther me donnait mal au cœur. Sam était étonné que je sois restée si longtemps.
— Et ça s'est bien passé, pour le malade ?
— Non. Il est mort le soir même.
— Je n'aurais jamais pu regarder une chose pareille.
— Sam m'a raconté que les médecins laissent parfois quelque chose dans le ventre des patients, des morceaux de gaze ou de coton, quand ils savent que de toute façon ils vont mourir. C'est une dernière faveur qu'ils leur font.

— Ils les tuent ?
— Quand ils savent qu'ils ne peuvent plus vivre.
— Comment peuvent-ils en être certains ?
— Tu en demandes trop.
— Mais il faudrait être certain, avant toute opération, qu'on ne va pas être tué.
— Je voulais dire… qu'on ne peut jamais demander à quelqu'un d'être certain de quoi que ce soit. Il y a l'espoir, c'est tout.
— Nina ! Tu ne penses pas ce que tu dis !
— Tu as raison. Mon esprit part à la dérive chaque fois que j'essaye de réfléchir à ce que j'ai vu. J'ai honte de toujours faire ce qui se présente à moi, de prendre ce que l'on m'offre.
— Comme avec Sam ?
— Probablement.
— J'ai couché avec Len, ai-je annoncé, et j'ai eu l'impression d'avoir parlé avec une étrange obstination, mais sans savoir à propos de quoi.
— Pauvre Lulu, a dit Nina. Nous lui avons volé tous ses hommes.
— Sauf Mr. Metcalf », ai-je lancé. Nous nous sommes mises à rire. Ensuite, j'ai réfléchi à ses paroles. Elle avait pensé la même chose que moi à propos de Len, de Len et de Lulu, mais n'en avait rien dit.

9

Sam a emmené Nina dans un grand restaurant. Elle hésitait à y aller. Elle s'inquiétait à l'idée de devoir non seulement manger ce qu'il aurait commandé pour elle, mais se montrer aussi pleine de vénération envers cette nourriture. Et elle n'avait rien à se mettre qui convienne. Mais elle était surtout convaincue que cette soirée allait marquer la fin de leur liaison.

« Je ne souffre pas. Croit-il que si c'était le cas, je pourrais trouver une consolation dans ce genre de chose ? C'est affreux, quelle humiliation, être congédiée de cette façon, remerciée de mes bons services par un repas ! Mais je vais y aller. Parce que c'est terminé. Plus il dépensera, moins il se sentira d'obligations. Et ensuite, il oubliera si vite que, lorsqu'il me reverra, je ne serai plus pour lui qu'une vague connaissance. Ainsi ce ne sera pas seulement fini, mais comme si cela n'avait jamais existé. Ou comment arriver sans rides jusqu'au bord de la tombe… »

Il l'a déposée chez Gerald. Il devait retourner à Fort Benning. Elle est arrivée, pâle, l'air fatigué, mais en l'espace d'une heure ses joues avaient retrouvé leur couleur. « J'ai trop mangé, m'a-t-elle chuchoté à l'oreille. C'était répugnant ! »

Len et moi étions là, ainsi que les Lindner. Claude est passé à son tour. Personne ne l'avait vu depuis une semaine en dehors de Nina, et elle ne l'avait aperçu que brièvement.

Marlene portait une blouse de Gitane ornée de roses grossièrement brodées qui ressemblait à un costume d'opéra et laissait voir ses épaules blanches et replètes. Elle boudait. Norman pontifiait à propos de la couleur, les yeux de plus en plus humides, comme s'il allait pleurer. Je savais qu'il se considérait, en tant qu'artiste, comme détenteur d'une sensibilité au monde visible supérieure à celle du commun des mortels. La couleur le rendait-elle aussi sentimental ? Il parlait d'un ton vif, avec une pointe de férocité. Il s'est arrêté pour reprendre son souffle. Gerald a demandé à Nina ce qu'elle avait mangé chez Arnaud.

« Comment sais-tu que j'y étais ? »

Gerald a eu l'air légèrement déconcerté.

« Sam m'en a parlé, il m'a dit qu'il allait t'y emmener.

— Il l'a annoncé à tout le monde ? a demandé Nina d'une voix sèche.

— Nina, a presque crié Marlene, tes pieds vont devenir aussi grands et gros que ceux de Greta Garbo, si tu continues à porter ces sandales mexicaines. »

Claude venait d'arriver.

« Et comme Garbo, Nina n'a pas besoin de perdre son temps à s'inquiéter de ses pieds. Ils sont beaux, justement parce qu'elle n'essaye pas de les comprimer dans des chaussures de deux tailles trop petites pour elle », a-t-il déclaré.

Marlene a pris l'air d'un chien battu. Elle disait des horreurs sur Claude derrière son dos, mais essayait en sa présence d'attirer son attention, et s'adressait à lui avec une touche d'accent anglais, comme si cela avait été le gage d'une culture supérieure à celle des autres.

Les Lindner se sont tus, moroses. Claude s'est dirigé vers l'endroit où Nina était assise, et il est resté debout derrière elle. Je me suis remise à contempler Len, qui fumait une cigarette, ses cheveux radieusement diaphanes dans le coin d'ombre où il se tenait. Sa présence dans une pièce retenait toute mon attention. Je l'étudiais comme un cours.

Gerald avait sur ses genoux un journal replié dont il avait roulé et déroulé le bord pendant tout le sermon de Norman sur la couleur. Il nous a demandé si nous avions vu les gros titres. Les Allemands avaient attaqué les Russes sur un front qui s'étendait de l'Arctique à la mer Noire. Norman s'est lancé :

« L'Union soviétique essayait de gagner du temps. Je l'ai toujours dit, non ? Staline savait très bien ce qui allait arriver !

— Quel idiot tu fais, Norman, a dit Claude sur un ton sans passion. Tu crois que le monde est géométrique. Tu le recouvres de ton petit quadrillage, puis tu gommes tout ce qui n'y entre pas. Et ce qui n'y entre pas, c'est la vie elle-même. »

Norman a bondi de sa chaise, la bouche ouverte, mais, sans lui laisser le temps de parler, Claude s'est incliné légèrement en direction de Gerald et Catherine en disant qu'il ne pouvait rester, qu'ils devaient l'excuser. Nina s'est levée elle aussi, annonçant qu'elle partait avec lui.

« Comment ose-t-il ! » a crié Marlene, et je l'ai soupçonnée d'avoir plus ou moins souhaité que Claude, encore dans l'escalier qui menait à la rue, puisse l'entendre. « Un inverti qui nous donne des leçons ! »

Norman lui a demandé de baisser le ton, ce qui m'a étonnée. « Il y a des mots qu'il vaut mieux éviter, lui a-t-il rappelé avec raideur.

— Partout, des gens sont assis comme nous en train de bavarder, et tous, nous allons bientôt aller dormir, tandis que se rapproche ce mur noir de mort », a dit Catherine.

J'ai regardé la fenêtre qui faisait face à la véranda, et la rue, en dessous, plongée dans l'ombre. Panaches et volutes de poussières ressortaient sur la vitre dans la lumière d'un réverbère, semblables à des nuages d'orage figés dans le ciel.

« Tout est de la faute du gouvernement, a déclaré Norman.

— Je veux en être, a dit Len, sortant soudain de son silence. Je veux aller les combattre. »

Les Lindner devaient rentrer. Marlene a regardé Len. « Tu viens ? » lui a-t-elle demandé. Elle s'est tournée vers moi avec un sourire qu'elle devait s'imaginer plein de jeunesse. Il était triomphant. Tout le monde savait maintenant que Len et moi étions amants. J'appartenais, après tout, à un groupe. Cette idée me faisait rire. Nous en savions beaucoup les uns sur les autres, presque autant que nous n'en savions pas ; nous ressentions les premiers légers remous du changement, de la crise, bien avant de trouver les mots qui pouvaient la traduire, comme si nous avions été équipés de longues et délicates antennes, et pourtant maladroits. Nous nous étions mis depuis peu à parler différemment de Claude. Je percevais dans chacune de nos voix, dans ce que nous disions, une conscience accrue des dangers qui se renforçaient au cœur de sa vie cachée – qui, à la vérité, ne l'était jamais vraiment, si ce n'est dans la mesure où l'être ultime de l'autre nous est toujours, inutilement, caché.

Nina le voyait plus qu'aucun de nous, bien sûr, et lorsque nous la retrouvions, nous nous adressions à elle comme si elle avait été une messagère, venue d'un autre pays. « Il va bien », disait-elle. Jusqu'ici – pensais-je intérieurement.

Après le départ des Lindner, Len et moi nous nous sommes levés pour partir à notre tour. Je ne l'avais jamais emmené dans mon lit, celui de la petite chambre au-dessus de la cuisine.

« Cela ne ressemble vraiment pas à Claude de s'en prendre aux Lindner de cette façon, a dit Catherine. Ce n'est pas que ça me dérange. Marlene est parfois tellement désagréable. Si nous l'acceptons, c'est parce que Gerald a pitié d'elle. N'est-ce pas, Gerald ?

— Pas à cet instant précis, en tout cas, a répondu Gerald. Nous avons passé de meilleures soirées. Aucune importance. Je crois que nous devrions organiser la journée sur le Delta dont nous avons déjà parlé. Helen, vois si Nina peut venir. Nous rentrerons bien tous dans la vieille guimbarde. »

Nous sommes tombés d'accord sur le samedi suivant, et Len et moi sommes repartis.

Dans la rue, j'ai passé mon bras autour de sa taille et je l'ai tenu contre moi pendant quelques secondes. « On court ? » a-t-il lancé. Nous nous sommes alors retournés tous les deux en même temps vers la maison de Gerald. Je me suis demandé s'il pensait aux paroles de Catherine. À ce mur noir de mort ?

Nina était venue me rendre visite. « J'adore cet endroit, m'a-t-elle dit. On s'y sent tellement en sécurité. »

Nous parlions de Claude, quand elle s'était interrompue pour examiner avec un sourire chacun des chers objets qui décoraient ma chambre.

« Quel genre de famille a-t-il ? lui ai-je demandé. Où vivent-ils ? Est-ce que tu arrives à te l'imaginer petit garçon ?

— Il a des cousins. Les enfants de la sœur de sa mère. Ils sont plus vieux que lui. Il ne les voit presque jamais, pourtant ils vivent ici – mais pas dans le Vieux Carré. Il doit assister de temps en temps à des réunions, pour le magasin.

— Et sa tante vit encore ?

— Non, tout le monde est mort, ses parents, sa tante. Il a de la famille éloignée en France. Pendant son voyage là-bas, il est allé les voir, dans une ville qui s'appelle Blois. Ils se sont montrés courtois.

— Il était fils unique.

— Oui. Il adore la France. Selon lui, ce n'est pas un pays aussi facile que l'Italie. Les Français disent : "Regardez comme c'est beau, chez nous !" mais sans te faire entrer. Tu peux voir, et c'est tout.

— Norman prétend que c'est la lumière qu'il y a là-bas qui a fait leurs grands peintres.

— Oui, je l'ai déjà entendu, ce qui n'a rien d'étonnant vu qu'il répète tout ce qu'il dit des centaines de fois. Et de toute façon il n'est jamais allé en France. D'après Claude, c'est ce sur quoi tombe la lumière qui est très différent.

— Est-ce que... tu te sens attirée par lui ?

— Oh, mon Dieu, non ! Il y a quelque chose au cœur de ton âme qui t'en empêche. » Elle a passé ses mains sur le couvre-pied. « Je l'adore, a-t-elle dit d'un ton grave. Je l'aime d'un amour très fort, mais sans chaleur. Plutôt quelque chose de frais, de bleu pâle, comme le ciel quand il met toute chose à une distance insurmontable les unes des autres. Claude semble parfois plus l'invité dans sa propre maison que je ne le suis moi-même. Et quelquefois il est comme un très jeune grand-père, presque aussi jeune que moi, et avec de terribles soucis personnels.

— Il veille sur toi.

— Oui. Est-ce que je t'ai dit que Sam était passé me voir ? Il m'a parlé d'une infirmière avec qui il couche depuis quelque temps – de cette affreuse façon qu'ont les hommes, comme si tu n'étais qu'une spectatrice. Il me fait me sentir factice ; il semble présumer que je peux me conduire en bonne copine. Claude me comprend, mais il ne me dit jamais ce que je dois faire. Il a une manière particulière d'écouter. C'est si intense, cela vaut beaucoup mieux qu'un conseil. Il ne croit pas aux conseils, de toute façon, car les gens finissent toujours par faire ce qu'ils ont envie de faire.

— Est-ce que tu as déjà vu ce garçon ? Le jeune Italien ?

— Oui, une fois, j'en suis presque certaine. Je me suis levée dans la nuit. La lumière était allumée dans le salon. Le grand ventilateur marchait. Je crois que c'est son bruit qui m'a réveillée. Un jeune homme aux cheveux sombres était assis, en train de pleurer. Claude se tenait debout à côté de lui, il avait pris sa main, la serrait dans la sienne.

— Est-ce que tu as découvert ce qu'il boit, quand il fait ses libations aux dieux ?

— À un seul dieu. David et moi pensons qu'il s'agit d'absinthe. On ne peut en acheter nulle part... c'est interdit d'en vendre, dans ce pays, mais je suppose que le jeune homme lui en apporte. Ces gens, sa famille, peuvent obtenir tout ce qu'ils veulent, surtout si c'est interdit. Claude m'a montré la reproduction d'un tableau qui représente une femme assise seule à une table en buvant de l'absinthe. Je crois que c'était une œuvre de Degas.

— C'est comme si tu allais à l'école.

— Oui, à l'université de Claude de la Fontaine. Mais il n'y a pas que ça. » Elle a ri et m'a effleuré la main. « Ne prends pas cet air sérieux, m'a-t-elle dit, nous parlons souvent de choses banales, nous nous appelons d'une pièce à l'autre, nous mangeons des sandwiches debout, nous papotons.

— Je songeais à ces choses graves qui peuvent lui arriver.

— C'est une pensée qui ne me quitte presque jamais. Il fait tout tellement bien, et ça, il n'y arrive pas. Il ne peut arrêter. »

Elle m'a regardée un long moment. « Je n'ai pas ressenti grand-chose quand ça a été fini, avec Sam. Je n'ai pas eu de mal à arrêter. Je ne sais pas ce qui est pire. »

Gerald chantait une chanson qui parlait du *Titanic* :

> *Si c'est pas dommage, le* Titanic *qui sombre !*
> *Femmes et enfants – tous ont perdu la vie !*
> *Si c'est pas dommage, le* Titanic *qui sombre !*

Nous avons suivi une route étroite, et l'herbe montait si haut de chaque côté que la chaussée semblait tout le temps sur le point de renoncer, de se réduire à rien au sein de la verdure exubérante. Bien qu'il n'y eût pas de vent, les arbres, chargés de barbe-de-vieillard[1], semblaient s'enfuir vers le nord. « Vent dominant », a dit Gerald. Il s'est arrêté une fois et nous nous sommes assis dans le silence suffocant. Il y avait de l'autre côté d'une prairie sauvage, érigée sur d'épais piliers de pierre, une maison abandonnée, vestige d'une ancienne plantation. Le bois dont elle était construite avait la couleur de la cendre. Ses fenêtres étaient cassées, vides de toute lumière et de tout mouvement. Elle avait l'air de nous regarder, blessée. L'une de ses immenses portes était entrouverte. Des rejetons de plantes semblables à des serpents poussaient partout sur les murs, se glissaient à travers les fenêtres, entouraient les épaisses colonnes. La nature la reprenait en elle comme un filet le fait avec un gros poisson.

« Le vieux Sud, a dit doucement Gerald.

— Fantômes… un lieu pour les fantômes », a murmuré Catherine.

Len est intervenu : « C'est comme cela que j'imaginais le Sud. Pas seulement vieux, plutôt ancien.

---

1. Sorte de lichen qui pend des branches *(N.d.T.)*.

— Pourquoi est-elle construite si haut ? a demandé Nina.
— À cause des inondations qui montent jusqu'ici, a répondu Gerald. Cette terre est surtout constituée d'eau. Un Cajun a toujours sa barque à portée de la main, prêt à affronter le changement, qui vient si vite, non pas du ciel, mais du fleuve. »

Lonville était un hameau, quelques cabanes construites au bord d'un chemin cahoteux, avec un étroit débarcadère qui s'avançait de la mangrove jusqu'au fleuve sur des poteaux grossièrement taillés. À son extrémité se trouvait une minuscule baraque dont la fenêtre était éclairée d'une pâle lumière bleue. Un endroit où les hommes du village venaient boire et parler, un lieu public. La femme du propriétaire faisait la cuisine, et c'était là que notre guide nous emmènerait dîner.

La maison de Gerald n'était elle aussi qu'une cahute. Avec des tinettes dans la cour de derrière. À l'intérieur, il y faisait frais et humide. Catherine a allumé le poêle noir trapu qui était installé au milieu de la pièce. On entendait un bourdonnement bas et continuel, comme celui de plusieurs bouilloires remplies d'eau frémissante. « Les abeilles », a-t-elle dit.

Nous avons bu du thé assis autour du poêle. Au-delà de la fenêtre ouverte, du bruit léger des cuillères dans les tasses, du bourdonnement des abeilles dans le mur, il ne semblait exister qu'une immobilité énigmatique et vaste. Cet après-midi-là, nous n'avons pas parlé de la guerre en Europe, alors que je lisais maintenant le journal tous les jours. Au fur et à mesure que tombaient les villes russes, et que l'armée allemande roulait vers Leningrad, je sentais que Len m'était inéluctablement arraché.

Non, ce jour-là, Gerald nous a raconté des histoires du village. À un moment, Catherine m'a appelée près de la fenêtre. Elle tenait à la main une boîte de photographies aux sels de fer qu'elle avait trouvée dans un vieux coffre de la maison. Au moment où elle m'en a tendu une, qui montrait une femme rondelette aux cheveux crépus, habillée d'une veste rayée à col montant, deux hommes d'âge moyen sont passés devant la maison, et leurs visages et leurs lourdes épaules se sont encadrés un instant dans la fenêtre. J'ai entendu le bredouillis sirupeux de leurs voix.

« Ils parlent cajun », m'a-t-elle dit. Elle m'a regardé droit dans les yeux, s'est détournée de la boîte et m'a repris la photo de la main. « Ce sont deux des hommes qui ont attaqué Gerald », a-t-elle murmuré si doucement que j'ai cru rêver l'entendre.

Ma gorge s'est serrée comme sous la pression de mains étrangères. Quand je me suis à nouveau sentie capable de parler, je lui ai dit : « Ils devraient être en prison.

— Il n'a pas voulu déposer plainte. Et d'autres gars d'ici lui ont porté secours – il serait mort s'ils ne l'avaient pas trouvé et emmené à l'hôpital. C'était de leur part un geste héroïque. Ils détestent et craignent tout ce qui vient de la ville. Il a dit au médecin qu'il ne connaissait pas ses assaillants. »

Plus tard, lorsque nous marchions sur le quai pour aller dîner, je me suis retrouvée à côté de Gerald. Lui demander ce que je voulais lui demander était difficile, mais depuis que Catherine m'avait montré les deux hommes, je n'arrivais plus à penser à autre chose.

Il m'a répondu si vite, qu'il avait dû deviner ce que j'avais à l'esprit. Peut-être m'avait-il vue quand je les avais vus.

« Je ne comprends pas pourquoi rien ne leur est arrivé. C'était comme un lynchage, ai-je dit.

— Non, pas du tout, a-t-il répondu. Ils n'étaient pas partis pour me tuer. Et je n'étais pas innocent. Je voulais célébrer la vie d'ici, ils ont trouvé que je les utilisais. Ils n'avaient pas la moindre idée du mal qu'ils me faisaient – ils ne savaient pas que ça me rendrait malade. C'était une nuit sans lune, très sombre, et ils avaient beaucoup bu. C'était même peut-être une erreur, vois-tu.

— Une erreur !

— Ils m'ont peut-être pris pour un autre, à qui ils en voulaient. Puis, quand ils se sont rendu compte, dans le noir, qu'il s'agissait de moi, ils se sont peut-être rappelé avoir entendu dire quelque chose… que j'avais dévoilé certains de leurs secrets.

— Tu leur parles ?

— Seigneur, non ! s'est-il exclamé. J'ai parfois envie de les tuer ! »

Dans un coin sombre de la cahute qui avait cette fenêtre pleine de lumière bleue, nous nous sommes serrés les uns contre les autres à l'intérieur d'un des deux boxes, et nous avons mangé des crabes, des crevettes et du riz, et bu de la bière tiède. Quand l'un de nous bougeait ou voulait prendre le sel, nous devions tous nous pousser. Ce resserrement physique était étrangement réconfortant.

Sur le chemin du retour vers La Nouvelle-Orléans, Gerald s'est arrêté pour que nous puissions à nouveau regarder la maison déserte de la vieille plantation, éclairée cette fois par la pleine lune. Ses fenêtres béaient comme des bouches affamées et brûlées. Ce que la lumière n'atteignait pas prenait une importance énorme, paraissait lourd, noir, mystérieux. Les cheminées ressemblaient à des oreilles de démons. Un peu plus loin, une voiture aussi vieille que celle de Gerald, mais défoncée comme à coups de masse, a soudain surgi devant nous après avoir débouché d'un chemin de terre et s'est mise à zigzaguer d'un côté à l'autre de la route. Gerald s'est agrippé au volant. Nous nous sommes tous penchés en avant, tendus. « Ivre mort… le salopard », a-t-il murmuré.

Une heure entière a semblé s'écouler avant que Gerald réussisse, d'un violent coup de volant, à balancer la voiture sur le bas-côté plein de bosses et à dépasser l'autre. Le conducteur a appuyé sur son klaxon, encore et encore, un son doux et plaintif qui nous a accompagnés pendant environ un kilomètre et demi avant de disparaître dans la nuit.

« Je crois qu'il voulait de la compagnie, a dit Gerald.

— Une autre échappée belle », a ajouté Catherine.

Un morceau de papier à lettres, avec mon nom dessus, était accroché au grillage de la contre-porte par une épingle de sûreté. J'ai déplié la feuille, les autres se sont rassemblés autour de moi et j'ai lu à haute voix. Nous venions de rentrer de Lonville. Il était très tard. La lettre disait : « Lulu est au Charity Hospital. Elle est tombée et s'est ouvert la tête. » C'était signé « J. Charles ».

Nina et Len sont venus avec moi. En chemin, Len nous a dit que J. Charles était un vieux monsieur qui habitait dans la chambre voisine de celle de Lulu. En dehors de ça, nous ne nous sommes pas parlé, nous marchions vite, dans le silence des rues vides.

« Elle nous a donné du fil à retordre, c'est le moins qu'on puisse dire », nous a déclaré l'infirmière d'un ton glacial. Il ne semblait y avoir personne d'autre qu'elle dans le hall faiblement éclairé. « La nièce vient avec moi, les autres restent là.

— Est-ce qu'elle va bien ? a demandé Nina, inquiète.

— Aussi bien qu'elle peut aller, a répondu l'infirmière. Je peux vous assurer qu'elle n'a presque rien senti. Elle a dessoûlé, maintenant. Elle s'est simplement cogné la tête très fort. »

Tout au bout de la salle commune réservée aux femmes, entourée de lits vides, Tante Lulu, assise, scrutait les ténèbres.

« Elle nous a fait un tel ramdam qu'il a fallu l'isoler là-bas », a dit l'infirmière. Une petite lampe était fixée au montant métallique de son lit. Elle éclairait ses bras pleins de taches de rousseur et ses grandes mains, jointes sur ses genoux. Quand nous nous sommes approchées d'elle, elle a tourné la tête, très lentement. « C'est cette foutue planche », a-t-elle essayé de m'expliquer en touchant le bandage qui lui recouvrait une partie de la tête.

L'infirmière a dit : « Vous pouvez rester quelques minutes. Parlez à voix basse. Il y a des malades qui dorment, ici. Ensuite, vous irez voir l'interne. »

Quand l'infirmière nous a laissées, Tante Lulu a continué : « Quelqu'un a dû l'enlever de l'escalier. Et, évidemment je m'attendais à ce qu'elle y soit, ce qui fait que je suis tombée dans ce fichu bras du Mississippi. J'étais trempée. Sans J. Charles, je pense que je me serais noyée. Tu peux me ramener à la maison, maintenant ? »

Elle a relevé les yeux vers moi et m'a fixée. Son visage ne portait pas la moindre trace de maquillage, il était même si propre, si net, que je me suis demandé si une infirmière n'avait pas essayé d'en enlever plus que la poudre et le rouge. Elle s'est à moitié soulevée, s'écartant de l'oreiller, tendue vers moi avec une expression suppliante. « S'il te plaît », a-t-elle murmuré. J'ai serré sa main dans la mienne, qu'elle a tirée vers son visage, puis elle a pressé ses lèvres sèches contre les jointures de mes doigts. C'était la première fois qu'elle me touchait de cette façon. J'ai ressenti le poids qu'elle faisait peser sur les autres, et celui de ses problèmes, comme pour la première fois aussi. « Je vais parler au docteur, lui ai-je dit. Je te sortirai de là. »

L'interne était un grand homme maigre, aux yeux ombrés de fatigue. Il mordait, en me parlant, les petites peaux de ses ongles. Le coup qu'elle avait pris sur la tête n'était pas grave, disait-il. Les ivrognes tombent tout le temps. Mais son foie avait bien trop grossi. Si elle n'arrêtait pas de boire, elle mourrait dans l'année. Il parlait vite, avec précision, de façon impersonnelle, ses mots jaillissaient comme des étincelles entre deux silex. Il a ajouté que je pouvais la ramener chez elle et qu'il lui conseillait de passer quelques jours au lit.

Il a poussé un énorme soupir. « Vous avez entendu ce que j'ai dit, n'est-ce pas ? Les gens ont tendance à ne pas entendre ce que les médecins leur disent. » Il avait un ton las, mais pas désagréable. « Elle est presque arrivée à se fiche en l'air. Il faudrait vraiment la mettre au sec.

— Je ferai tout ce que je peux », ai-je répondu sans avoir la moindre idée de ce que je pouvais faire.

Len a trouvé un taxi de nuit et Nina avait sur elle de quoi payer le trajet. Ustensiles de cuisine lancés loin de leur place habituelle, vêtements éparpillés partout, fenêtres grandes ouvertes sur les balcons, la salle de bal était sens dessus dessous.

Je l'ai mise au lit tandis que Len et Nina rangeaient de leur mieux. Allongée sous le drap, ma tante luttait contre le sommeil. Chaque fois que ses paupières se fermaient, elle se forçait à les rouvrir. Avec un léger sourire flottant sur ses lèvres, elle a murmuré : « Je suis heureuse... Oh, si heureuse... »

J'ai dit à Len et à Nina que je restais avec elle cette nuit-là, et ils sont partis. Le lendemain matin j'ai téléphoné du Murphy's pour prévenir que je ne pouvais venir travailler, parce que ma tante était malade. Une odeur terreuse de bière flottait dans le bar, à laquelle s'ajoutait celle, aigre et croupie, de la serpillière trop usée qu'un vieil homme de couleur était en train de passer. Dans une boulangerie, j'ai acheté des petits pains au lait, puis je suis rentrée à la salle de bal et j'ai préparé du café sur la plaque électrique.

Bien qu'encore faible, elle a mangé tous les petits pains et bu le café jusqu'à la dernière goutte. Je lui ai fait prendre le cachet que l'interne m'avait donné pour soulager son mal de tête. Au fur et à mesure que le temps passait, elle reprenait des forces. En fin d'après-midi, elle arpentait la pièce habillée de son antique robe de chambre verte. Je n'avais pas pensé à Len de la journée. Je n'avais pas pensé à grand-chose d'autre que Lulu. J'étais envahie du désir de la servir. Je me sentais impressionnante d'altruisme, un état peu commun que je reconnaissais comme tel. Mais dont la pureté, bien sûr, était souillée par la conscience que j'en avais.

« Est-ce qu'il y a quelque chose entre Nina et Len ? m'a-t-elle demandé quand le crépuscule est arrivé, accompagné de ses longues ombres.

— Oh… Mais non ! » me suis-je exclamée. Elle m'a fixée en silence. « Len est avec moi », ai-je continué, courageusement. J'avais l'impression de ne devoir dire, ce jour-là, que les choses telles qu'elles étaient.

Elle a tripoté son bandage. À moitié défait, il lui tombait sur les oreilles, en boucles. D'un seul coup, elle l'a attrapé à deux mains et l'a arraché. J'ai vu qu'elle avait un gros bleu cerné de jaune sur le haut du front. Elle l'a touché, avec une grimace de douleur.

« Eh bien – c'est ta vie, après tout, a-t-elle continué. Je n'ai rien d'autre à dire, sauf que j'ai besoin de cigarettes.

— Je vais en chercher.

— Et de bière.

— Tante Lulu, le docteur m'a expliqué que ton foie était trop gros et que tu étais en train de te tuer. S'il te plaît…

— Va m'en chercher. Samuel Mosby Bridge est mon mari et seul médecin. Je ferai ce que je voudrai de cette vie idiote qui est la mienne ! Et arrête de me regarder comme ça ! On dirait une vache ! Tu ressembles à ma sœur, avec sa bouche en cœur !

— Je ne t'achèterai pas de bière.

— Alors, J. Charles s'en chargera, lui ou un passant que je payerai pour le faire. »

Je suis sortie et je lui ai acheté des cigarettes et de la bière.

« Ne t'attends pas à ce que je te remercie, m'a-t-elle dit avec un sourire mi-figue, mi-raisin, extirpant une cigarette du paquet. Mais si cela peut te consoler, sache que j'apprécie les efforts que tu fais pour ne pas contribuer à ma ruine. »

Je suis retournée travailler le lendemain matin. Quand je suis rentrée à la maison, Nina était chez Gerald, assise dans la pièce du devant. Les Boyd étaient sortis. Le derrière tout au bord de la chaise, elle a levé vers moi ses yeux, grands ouverts et fixes.

« Lulu va bien, ai-je dit. C'est-à-dire qu'elle est levée et, à l'heure qu'il est, de nouveau ivre.

— Écoute ! a-t-elle dit en levant vite les mains, comme si j'étais sur le point de me lancer dans un discours qu'elle devait m'empêcher de prononcer. Ça fait une heure que je suis là. On m'a renvoyée plus tôt. Comme tous ceux qui étaient au lac. Un avion de chasse qu'ils étaient en train d'essayer s'est écrasé devant le hangar. Il s'est enfoncé si profond dans la terre qu'on ne voyait plus que le bout de sa queue qui dépassait. Quelqu'un a dit qu'ils en avaient sorti le pilote à la petite cuillère. »

Je me suis laissée tomber sur une chaise. Nous nous regardions sans rien dire. J'ai soudain pensé aux deux gros hommes que j'avais vus passer devant la fenêtre de la petite maison de Gerald à Lonville. Peut-être étaient-ils le présage d'immenses changements, dont l'idée me submergeait de crainte.

10

Miss Beauregard m'a expliqué que beaucoup de nos clients se passaient sur le visage des lotions antiperspirantes. J'ai vu que leur peau était grasse et brillante, marquée des traces de leurs doigts. Dans la journée, j'étais au bord de l'étouffement ; seule la nuit apportait un léger mieux. Miss Beauregard m'a offert un petit ventilateur peint de gros rubans bleus sur fond de nuages roses, et je m'en servais pour marcher dans la rue, comme j'avais vu les gens le faire. L'air était inerte, aussi lourd que des couvertures de chevaux trempées.

Maman a écrit, disant que chaque année, jusqu'au mois d'août, elle oubliait, grâce à Dieu, l'humidité de l'Hudson Valley. Elle espérait que je souffrais moins qu'elle. Petit à petit, la nature de ses lettres changeait. Elle avait de moins en moins de choses à raconter, et me posait de plus en plus de questions sur la vie que je menais. Est-ce que je « voyais quelqu'un » ? Je ne lui parlais jamais de mes amis. Elle espérait que je n'étais pas seule. Lulu pouvait se montrer « très boute-en-train », pourvu qu'elle ait envie d'en faire l'effort. J'allais lui manquer à Thanksgiving, mais je pourrais certainement aller la voir à Noël car d'ici là j'aurais travaillé assez longtemps pour que le magasin m'autorise à prendre des vacances.

Je me suis promenée avec sa lettre pendant environ une semaine, en me demandant ce que je pouvais lui dire de Len. Je « voyais » un fils de rabbin. Et sa sœur allait mourir dans l'année si elle n'arrêtait pas de boire. Il m'était impossible de lui écrire ce genre de choses. Nous n'avions pas l'habitude de la vérité.

Les personnes de couleur n'avaient pas besoin d'être désignées, leur différence était visible. Mais elle faisait toujours remarquer qu'Untel ou Untel était juif : le propriétaire du magasin de nouveautés, le nouveau dentiste qui venait de s'installer en ville, et parfois, quoique rarement, un couple qui louait un bungalow. « Quand un nom se termine par *stein* ou *witz*, tu peux être sûre qu'il est juif », m'avait-elle expliqué. Elle disait que les juifs étaient intelligents ; elle laissait entendre que « ce genre » d'intelligence manquait de bonté et de dignité. Et ils avaient, d'autre part, des habitudes personnelles déplaisantes qui ne lui convenaient pas.

Il ne s'agissait pour moi ni de la croire ni de ne pas la croire. Elle était ainsi ; ce qu'elle disait, les opinions qu'elle émettait ne m'ont jamais paru être valables au sein du monde en général, mais uniquement pour elle. Ce dont j'étais certaine, c'était que si je lui parlais de Len et de l'état de santé de Lulu, elle se donnerait un mal encore plus fou que d'habitude pour essayer de trouver un de ces brillants clichés dont elle avait le secret.

Pourtant, sa vigueur et sa solidité physique, les petites comédies que je voyais dans l'affairement dont elle marquait toutes ses journées, et tout ce qu'elle avait à faire, finissaient par me manquer. Je me suis rappelé la façon dont elle avait plaisanté à propos de mon départ, quand elle avait dit que je n'avais qu'à emballer mes affaires dans un foulard attaché à un bâton. Elle avait de l'humour, un aspect de sa personnalité que je ne connaissais pratiquement pas, et qui me paraissait aussi mystérieux et attirant que l'éclat d'une lumière distante, comme celle que je voyais parfois de ma fenêtre dans la nuit au creux des collines lointaines, de l'autre côté de l'Hudson.

J'étais laminée par l'amour. Nous nous dédoublions, nous nous retrouvions quatre ; il y en avait deux qui discutaient ensemble dans des bars ou en se promenant, seuls ou avec d'autres, bien élevés, guindés, même. Puis, soudain, un regard passait, un éclair entre nous seuls, une sensation de faiblesse qui m'envahissait, et je sentais arriver les deux autres, ceux qui transpiraient et criaient dans la lourde humidité de la nuit.

« Est-ce qu'il t'arrive de penser au côté grotesque de tout ça ? lui ai-je demandé par une aube grise, mes lèvres contre son épaule.

— Oui, a-t-il répondu, dès qu'il m'arrive de penser tout court. »

Il venait me chercher chez Gerald. Je le trouvais souvent en train de m'attendre devant la porte du personnel de Fountain's. D'autres fois, il voulait m'accompagner le samedi lorsque je retrouvais Nina au bord du fleuve. Il allait me manquer, pourtant je refusais. Il fallait bien que je passe par moments un peu de temps avec quelqu'un d'autre que lui, même si ces séparations me faisaient mal et augmentaient mon désir d'être avec lui.

Pour toutes ces raisons, je sentais quelquefois une absence en lui, des instants de vide dans le flot de sentiments qui coulait entre nous.

Il parlait de la guerre, me racontait toutes les dernières nouvelles. Les soldats américains étaient en Islande. « Je lis le journal, moi aussi, lui ai-je dit. Je pense à toi, au fait que tu vas être appelé. Tu le sais, non ? » Il n'a pas répondu. Je voulais qu'il parle de l'avenir, de notre avenir – je n'y arrivais pas. Je contemplais les autres couples dans les rues comme si la façon dont ils se comportaient avait pu m'apprendre quelque chose d'important. J'ai dit à Nina que je ne pouvais supporter l'idée d'être séparée de lui. Je me demandais comment les hommes et les femmes survivaient à une telle séparation. « Un jour tu m'as dit que l'amour était une vocation, lui ai-je rappelé.

— Vraiment ? Je ne me souviens même pas de l'avoir pensé, mais peut-être l'ai-je fait. Si c'est une vocation, alors cela ne peut aboutir qu'à une crucifixion. » Elle m'a souri d'un air taquin que d'habitude elle ne prenait jamais lorsque nous abordions des questions sérieuses.

« Et Sam, est-ce qu'il a arrêté de te parler de son infirmière ?

— Oui. Je l'ai fait arrêter. Quand il m'emmène dîner – plus jamais dans des endroits chic – il me traite comme un médecin une patiente, me donne des conseils sur ma vie, mon caractère.

— Est-ce que ça te rend malheureuse ?

— Pas spécialement. Mais je ressens une certaine honte.

— Pourquoi ?

— Je lui étais tellement indifférente. J'ai l'impression de devoir supporter les leçons qu'il me donne. C'est plutôt comique. Il ne me comprend pas du tout, mais il croit le faire. »

C'était dimanche, et nous étions dans le salon de Claude. Au-dessus de nous, un grand ventilateur accroché au plafond tournait paresseusement. Dans le jardin, derrière les portes-fenêtres, les fleurs languissaient dans la verdure, touffue et luisante.

« Claude m'a emmenée dans une drôle de fête », a-t-elle dit, et elle s'est arrêtée, attendant, je suppose, de voir si j'étais d'accord pour mettre fin à notre conversation sur l'amour. J'ai appuyé ma tête au dossier du fauteuil.

« C'était dans un immense appartement, quelque part à côté des Bâtiments Pontalba. Un étage entier, des pièces en enfilade, des abat-jour ambrés, qui répandaient partout autour d'eux une couleur de miel. Et des coussins en brocart, énormes, par terre, pour ceux qui voulaient s'y asseoir. Nous devions être une vingtaine. Notre hôtesse était grande et maigre comme un corbeau. Elle portait une robe de mousseline et des mules dorées. Ce n'étaient pas des gens comme ceux que nous connaissons. Ils étaient beaucoup plus vieux, beaucoup plus conventionnels. »

Je regardais un petit arbre dans le jardin de Claude, un arbre à fleurs quelconque, dont l'entrelacs de branches me faisait penser à tout ce qui était caché à l'intérieur d'un corps humain, à ces passages qui se connectent sans fin, transportent les fluides vitaux.

Tendue vers les mois, les années qui s'étendaient devant nous, je craignais d'être en train de perdre pied dans le présent, de perdre l'équilibre. Toute seule, sans en dire un mot à Len, j'étais en train de nous concocter une vie ensemble, dans un temps imaginaire. Quand je regardais son visage, plein de pensées intimes, je ressentais une solitude particulière, dont je n'avais encore jamais fait l'expérience à l'exception du jour où j'avais regardé par la fenêtre mon père qui s'en allait, et su qu'il s'en allait. Je dois renoncer au futur, me suis-je dit. Est-ce que c'était possible ? Ou devions-nous toujours creuser le sous-terrain d'une fuite en avant aveugle et éperdue ?

J'ai levé les yeux vers les pales du ventilateur qui avançaient avec lenteur, des rames dans une mare de dense chaleur moite. Nina parlait toujours. J'ai cligné des yeux, sa voix était un murmure qui semblait m'atteindre à travers d'épais rideaux.

« Ils discutaient de livres, de musique, ce sont des gens qui ne parlent jamais d'eux, contrairement à ce que nous faisons tous, chez Gerald. Est-ce que tu n'as jamais eu l'impression que les visages des gens semblent avoir plus de profondeur, ici, dans le Sud ? Même dans cette fête.

— Qu'est-ce que tu avais mis ?

— La robe bleue. Claude m'a donné un châle en crêpe de Chine de sa mère. Il l'a enroulé autour de mon cou, et je lui ai dit que j'avais l'impression d'être conduite à l'abattoir. Il a répondu que c'était le cas. Un nouvel endroit, de nouvelles têtes. C'est toujours une chance à saisir, a-t-il ajouté. Et je me suis ridiculisée. Je croyais qu'ils étaient en train de parler d'une de leurs connaissance prénommées Madelaine. Et j'ai demandé où elle vivait et ce qu'elle faisait. J'avais envie de dire quelque chose, envie d'être vraiment là. Et ils se sont mis à rire sans pouvoir s'arrêter. Car il ne s'agissait pas d'une femme, mais d'une madeleine, un petit gâteau que tu peux tremper dans ton thé ou ton café et qui tient un rôle important dans un roman incroyablement long. Un roman qui parle du temps. Du temps perdu.

— Le temps. J'étais justement en train d'y penser, ai-je dit. J'imagine continuellement l'avenir qui nous attend. Pourquoi se sont-ils montrés si méchants ? Pourquoi est-ce que les gens rient toujours quand on ne sait pas quelque chose ?

— C'est ce qui les fait rire le plus. En fait, ça m'était égal. Claude a raconté qu'il était allé sur la tombe de cet écrivain pendant son séjour à Paris. De toute façon, j'étais écarlate, parce que surexcitée. Tout était si délicieux, si onctueux, nourriture exquise, boissons suaves, et, sauf quand ils ont ri, leurs voix si paisibles, si basses. Comme les choses peuvent être différentes les unes des autres ! Tu te souviens de l'atmosphère qui régnait dans la cahute avec la lumière bleue où Gerald nous a emmenées dîner ? S'il ne faisait pas si chaud, je crois que je me lèverais et que je me mettrais à danser. Penser à cette fête me donne envie de bouger. Je n'arriverai jamais à voir tout ce que je veux voir. J'aimerais aller sur la tombe de Marcel Proust, un jour – même si je ne lis pas son livre. Mais à quoi penses-tu ? Tu as l'air si triste !

— À mon père. À la façon dont il a dû s'enfuir loin de nous quand il a perdu ce à quoi il tenait le plus. »

Je lui ai décrit la sellerie, tard dans l'après-midi, la paisible lumière de la fin de l'été qui semble arriver plus lentement à cette heure-là, et les boxes où ces grandes bêtes magnifiques se déplaçaient d'un bord à l'autre, leur tête aussi raide que si elles avaient porté des casques, et la rapidité avec laquelle elles se tournaient vers nous quand mon père et moi leur apportions un seau de cette avoine qu'elles aimaient tant.

« Mon grand-père croyait par-dessus tout à la raison, a dit Nina. Il m'a dit un jour, en me pelant une pomme, qu'il m'apprendrait comment le faire sans s'interrompre une seule fois, de façon que toute la peau tombe d'un coup et s'enroule sur elle-même. Il suffisait de bien regarder la pomme, de l'étudier et d'y penser, m'a-t-il expliqué. S'il y avait d'horribles gouvernements et de terribles guerres, c'était parce que les gens se servaient de leur volonté dans le mauvais sens. Il a ajouté que nous n'étions tous que des enfants, l'espèce humaine entière, des enfants à qui il fallait apprendre à penser.

— Mais qui est-ce qui pourrait nous l'apprendre ? Qui ?
— Ça, il ne me l'a jamais dit.
— Tu sais peler une pomme de cette façon ?

— Ce n'est qu'un coup à prendre. » Elle a soupiré et jeté un regard vers le plafond. « Je suppose que ça serait pire, sans le ventilateur. Je me sens comme un lézard collé à une pierre. Complètement "arrêtée". Je voudrais être emportée, me réveiller un matin et me retrouver passionnément intéressée par quelque chose – avoir envie de devenir médecin, ou championne de golf…

— Et pourquoi pas les deux ?

— Non, je suis sérieuse ! Je m'organiserais de façon raisonnable, déterminée, pour y arriver, comme mon grand-père avec la pomme. Je veux aussi être emportée par l'amour, pour être complètement dedans, immergée, sans réfléchir.

— Comment s'appelle ce livre ? Celui de la madeleine ?

— *En souvenir des choses passées*, voilà comment on l'a traduit, mais Claude m'a dit le titre français. C'est *À la recherche du temps perdu*.

— *En souvenir* ! Ça me rappelle l'église.

— Oui, ça sonne comme le glas. J'ai découvert que Madeleine était aussi une prostituée repentie. » Elle a eu un petit rire léger. « Une pute convertie, a-t-elle dit.

— En tout cas, il y en a un par qui tu t'es laissé emporter, c'est Claude », lui ai-je dit, en regrettant le ressentiment qu'il y avait dans ma voix. Elle l'avait perçu, elle aussi.

« Je sais. Je parle tout le temps de lui. Ça doit t'exaspérer.

— Tu t'amuses tellement, avec lui.

— Oui. Il m'emmène dans des clubs de jazz. Et David Hamilton passe parfois à la maison, il joue pour nous, surtout du Schubert. Il est si sérieux, quand il s'agit de musique, et si bête pour le reste. Et je dois faire attention, avec lui. J'adore l'écouter, mais si je me montre trop enthousiaste, ou trop amicale, il se raidit, devient un vrai glaçon. Je ne vois pas avec qui d'autre que Claude je pourrais jamais vivre. Il aime que tout soit en ordre. J'ai l'habitude, mon grand-père était comme ça, lui aussi. Mais si je laisse des choses un peu partout, ou des assiettes dans le salon, Claude ne me gronde pas. Il ne se prend pas pour le maître du monde.

— Est-ce qu'il y a du nouveau, à propos de l'Italien ? »

Elle a lancé un coup d'œil vers les portes-fenêtres. « David m'a dit qu'il y a en ville un club où on commence à en parler, des hommes d'affaires qui aimeraient bien qu'un scandale éclate. Ça porterait tort à Fountain's, qui marche beaucoup mieux que les autres magasins.

— Parce que tout le monde est au courant ?

— Je crois, quoique de façon différente. Est-ce que tu sais ce que tu en penses vraiment ? »

J'ai réfléchi un instant. « Probablement pas, non, pas vraiment. L'idée que quelqu'un lui fasse du mal me terrifie. Je voudrais qu'il arrête de voir ce garçon, afin que rien ne lui arrive.

— Je suis tombée sur Lulu, hier, a dit Nina. Je me suis trompée. Je croyais que depuis que nous l'avions rencontrée avec Mr. Metcalf elle ne m'en voulait plus. Mais si. Dès qu'elle m'a vue, au moment même où je lui disais bonjour, elle a fait un geste horrible en direction de mon cou. Me voilà maudite.

— Lulu ne peut pas maudire un cafard. »

Semblable à une silhouette de rêve, sombre et se traînant, Olivia, la petite amie d'Howard Meade, est soudain apparue dans la verdure épaisse du jardin. Pieds nus, elle portait un peignoir de bain d'homme. Ses mains se tendaient en avant vers les portes, comme si elle était devenue aveugle.

« Olivia ! » s'est écriée Nina en se levant pour la faire entrer.

Olivia est passée devant le piano et s'est dirigée en vacillant vers l'endroit où j'étais assise. Dès qu'elle m'a vue, elle s'est mise à sangloter bruyamment. Elle avait un œil au beurre noir, presque fermé. Son pied droit saignait à la cheville.

« Howard, a-t-elle hoqueté. Il est trop soûl… Est-ce que je peux me cacher ici ? » Elle a toussé, on aurait dit qu'elle allait vomir. Nina a passé un bras autour de ses épaules, et l'a entraînée vers la salle de bains en disant : « Je vais te nettoyer le visage et le pied. Tu as trébuché contre quelque chose. Viens avec moi.

— Il a dit que je faisais de l'œil à un autre ! a gémi Olivia. Il était ivre et furieux et toute la soirée il a répété ça, en disant que je faisais des choses dégoûtantes sous la table, et il s'est mis à me frapper. Qu'est-ce qui m'arrive ? Qu'est-ce que je vais faire ? Est-ce que mon œil est bleu ?

— D'abord, laisse-moi nettoyer tout ça. Ensuite on réfléchira à ce qu'il faut faire.

— Mais où est Claude ? » a crié Olivia. Elle a fait un tour sur elle-même, mal assurée. J'ai entrevu ses seins imposants, leurs tétons couleur tabac.

« Il va bientôt rentrer », a dit doucement Nina.

Olivia a semblé la voir pour la première fois. « J'ai bu, a-t-elle dit d'un ton triste. Oh mon Dieu ! je suis foutue. »

Nina l'a emmenée dans la salle de bains et je suis allée dans la cuisine, j'avais l'impression qu'il fallait que j'agisse, que je fasse du café, ou n'importe quoi d'autre.

Meade avait le double de son âge, et c'était une jolie fille un peu ronde dont les yeux étroits avaient quelque chose d'oriental. Je l'avais vue un jour marcher à un ou deux pas derrière lui dans la rue, comme une épouse orientale, s'arrêtant quand il s'arrêtait.

Claude est entré sans un bruit, et je ne l'ai entendu que lorsqu'il est arrivé à ma hauteur, devant le placard que je contemplais en me demandant où pouvait bien être le café, avec l'impression désagréable de commettre une indiscrétion.

« Je peux t'aider ? a-t-il demandé.

— Oh ! Claude ! Olivia est ici, dans la salle de bains avec Nina. Howard l'a battue. Elle cherche un endroit où se cacher.

— Il la retrouvera », a-t-il dit. Une expression d'intense appréhension est passée sur son visage, mais de façon si fugitive que je n'étais pas certaine de l'avoir vue. Il a ramassé un couteau à huîtres qui traînait sur la paillasse et l'a examiné, en caressant de son index la grosse lame courte. Puis il l'a reposé et m'a souri d'un air sombre. « Il y a d'abord les mots, puis il la pousse, la gifle, et ensuite le poing se referme. Ils savent tous deux que ça va arriver. Ce n'est pas la première fois. Et pourquoi crois-tu qu'ils laissent ça arriver ? » Il regardait mon visage. Soudain, il a ri. « On dirait que tu viens de voir un être humain. Un fantôme t'aurait moins foutu la trouille. »

Cette expression enfantine et son rire complice résonnaient de façon si inattendue que je me suis autorisée à le regarder attentivement. Pendant ce bref instant, dans sa cuisine, je n'ai plus été entravée par le regard habituel que je portais sur lui. C'était comme si je le rencontrais pour la première fois.

« Je ne crois pas qu'elle voudra de café, a-t-il dit. Allons voir ce qu'on peut faire. »

Olivia était assise dans un fauteuil sous le ventilateur. Elle avait les cheveux tirés derrière les oreilles. Une des écharpes de Nina était nouée autour du peignoir. Elle gardait l'air hébété, mais son visage avait été nettoyé et un morceau de gaze entourait sa cheville. Elle a sursauté en voyant Claude. « Je suis désolée, a-t-elle dit d'une voix tremblante. Je ne savais pas où aller.

— Tu devrais le quitter, a-t-il dit doucement. Et tu le sais. Il n'y a donc rien à ajouter. Après tout, les gens peuvent se défendre, même s'ils ne savent pas défendre la vie.

— Ne me fais pas la morale, a-t-elle répondu, d'un ton malheureux.

— Non, ne t'inquiète pas. Tu peux rester et dormir sur le divan. Mais tu sais aussi bien que moi qu'il te trouvera. Tu veux du thé ? Un verre ?

— Oh, seigneur ! Un verre ! a-t-elle dit en haletant. Tout mais pas ça ! Quoique, peut-être que cela me... »

À ce moment-là, des hurlements sauvages ont retenti dans l'allée qui, entre le grand mur de pierre et la maison de Claude, conduisait au jardin, jusqu'aux portes-fenêtres. Quelques secondes plus tard, Howard est arrivé, titubant, piétinant tout sur son passage, agitant vainement ses bras dans l'air. Il portait un gilet, mais pas de chemise, j'ai vu la chair flasque de ses bras, blanche comme du lait. Et il portait aussi des chaussures mais pas de chaussettes.

« Olivia ! Olivia ! » criait-il. Il s'est battu contre les portes, sa bouche s'ouvrait et se refermait en une succession de spasmes tandis qu'il poussait, cognait, envoyait des coups de pied et réussissait enfin à passer le seuil en trébuchant. Nina et Olivia s'étaient enfuies. Howard a heurté le piano, reculé et vu Claude.

« Où est-elle ? a-t-il hurlé.

— Personne ne voudrait même te dire l'heure, dans l'état où tu es », a répondu Claude d'un ton égal.

Howard était hirsute ; il avait les yeux exorbités. On aurait dit qu'il essayait de paraître plus grand qu'il n'était. « Pas un mot de plus, Reine du Delta ! Toi et tes sales boîtes à pédés ! Le monde entier est au courant ! Si tu crois que parce qu'une fille vit chez toi...

— Justement, c'est chez moi que tu es en ce moment, a dit Claude, glacial. Et maintenant dehors ! »

Nina a réapparu, elle a couru vers Claude, s'est arrêtée à ses côtés. Howard n'a pas semblé la voir. « Ton tour viendra, la

Pompadour, a-t-il lancé à Claude avec un sourire d'ogre fou. Et ce jour-là, je chanterai et je danserai tant que je pourrai. »

Et tout d'un coup, il a levé les mains, serré les poings et émis un grognement sonore. La tête basse, Olivia arrivait près de moi à pas feutrés, dans un nuage de parfum. Elle avait dû vider sur elle la bouteille d'eau de toilette de Claude.

« Espèce d'innommable grosse salope ! » a crié Howard en courant à sa rencontre. Au moment où il lançait son poing dans sa direction, Nina s'est interposée et c'est elle qui a pris le coup. Elle a chancelé, est tombée à genoux.

Meade a grogné et vacillé. « C'était une erreur », a-t-il grommelé. Claude a aidé Nina à se relever. J'ai passé mon bras autour d'elle et elle a appuyé sa tête sur mon épaule ; sa respiration était rapide, haletante. Claude s'est mis devant nous, les bras tendus.

Il n'y a pas eu de nouvelle attaque. Pendant que je me dégageais un peu du poids de Nina – j'étais en train de perdre l'équilibre –, Howard et Olivia sont sortis dans le jardin, où je les ai aperçus un instant plus tard l'un contre l'autre, les longs bras maigres d'Howard agrippant la jeune fille contre lui comme les pattes d'une araignée autour de sa proie. J'ai entendu des sanglots déchirants, et des sons qui étaient presque des mots, tandis qu'accrochés l'un à l'autre, ils disparaissaient de notre vue.

« Nina ? » a appelé Claude d'une voix douce.

Elle a relevé la tête de mon épaule, s'est écartée de moi. Il y avait une marque rouge foncé sur sa joue. J'ai voulu y passer la main. « Non ! m'a-t-elle défendu. Oublions ça.

— Je vais te chercher à boire, a dit Claude.

— Non, non merci. Je ne veux pas boire. Je ne veux rien.

— Et si nous allions faire un tour ? a-t-il proposé. Nous pourrions marcher jusqu'à la place. Ça te remettra sur pied. C'est tranquille, là-bas.

— Je n'avais encore jamais pris de coup. »

Un oiseau a poussé un cri dans le jardin. Au-dessus de nous, le ventilateur chuchotait.

« Tu ne dois pas souffrir ainsi », a dit Claude. Il s'est mis à pleurer en silence.

« Ne pleure pas à cause de moi », a demandé Nina en se tournant vers lui. Lentement, avec un effort évident, elle a avancé sa main et lui a effleuré le bras, comme si toucher qui que ce fût était, à cet instant, presque au-delà de ses forces.

J'étais avec Nina dans un café de Bourbon Street quelques jours plus tard quand Howard est venu lui faire des excuses. Je l'ai vu debout à l'entrée, scrutant la salle. Il était habillé d'un de ces costumes sombres d'homme d'affaires qu'il portait toujours, et son visage pendait au-dessus du reste de sa personne comme une lampe pâle. J'ai pensé qu'il était sobre, ne fût-ce que parce qu'il semblait si hésitant, et vieillissant. Ivre, il faisait toujours preuve d'une espèce de surexcitation confuse et incompréhensible, mais qui lui donnait une apparence d'énergie. Maintenant il était tout mou, un costume vide, et un visage âgé.

« Howard Meade », ai-je prévenu Nina à mi-voix.

Je l'ai entendue prendre une respiration brusque. Il nous avait vues, se dirigeait vers nous.

« Je suis absolument horrifié, a-t-il dit à Nina. Cette fois, j'ai dépassé les bornes. Me pardonneras-tu jamais ? Y arriveras-tu ? »

Elle fixait la table. Ses mains se sont agrippées à son rebord.

« Je t'en prie, regarde-moi », a supplié Howard. Il avait parlé à voix basse, mais plusieurs clients regardaient dans notre direction, son grand corps, heureusement, nous cachait d'eux.

Nina a relevé la tête vers lui, lentement.

« Oh, mon Dieu, a-t-il dit, et il semblait au bord des larmes. Comme j'ai dû te faire peur !

— C'est bon, a dit Nina, les lèvres remuant à peine. Est-ce que tu peux partir, maintenant ? »

Il avait l'air suffoqué de celui dont la bouche est pleine à ras bord de mots qu'on ne lui donne pas le droit de dire. Sa gêne était si grande qu'elle m'a envahie à mon tour. J'avais le visage brûlant. J'arrivais à peine à reprendre mon souffle.

« Je n'étais pas moi-même, a-t-il dit d'un ton piteux.

— Oh mais si, justement, a répondu Nina.

— Oui... Oui, c'est vrai. Mais c'est un autre moi-même. Je n'ai pas bu le moindre verre depuis ce jour. Dis-moi que tu me pardonnes.

— Je te pardonne, a-t-elle dit d'une voix neutre.

— Bon, je vous laisse. Merci de ta magnanimité. » Il s'est traîné jusqu'au trottoir, s'est retourné une fois pour nous regarder, l'air interloqué, comme s'il avait oublié quelque chose mais n'était pas certain de ce que ça pouvait être.

« C'est horrible, vraiment horrible, a murmuré Nina.

— Au moins, il sait ce qu'il a fait.

— Il aura vite oublié.

— Il est vieux. Et elle est si jeune. L'idée qu'elle le quittera un jour doit le rendre fou.

— Non ! a déclaré Nina. Les gens comme lui font seulement semblant d'être humains. Ils ont des cœurs de pierre. À l'heure qu'il est, il a trouvé un autre bar où il reprend l'œuvre de sa vie. Il n'y a que l'alcool, le reste est une comédie donnée pour empêcher les gens de le jeter dans un cercueil et de l'enterrer. Oui, les ivrognes ont entendu parler des sentiments humains... »

Elle était dure comme de l'acier. Elle portait des jugements plus implacables que je ne l'aurais jamais imaginé. Je l'avais toujours considérée comme la protégée de Claude. Je me suis alors demandé, en la regardant, tellement maîtresse d'elle-même, et tellement résolue, si ce n'était pas elle qui le protégeait, lui.

11

Mon enfance, comme celle de Len et de Nina, appartenait à un entre-deux temporel. Les gens que nous fréquentions à La Nouvelle-Orléans avaient connu la Première Guerre mondiale. Nous nous avouions nous sentir parfois parmi eux comme des enfants, et certains soirs, chez Gerald, nous riions tous les trois trop souvent et trop fort ; nous avions vaguement l'impression de former un clan contre les grandes personnes.

Loin de ces adultes, d'autres sentiments prenaient forme, de nature opposée, secrets et mystérieux, au sein de l'affection que je leur portais. Je voyais bien, mais commençais seulement, je crois, à comprendre les éléments contraires qui existaient en eux, et j'avais des moments de tristesse où je ne leur pardonnais pas de m'empêcher de les aimer tout entiers.

Parce qu'il m'était le moins habituel, le sentiment que j'éprouvais pour Claude était plus cohérent. Mais je me demandais si ma sympathie à son égard n'était pas aussi plus superficielle, bien que maintenant consciente de l'opposition déchirante qui existait entre la part de lui qu'il donnait à voir et celle qui n'était pas simplement cachée, mais non reconnue.

La rencontre avec Catherine et la découverte de sa vocation étaient arrivées tard dans la vie de Gerald ; il allait sur ses cinquante ans, avait toute une vie derrière lui. Son impartialité, que j'admirais tant, me semblait parfois n'être que de la réserve, une façon inhumaine de se mettre à distance des soucis ordinaires. Le fait qu'il ne cherche pas à se venger de ses assaillants ne traduisait-il pas une sorte d'extrême mépris ? Catherine ne se montrait-elle pas volontairement secrète dans le but de me donner envie d'en savoir plus sur elle ? Ne jouait-elle pas quelquefois un rôle dans la mise en scène d'un amour tardif presque sanctifié, tragique ?

Sam Bridge était veule, autocomplaisant, il s'avançait en douceur vers ce qu'il voulait obtenir, le repoussait tout aussi doucement, incapable de douter de lui-même.

Avec l'automne, le rythme de nos journées a semblé s'accélérer, se presser, se resserrer comme des débris déposés par la marée sur la plage d'une nouvelle guerre. Là-haut, dans le Nord, quand j'étais chez ma mère, je m'étais imaginée faisant face au temps, immobile comme une pierre au fond de la rivière. Je ne me rendais pas compte, alors, que le courant m'emportait.

L'horreur romantique que je ressentais à l'idée d'être séparée de Len faisait place au trouble. De quoi serais-je privée quand il faudrait qu'il parte ? Comme il le disait souvent, il était dans l'attente. Et j'y étais avec lui. Et là, en ce lieu constitué de la constante conscience de ce qui n'était que remis à plus tard, un changement prenait place.

« Est-ce que tu ne sais pas ce qu'est l'étoile de David ? » m'a-t-il demandé. J'ai secoué la tête. Il parlait à toute vitesse, ses mots se bousculaient. « C'est le symbole du judaïsme. Au Moyen Âge, on l'appelait le sceau de Salomon.

— Attends, tu vas trop vite ! » ai-je protesté. Mais ce n'était pas ça qui me tourmentait. C'était son impatience.

Il a répété ce qu'il avait dit avec une précision sinistre,

prononçant chaque mot sur un rythme de marche militaire. « Les nazis ont ordonné à tous les juifs de porter l'étoile cousue sur leurs vêtements. Avec le mot *juif* écrit sur elle. » Il m'a regardée d'un regard profond – qui allait, ai-je eu l'impression, jusqu'au fond de moi, atteignant ce qu'il sous-entendait comme étant mon âme pauvrement meublée de non-juive.

« Pourquoi est-ce que tu me parles comme ça ? Qu'est-ce que je t'ai fait ? » ai-je crié.

Il a cligné des yeux. Sa tête a sombré sur mon épaule. « Rien, a-t-il répondu, tu ne m'as rien fait du tout, mais… Oh, seigneur. » Puis il a chuchoté : « Ils ont encerclé Leningrad, pour les affamer. »

J'ai pris son coude au creux de ma main. À cet instant, j'ai tout pris en moi, ses paroles, nos corps vulnérables, nus pour faire la mort et non l'amour. Une crevasse semblait s'être ouverte dans la terre, révélant en son centre un bouillonnement violent, inhumain.

J'avais du mal à dormir. Je me suis réveillée au milieu de la nuit et je suis descendue dans le fouillis parfumé du jardin, en espérant que Catherine et Gerald allaient se réveiller eux aussi, et venir marcher avec moi, me consoler.

Les permissions de Sam Bridge se faisaient rares. Quand il venait à La Nouvelle-Orléans, il n'allait plus voir personne d'autre que ma tante ; je n'arrivais pas à comprendre pourquoi. Catherine avait accepté d'autres travaux de dactylo, pour des collègues du professeur Graves, et gagné de quoi permettre à Gerald d'aller faire quelques-unes des lectures de poèmes auxquelles on l'invitait.

Nina n'avait pas revu le jeune Italien dans la maison de Claude, et ce dernier était rarement chez lui. Elle et moi passions plus de temps ensemble que jamais.

Nous adorions toutes deux le cinéma et y allions dès que nous avions assez d'argent en poche pour payer notre entrée. « C'est le seul moment où tu peux dévisager des gens autant que tu veux sans leur faire peur », disait Nina.

Le cinéma représentait bien autre chose pour moi. Plus que « des gens », je voyais probablement les acteurs comme des personnages de rêve. La salle plongée dans le noir était un lieu où j'oubliais le temps. Quand un homme m'y emmenait, ce que racontait le film constituait entre nous une conversation dans laquelle je n'avais aucune responsabilité. Tout au moins en avait-il été ainsi avec Matthew.

Je surprenais parfois Nina en train de me regarder avec la même intensité qu'elle regardait l'écran. Elle ne pouvait avoir entendu le moindre mot de ma part. « Je ne suis pas une star de cinéma », ai-je protesté un jour. Elle a ri, désolée, secoué la tête et dit : « Excuse-moi… je rêvais. »

Elle ne rêvait pas. Elle réfléchissait et étudiait mon nez, ma peau, mes cheveux, en tirait, me disais-je, des conclusions sur moi qu'elle emportait avec elle comme une voleuse.

« Ça fait des heures que tu regardes mes mains », lui ai-je dit un samedi où nous étions assises à notre place habituelle sur une berge au bord du Mississippi. J'ai refermé un poing et caché l'autre dans les plis de ma jupe. « Tu as pris une décision, à leur sujet ? »

Elle a semblé surprise et un peu blessée. Ce n'était pas la première fois que je la surprenais, perdue dans ses pensées.

La surface de l'eau était ridée et grise comme l'écorce d'un arbre dont le nom m'échappait. Le large mouvement du fleuve vers le sud m'a semblé avoir été arrêté, retenu par en dessous pour refléter le ciel. L'air était épais d'humidité. J'ai aperçu une tache de moisissure verte sur le talon de ma chaussure droite.

« Tu as de belles grandes mains, Helen, m'a-t-elle dit. Mais je pensais vraiment à autre chose. » Elle a touché les jointures de mes doigts. À l'endroit où les siens se sont posés un instant, j'ai ressenti un peu de fraîcheur. Je n'avais pas très envie de lui demander à quoi elle était en train de penser. Je savais qu'elle allait me le dire. J'étais toujours contente, quand elle me parlait de films – elle remarquait des détails auxquels mon cerveau n'avait pas accordé la moindre attention – ou de vêtements, bien qu'elle n'en ait aucun dont elle puisse parler et ne semble pas s'y intéresser. Pourtant, quand il s'agissait des miens, de ceux que j'achetais au rabais chez Fountain's, elle les examinait d'un air sérieux et me conseillait de les garder ou non, avec une délicatesse courtoise qui me touchait profondément. C'était chez elle une façon de compenser qui me rendait folle.

« Voilà ce que j'avais à l'esprit », a-t-elle commencé. Elle s'est arrêtée et m'a lancé un regard, comme si elle espérait un signe. J'ai souri, ça a dû être un drôle de sourire, une grimace de renard qui hésite entre deux idées opposées – d'un côté tais-toi, je t'en prie, et de l'autre, continue.

« Pourquoi crois-tu que les gens doivent se sentir dans leur bon droit, quand cela leur coûte tant ? Ils font et disent des choses horribles, et fournissent ensuite un travail énorme pour donner l'impression qu'ils ont raison sur toute la ligne.

— C'est par orgueil.

— Mais pourquoi ? Pourquoi l'orgueil doit-il aller avec le fait d'avoir raison ? Et pas avec la vérité ?

— Qui peut le dire ? » ai-je répondu en levant les yeux vers le ciel qui s'assombrissait. L'orgueil ne m'intéressait pas, ni le fait d'avoir raison.

Je considérais les questions de Nina comme faisant partie d'une liste d'épreuves qu'elle avait organisées et qui ne débouchaient sur rien, mais dont elle avait décidé d'endurer les difficultés. Parmi nos amis, ces questions étaient acceptées comme sa caractéristique, quelque chose de spécial, comme les cheveux de Len, le don d'imitation de Gerald, les costumes de lin de Claude, le rire profond et voilé de Catherine.

« Tout le monde définit la vérité, a continué Nina. Claude dit qu'elle est totalement liée au monothéisme – à l'existence d'un dieu unique qui seul peut proclamer toute vérité existante.

— Est-ce qu'il fait toujours ses libations ?
— Je ne sais pas, je le vois à peine.
— Nous allons prendre la pluie, ai-je murmuré en me relevant. Je peux t'avancer de l'argent. » Je lui avais dit plus tôt, tandis que nous nous promenions entre les étals du marché, que l'on passait *Star Dust*, un nouveau film avec Linda Darnell, dans un cinéma de Canal Street.

Elle a secoué la tête. « Je t'en dois déjà pour la dernière fois », a-t-elle répondu en se levant à son tour. Elle continuait de verser chaque semaine une partie de son salaire pour récupérer les trois bagues de sa mère qu'elle avait mises au clou en arrivant à La Nouvelle-Orléans, au mois de mars, avant de trouver du travail.

Je croyais qu'elle avait oublié qu'elle me devait cet argent, et ça m'avait mise mal à l'aise, comme si cela avait eu une importance cruciale. Et d'une certaine manière, c'était le cas. Ce que je gagnais me suffisait à peine à vivre – surtout avec tous ces vêtements que je semblais incapable de ne pas continuer à acheter.

Ce que j'avais oublié, c'est que Nina se souvenait de tout : titres de chansons, castings entiers de films, ce que les gens avaient dit et ce qu'ils portaient le jour où ils l'avaient dit, l'endroit où était une chaise avant qu'on la déplace, un geste passager, l'heure qu'il était, le temps qu'il faisait et l'endroit où nous étions quand l'un d'entre nous avait parlé de quelque chose qui l'intéressait.

Elle regardait les embarcadères. Il y avait plus de bateaux de commerce à l'appontement que je n'en avais encore jamais vu sur le fleuve. Dans la lumière plombée, les navires immobiles semblaient ensorcelés, les marins disparus comme par enchantement. Seul, le quai que nous surplombions était encore habité, une silhouette s'y avançait, un Noir qui, en levant les yeux vers le pont d'un petit cargo, a soudain enfoncé ses mains au fond de ses poches d'un geste brutal.

« À quoi pensait-il ? » a murmuré Nina.

Je n'avais pas envie de me perdre en conjectures à propos de cet homme de couleur, et je le lui ai dit. Elle m'a regardée d'un air songeur. « Et tu crois que tu as raison de ne pas en avoir envie ? m'a-t-elle demandé, conciliante.

— Je ne réfléchis pas à ça. Rien ne m'y oblige », ai-je rétorqué d'une voix forte. Elle a ramassé, là où je l'avais laissé, le papier gras de nos sandwiches et s'est mise à le replier soigneusement. Je l'ai regardée, je me sentais dépourvue non seulement de conscience mais de tout sens de l'ordre.

« J'ai déjà assez de problèmes avec mes propres pensées », ai-je grommelé.

Elle a ri. « C'est ce que tu te racontes !

— Tu es vraiment horrible. »

Elle a pris l'air si humble, alors, si prête à tomber d'accord avec moi, que je l'ai attrapée par l'épaule et l'ai secouée. « Oh, allez ! Viens, on va au cinéma, et je te paye tes entrées jusqu'à ce que tu aies récupéré ces fichues bagues. » J'ai regardé à nouveau vers le fleuve, sans le vouloir, et vu le ponton où se tenait un instant plus tôt l'homme de couleur.

« Il est parti, a-t-elle dit.

— À quoi crois-tu qu'il pensait ? ai-je demandé, apaisée.
— À s'en aller.
— Si je regardais le fleuve, c'est seulement parce que j'essayais de me rappeler le nom d'un certain arbre », ai-je continué. J'ai entendu dans ma voix une note d'obstination, une victoire pour Nina. Elle m'a touché la main. « Ne te mets pas en colère, Helen », m'a-t-elle demandé. Ses doigts se sont agrippés aux miens. C'est elle qui m'a entraînée loin de la rive. Sans un mot, nous nous sommes mises en route vers St. Phillip Street.

Des trombes de pluie ont commencé à tomber quand nous avons tourné dans Royal Street, un torrent d'eau. En un instant, nous étions trempées jusqu'aux os. J'ai cru entendre Nina crier. Je l'ai regardée. Elle avait la tête rejetée en arrière, les yeux fermés, les paupières serrées, ses cheveux blonds devenus sombres ruisselaient. On aurait dit qu'elle se débattait pour surnager.

Le cri venait d'ailleurs, peut-être de derrière les volets fermés d'une des vieilles maisons qui se dessinaient au-dessus de nous tout au long de la rue, les lourds renflements de leurs murs contenus par les lignes noires de leurs balcons de fer forgé et les grilles qui fermaient portes et fenêtres comme les vrilles d'une puissante vigne.

« Nina ! » ai-je crié. Soudain j'avais peur. On aurait dit une noyée. Mais j'étais aussi agacée, car je la soupçonnais d'avoir volontairement pris cette pose tragique – et surtout irritée, je pense, parce que parmi tous mes fantasmes, se trouvait une image de moi emportée dans les rues du Vieux Carré sous une averse de ce genre, habillée d'un de ces élégants imperméables – et de pas grand-chose d'autre – que j'avais vu en vente chez Fountain's pour un prix équivalent à deux mois de mon salaire.

Nous sommes reparties toutes les deux en courant. Les gens s'abritaient dans les entrées, s'entassaient sous les balcons. Un tramway a surgi à côté de nous, a fait sonner sa cloche en s'immobilisant à l'arrêt suivant. La ville semblait flotter. J'ai attrapé Nina par le bras. « Ici ! » ai-je crié en la tirant vers l'entrée de chez Tante Lulu. Dans la cour ouverte, derrière nous, l'averse mitraillait les pierres et la fontaine. J'ai jeté un coup d'œil à Nina. Ses cheveux collaient en mèches à ses joues empourprées. Elle s'est retournée et a regardé le couloir qui menait à l'escalier. Pensait-elle à la nuit où Sam Bridge lui avait dit : « Et si nous allions dans le Mississippi… » ?

J'ai contemplé la pluie ; sa férocité faisait battre mon cœur plus vite, d'une façon assez joyeuse. Je me suis avancée d'un pas sur le trottoir, lit où courait une rivière peu profonde. Nina m'a attrapée par la jupe et tirée en arrière. « Tu n'as pas entendu un mot de ce que je disais ! m'a-t-elle crié.

— La pluie fait trop de bruit, ai-je répondu.

— Je te demandais si tu avais lu l'article sur les autostoppeurs, ce garçon et cette fille qui tuaient des gens.

— Non, il y a assez de mauvaises nouvelles comme ça…

— Un automobiliste s'arrêtait pour les prendre. Ils le tuaient et roulaient jusqu'à ce qu'il n'y ait plus d'essence. Alors, ils abandonnaient la voiture, et en cherchaient une autre. Ils ont assassiné sept personnes – dont deux femmes. »

Un homme d'âge moyen, trempé, est entré en titubant, ses chaussures gargouillaient. Il a cligné des yeux en nous regardant, l'une après l'autre, en train de choisir.

« Quelle horreur !

— Ils se sont fait prendre. Il y avait une photo d'eux, hier, dans le journal. Ils souriaient – la fille faisait un signe de la main à quelqu'un.

— Ils ne sont pas humains.

— Mais si ! Je me demande ce qu'ils pensaient à propos de ce qu'ils faisaient.

— Oh, Nina ! Des gens comme ça – ils n'ont rien à l'intérieur d'eux qui leur permette de penser !

— Pourtant ils sont capables d'inventer des histoires, a-t-elle dit. Comme le geste de la fille sur la photo. Une invention. Elle faisait semblant d'avoir un ami derrière le photographe, quelqu'un qui était content de la voir, bien qu'elle ait tué tous ces gens. Même les fous inventent des histoires, ils doivent prouver qu'ils sont Jésus, ou membres d'une famille royale. Une messe noire reste une messe. »

Je me suis souvenue de ce à quoi la surface du fleuve m'avait fait penser, l'écorce des ormes qui poussaient autour de la maison et des écuries, là-haut dans le Nord.

« Je voudrais arrêter de ressentir ce que je ressens pour Len, ai-je dit. Ça ne mène à rien.

— Et à quoi est-ce que ça devrait mener ?

— Oh – pourquoi est-ce que tu fais toujours comme si tu étais en dehors du coup ? Tu sais très bien de quoi je parle.

— De mariage.

— Oui. C'est ça. De l'avenir, quoi.

— Et il ne veut pas ?

— Je ne sais pas ce qu'il veut.

— Il faudra bien que tu le découvres.

— Quelquefois je panique. J'ai envie de partir… de m'en aller, simplement… de ne plus jamais le revoir.

— Les gens ne connaissent pas leur chance, tous autant qu'ils sont, a-t-elle dit d'un ton triste. Tu ne veux pas vraiment t'en aller. Ce que tu voudrais, c'est qu'il pense que tu vas le faire. »

La pluie nous enfermait comme dans une petite pièce tiède. Nos têtes étaient près l'une de l'autre et quand nous parlions, nos voix résonnaient à l'unisson – un doux murmure d'oiseau. J'ai senti un léger malaise, une ombre, le genre de sensation que l'on a quand les premiers effets de l'alcool se font sentir. Les paroles que je venais de prononcer m'avaient prise au dépourvu. Je voulais retirer ce que j'avais dit.

Sa voix s'est faite pressante. « Tu crois toujours que les choses vont d'elles-mêmes, fais attention. »

Elle n'aimait vraiment pas Len, voilà pourquoi elle me parlait ainsi, avec tant d'inquiétude.

Elle m'a pris le bras. « Laisse-le donc comme il est, a-t-elle dit avec douceur. Nous sommes presque tout le temps seuls. Tu ne peux pas toujours savoir ce que l'autre a en tête. » Sa main s'est soudain resserrée. « Regarde ! » s'est-elle exclamée.

Howard Mead s'avançait vers nous. Il marchait en crabe, et s'est retrouvé tout au bord du trottoir, ce qui l'a obligé à balancer son corps de côté pour ne pas glisser sur la chaussée. Son ventre retombait sur son pantalon noir, précédant le reste de sa personne comme un horrible chien qu'il aurait été forcé de promener avec lui partout où il allait. Il était bouche bée, les yeux fermés. Il a vacillé un instant, rouvert les yeux, traversé et s'est s'arrêté à environ un mètre de l'endroit où nous étions.

« Seigneur ! a soupiré Nina. Fichons le camp d'ici ! »

Howard Mead a relevé les yeux, droit sur le balcon. J'ai tiré Nina contre le mur. « Il est venu voir ma tante », ai-je chuchoté, bien qu'il y eût peu de chance pour qu'il m'entende dans le tintamarre de la tornade. Il est entré sous le porche et nous a aperçues.

« Claude, a-t-il dit d'une voix cassée. Claude », a-t-il ensuite répété d'un ton irrité, plein de reproches, comme si nous faisions semblant de ne pas comprendre le seul mot qu'il avait prononcé.

Nina l'a attrapé par le bras. « Quoi ? Qu'est-ce qu'il y a ?
— Il est mort. Il a eu la tête brisée. Écrasée. La nuit dernière, à côté du Dueling Oaks, dans le parc. »
Nina a hurlé. Son cri s'est élevé au-dessus du bruit de la pluie, un son déchirant, désolé, qui montait lentement. Elle est tombée contre moi et je l'ai tenue serré. Le vent s'est levé. La pluie s'est arrêtée tout de suite.

Il y a eu une vague enquête. Dans les articles, Claude était décrit comme un homme d'affaires important de la ville. Un policier a interrogé Nina deux fois. Selon Gerald, si Claude n'avait pas été un des propriétaires de Fountain's, personne n'aurait fait attention à sa mort. Ils ont conclu qu'il avait été tué par un ou plusieurs inconnus. Une semaine plus tard, dans les journaux, on ne parlait déjà plus de ce meurtre.

Le policier avait insisté sur le genre de relation que Nina entretenait avec Claude. Payait-elle un loyer pour sa chambre ? « Il me traitait avec une politesse insultante, qui me faisait me sentir anormale, une femme vivant avec un homosexuel. La police était au courant, pour le jeune Italien. Ils m'ont demandé si je l'avais jamais vu. J'ai menti. Ils l'appelaient le "Petit Anthony". Ça m'a donné la force de mentir. Et de toute façon c'était facile. J'ai vécu dans un rêve, chez Claude. J'en suis sortie en allant au commissariat. La façon dont ils me regardaient... ce satané regard de quelqu'un qui refuse d'être emmené hors de la salle d'opération alors que l'intervention est terminée. C'est une enquête bidon. Ils se moquent de savoir qui l'a tué, puisque, pour eux, il méritait de mourir. »

Pour une fois, Norman Lindner s'est vu accorder l'attention dont il avait toujours rêvé. La police était sur une grosse affaire, raconta-t-il chez Gerald environ une semaine plus tard. Le comité qui enquêtait sur les activités illégales du groupe à Baton Rouge n'allait pas se laisser distraire par un crime sexuel. Nina nous a appris qu'on lui avait demandé à plusieurs reprises si elle avait jamais vu des Cubains chez Claude. « Tu vois ! s'est exclamé Norman triomphalement. Il y a en jeu des choses plus importantes que la vie d'un seul homme. »

J'ai vu Nina le regarder, pleine de mépris.

« Et Anthony, qu'est-ce qui lui est arrivé ? » m'a-t-elle demandé lorsque nous nous sommes retrouvées seules. Je me suis rappelé la façon dont ce garçon s'appuyait de tout son corps contre Claude, le soir où je les avais aperçus, des mois plus tôt. « Et Anthony ? » a-t-elle répété, en larmes.

Chez Fountain's, Tom Elder me chuchota à l'oreille avoir entendu dire qu'on avait découvert des accessoires orientaux destinés aux orgies sexuelles des dépravés dans un coffre de la chambre de Claude.

Les seuls coffres dont j'avais entendu parler étaient au nombre de trois, et avaient été apportés dans la maison par deux Noirs, sur ordre de ses cousins, qui avaient hâte d'y emporter tous les trésors de Claude. Ils n'avaient pas besoin de s'inquiéter. Claude avait fait les choses dans les règles, leur laissant tous ses biens, à l'exception du piano, qu'il léguait à David Hamilton.

David n'a pas été interrogé par la police, mais il a attendu son tour, le visage gris comme de la cendre, apeuré et malheureux. Il ressemblait à peine à l'homme qui nous avait sermonnées, Nina et moi, en nous disant qu'avoir le cafard, c'était trop s'écouter. Il n'avait jamais été très lié aux amis de Claude, mais, pendant un moment, il est souvent venu chez Gerald, un homme, comme un enfant abandonné, aux traits de plus en plus creusés. La seule chose qu'il arrivait à dire à propos du meurtre, c'est que ce n'était pas la première fois qu'un homme mourait d'amour.

Ses cousins organisèrent l'enterrement de Claude dans l'intimité, aucun d'entre nous n'y fut invité.

Claude avait dit à David un an plus tôt qu'il ne voulait pas d'enterrement. « Mais je ne peux pas m'opposer à sa famille, avait-il expliqué à Nina. Je ne suis pas aussi magnifiquement courageux que Claude. S'il avait été à ma place, et moi à la sienne, il aurait engagé une centaine d'avocats pour les en empêcher. Laissons-les faire ce qu'ils veulent. Il est au-delà de tout ça. J'aimerais l'être moi aussi. »

Quand il est allé superviser le déménagement du piano, les cousins, qui habitaient momentanément chez Claude, lui ont tourné le dos, sans un mot.

Nina dormait de nouveau sur un divan, chez les Lindner. Elle leur en était reconnaissante, disait-elle. Mais elle dormait mal. Ils se disputaient, se parlaient en criant le soir dans leur lit, appuyés sur un coude. « Norman veut que Marlene pense exactement comme lui. Et pas à propos de leur vie personnelle, mais de Churchill, de Roosevelt et du militarisme japonais. »

Cela dit, ils se montraient très gentils avec elle, surtout Norman, qui semblait comprendre le chagrin qu'elle éprouvait.

« La bonté dont Claude faisait preuve envers moi était le sel de la vie », m'a-t-elle déclaré avec dans la voix une intensité qui m'a effrayée. J'étais facilement effrayée, à cette époque.

Elle m'a dit qu'elle allait bientôt retourner dans le Nord. Elle pensait pouvoir le faire dans un mois. D'ici là, elle aurait économisé l'argent du train et de quoi voir venir en attendant de trouver du travail à New York. Elle voulait vivre dans la plus grande ville possible, là où les gens étaient totalement étrangers les uns aux autres. Elle avait récupéré les bagues de sa mère. Elle pourrait toujours les remettre au clou ou les vendre, en cas de besoin.

Quinze jours après la mort de Claude, le numéro de Len est sorti à la loterie de l'appel. « Je crois que nous devrions nous marier », m'a-t-il dit.

Je vivais depuis tant de mois dans une attente si intense que j'ai failli m'effondrer. Et en plus, il y avait eu la mort de Claude, que je n'arrivais toujours pas à accepter.

Nous devions aller à Chicago. Il avait parlé de moi à sa famille dans ses lettres. Sa mère était furieuse. « J'espère qu'elle s'en remettra, a-t-il dit. Est-ce que tu vas supporter d'être considérée comme une catastrophe pendant un certain temps ? »

Oui, je le supporterais. J'étais trop triste pour m'en inquiéter. Et trop à plat, une impression de ne plus rien ressentir qui s'emparait de moi, enfant, quand je finissais par obtenir une chose follement désirée.

Ma mère a répondu à la lettre dans laquelle je lui annonçais la nouvelle de la façon suivante : « Hello ! Ma fille qui s'est mariée ! C'est merveilleux, évidemment ! Et je suis certaine qu'il est très intelligent et qu'il s'occupera bien de toi. Quel dommage, cette histoire de conscription, mais tu verras, le temps passera très vite. »

Je suis allée voir Tante Lulu pour le lui dire, à elle aussi.

« Résultats inespérés, m'a-t-elle déclaré d'un ton rogue. La vie est étrange. Bon, j'espère que vous serez heureux. Les anciens disaient que puisque nous ne pouvons atteindre le bonheur, nous ferions aussi bien de nous en passer pour être heureux. » Elle a eu un petit rire bref. Elle s'est levée et s'est dirigée vers la plaque électrique, l'a regardée d'un air pensif, puis est retournée s'asseoir sur la chaise qu'elle venait de quitter.

« Pourquoi ? a-t-elle demandé. C'est un assez gentil garçon. Mais quand même, pourquoi ? »

Qu'est-ce qui, dans sa vie, me suis-je demandé, lui faisait penser qu'elle avait le droit de me poser une telle question, avec ce méprisant « assez gentil garçon » ? L'effort que je faisais pour lutter contre l'image de Len dans son lit, dans sa chair, me serrait la gorge, et me brûlait les yeux.

Elle me regardait fixement. Un instant, je me suis sentie comme une proie animale. Poussée à fuir par un élan puissant. Puis, comme si une main apaisante m'avait caressé le visage et la tête, la colère et la peur s'en sont allées. Je lui ai raconté l'histoire de la lettre que j'avais trouvée par terre devant la prison en me promenant pour la première fois dans le Quartier français. J'ai entendu le calme avec lequel je parlais. Ça m'a surprise, et presque échappé, j'étais en train de perdre ce que j'avais gagné, et sur quoi je ne pouvais mettre de nom.

« J'ai montré la lettre à Len. Il m'a donné un timbre et l'a postée pour moi. Il n'a pas remis en question la curiosité qui m'avait poussée à la lire, ni les motifs pour lesquels je voulais l'envoyer, même si elle ne parvenait jamais à celle à qui elle avait été écrite. Julette. Je crois qu'elle s'appelait comme ça. »

Je me suis tue. Lulu regardait les constellations peintes au plafond. J'ai entendu le bruit de nos respirations. Presque à l'unisson. « Il y avait de la sympathie, dans son attitude, ai-je dit. Une espèce de bonté. Je ne sais pas comment t'expliquer. »

Elle a baissé son regard vers moi avec un sourire vague.

« Eh bien, je suppose que cette raison en vaut une autre, a-t-elle dit.

— Tu veux quelque chose ? Un café ? ai-je demandé.

— Non. Je pensais à Claude. Et quand je pense à lui, je suis obligée de bouger. C'est comme un collier de pierre qui se resserre autour de mon cou. Pauvre, pauvre Claude. Avec tout le mal qu'il se donnait... Oh Seigneur! Plus j'en sais sur moi, moins j'ai confiance en la vie.

— Est-ce que tu crois que tu iras un jour dans le Nord? Chez Maman?

— "Chez Maman?" a-t-elle répété d'un ton moqueur. Peut-être, quand je serai trop faible pour faire autrement. Mais je n'en suis pas encore là, ma chérie. »

Elle a fermé les yeux et appuyé sa tête contre le dossier de la chaise. Elle avait changé. Je ne m'en étais pas rendu compte avant ce moment-là. Elle était toute mince, et même maigre. Sa peau, qui s'était épaissie, semblait grêlée. Ses cheveux restaient flamboyants, mais comme une dernière flamme dans une maison dévastée par le feu.

Je l'ai embrassée sur le front sans même penser à ce que je faisais. Elle a passé ses bras autour de moi, une seconde. « Sois sage », a-t-elle murmuré. Je me suis redressée et je l'ai regardée. Elle avait les yeux grands ouverts, pleins de larmes. « Va-t'en », a-t-elle demandé gentiment.

Mes valises étaient faites, l'ancienne, qui me venait de mon père, et la nouvelle, que Catherine m'avait donnée. Gerald devait nous emmener à la gare, Len et moi. Le matin de notre départ, j'ai trouvé Gerald à sa table de travail, fixant du regard une feuille de papier sur laquelle il était en train d'écrire quelque chose. Quand je me suis approchée de lui, il a relevé son stylo.

« Est-ce que je peux voir? »

Il a hoché la tête. « Ce n'est pas du tout de moi. C'est à la fin de *Don Quichotte*, m'a-t-il expliqué. Une chose que dit Sancho Pança. Je vais le recopier dans mon cahier. »

Je n'avais pas lu *Don Quichotte*. Je ne savais pas qui était Sancho Pança. J'ai pris la feuille et lu :

« Ne mourez pas, Don Quichotte, ne mourez pas. Car mourir sans une bonne raison pour le faire est le plus grand de tous les péchés. »

Je me suis mise à pleurer. Catherine est entrée. Nous sommes restés debout tous les trois, embrassés, jusqu'à ce que vienne le moment de partir.

Avec les années, petit à petit, comme les oiseaux se taisent tandis que l'ombre approche, que leurs pépiements, semblables à des gouttes de cristal, s'effacent au fur et à mesure du long crépuscule de l'été, les voix que j'avais appris à si bien connaître se sont effacées dans le lointain.

Tante Lulu a eu une attaque et, enfin trop faible pour faire autrement, elle a permis à ma mère de venir la chercher et de la ramener chez elle dans le Nord pour l'y soigner jusqu'à sa mort, quatre mois plus tard.

Gerald est allé faire deux lectures, l'une à Atlanta, l'autre à Charlottesville. À son retour, il a été hospitalisé. Il souffrait d'endocardite d'origine bactérienne. Il n'y avait aucun traitement pour cette maladie à l'époque, bien qu'à peine quelques mois plus tard un médicament qui aurait pu le sauver ait été mis au point. Sa femme a enfin accepté de divorcer, et, trois jours avant sa mort, il a épousé Catherine, allongé sur son lit d'hôpital.

Sam Bridge a été envoyé en Afrique et tué pendant le débarquement américain en Algérie, en 1942.

Norman et Marlene Lindner ont divorcé quelques années après la fin de la guerre.

Je l'ai rencontrée au Rockefeller Center au début de l'hiver 1952. J'avais emmené ma fille Lydia regarder les patineurs. Une femme assez forte, en vêtements chic, a posé la main sur mon épaule. Je me suis retournée.

« Est-ce que vous ne seriez pas Helen ? De La Nouvelle-Orléans ?

— Marlene ! Tu es magnifique. »

Nous nous sommes serré la main, conventionnelles. Elle allait voir son éditeur. Elle était devenue sociologue et elle avait écrit un livre, mais préférait ne pas en divulguer le sujet. Il n'était pas tout à fait fini. Il parlait de l'éternelle hostilité sexuelle des hommes envers les femmes, voilà tout ce qu'elle pouvait en dire. Elle savait maintenant à quel point cette hostilité avait été voilée derrière les mythes. Elle était restée en contact avec Norman. Il enseignait l'histoire de l'art dans une petite université du Nebraska. Non, elle ne s'était pas remariée. Une fois suffisait. Des choix plus glorieux s'offraient maintenant aux femmes. Nous avons échangé nos adresses. Puisque nous vivions toutes les deux à New York, il fallait absolument, a-t-elle dit, que nous déjeunions ensemble et discutions du bon vieux temps. Elle utilisait souvent le mot discuter.

Une semaine plus tard, elle m'a écrit. Elle avait tout de suite compris, disait-elle, que je n'avais pas vraiment envie de la revoir. Elle était très sensible à des détails qui échappaient à la plupart des gens. Je m'étais toujours montrée réservée vis-à-vis d'elle. Elle s'en souvenait très bien ! Sa lettre avait un ton accusateur et plein de ressentiments, et je me suis, moi aussi, rappelé une chose à son sujet, une susceptibilité exagérée, une façon de continuellement guetter l'insulte, une attention qui suait le poison dont elle se nourrissait.

Nina et moi, nous nous sommes écrit pendant un certain nombre d'années. Mais ces échanges épistolaires sont devenus de plus en plus rares. Elle avait fini par faire des études. Elle avait passé un diplôme de biologie marine et épousé un collègue de l'université, avec qui elle avait deux enfants.

Len est allé en fac de droit grâce au GI Bill[1] et à l'aide financière de ses parents. Ses choix professionnels ont aidé à leur faire accepter leur belle-fille goy.

Quand nous avons déménagé de Chicago à New York, j'ai perdu le carton dans lequel se trouvaient les mouchoirs marqués de mes initiales que Rose Mayer m'offrait à chaque anniversaire, ainsi que presque toute ma correspondance personnelle.

Mais j'avais gardé une lettre de Nina dans une petite serviette de cuir, avec un certain nombre de papiers personnels, dont mon diplôme d'enseignante en classe élémentaire et ma carte de sécurité sociale.

Cette lettre avait été écrite à peu près un an après la fin de la guerre, avant que Nina reprenne l'école. Elle était allée en France. Elle avait voulu voir les endroits où sa mère avait vécu, à Paris, puis dans un village du Sud appelé Giens. Elle avait aussi visité différents lieux dont Claude lui avait parlé, le cimetière du Père-Lachaise où était enterré Marcel Proust, la ville de Blois, Chartres, et Combourg où avait grandi Chateaubriand. De temps à autre, je relisais cette lettre, et la présence de Nina m'entourait à nouveau, comme le parfum du jardin en friche de Gerald. Elle disait :

> Claude m'avait décrit tout cela de façon si vivante et sensible, c'était comme s'il avait été avec moi partout où je me rendais, surtout à Combourg. Tout y était incroyablement impressionnant. Pour arriver au château il faut traverser un magnifique parc plongé dans le silence. Claude m'avait

---

1. Aide du gouvernement fédéral grâce à laquelle des millions d'anciens combattants de la Seconde Guerre mondiale ont eu gratuitement accès à l'éducation supérieure. *(N.d.T.)*

raconté que lorsque Chateaubriand était enfant et qu'il faisait des bêtises, il devait dormir dans une pièce située en haut d'une des tourelles, sur les remparts. J'ai monté un étroit escalier de pierre et longé les créneaux. J'ai le vertige, mais il fallait que je le fasse. Il restait encore quelques marches qui accédaient à la tourelle, puis j'ai ouvert une porte. Cette chambre n'était pas plus grande que celle que tu louais chez Gerald, à La Nouvelle-Orléans. Il y avait un bureau assez haut, un petit lit, une chaise, et tout était recouvert d'épais tissus qui protégeaient les meubles de la poussière.

J'ai imaginé ce petit garçon en train de monter jusque-là au soir tombé, peut-être en chemise de nuit, apeuré. J'ai pensé à Claude, marchant sur ses pas, comme moi sur les siens. J'ai pensé à la guerre et aux millions de victimes, et je me suis rappelé une phrase que Claude citait : « Ceux qui ne peuvent se souvenir sont condamnés à le répéter. »

Mais oh, Helen ! Ceux qui se souviennent répètent eux aussi le passé ! Et j'ai pensé à la mort de Lulu et à celle de Gerald. Et à celle de Claude sous les chênes.

Est-ce que tu continues à tomber amoureuse des gens que tu rencontres ? Ne m'oublie pas, Helen.

DEUXIÈME PARTIE

1

La clinique où ma mère est morte le 3 avril 1967, deux jours avant son soixante-treizième anniversaire, se trouvait sur la rive ouest de l'Hudson River, à quelques kilomètres au nord de Newburgh. C'était un bâtiment fait de gros blocs de grès ; les fenêtres étaient larges et profondes, et il y avait un porche où les voitures et les ambulances déposaient des personnes âgées plus ou moins moribondes. De longs bancs avaient été placés dans le jardin sous de vieux érables, mais peu de patients avaient encore la force d'en profiter.

La propriétaire de cette clinique était une infirmière, Mona Gerow. C'était la « solide gaillarde » que Maman avait engagée pour l'aider avec les bungalows quand j'étais partie à La Nouvelle-Orléans. Elle lui a été d'un grand soutien au cours des derniers et douloureux mois de sa vie. Au début du long voyage du cancer dans le corps de ma mère, la présence de Mona m'avait désarçonnée. Elle se montrait pleine de bonté et de franchise, mais se mêlait toujours de nos conversations. Comme une parente lointaine et importune. Elle travaillait dans le secteur de la douleur et de la mort. Elle était sévère et efficace, mais elle savait pardonner son impuissance à notre pauvre corps.

Pendant les premiers mois de sa maladie, Maman est restée chez elle, mais au fur et à mesure que le cancer gagnait du terrain à l'intérieur d'elle, elle passait de plus en plus de temps à la clinique. Je lui téléphonais régulièrement et allais la voir presque chaque week-end. J'avais cette année-là une classe de CM1, dans une école privée de la ville. Cette institution ne faisait jamais appel à des remplaçants, et en cas d'urgence, lorsque je devais aller voir Maman pendant la semaine, mes collègues devaient prendre en charge mes élèves en plus des leurs. L'irritation que provoquait en eux ce travail supplémentaire était adoucie par la sympathie qu'ils me montraient. Avec le temps, la sympathie s'effaça. L'aller-retour entre notre appartement de la Cent Treizième Rue et la clinique devint une habitude. J'avais le choix entre le train poussiéreux de Poughkeepsie et le bus de Newburgh, tout valait mieux que la voiture. J'arrivais quelquefois à m'assoupir une heure.

Au milieu du mois de mars, j'ai recouvert les meubles de vieux draps, fermé la porte à clé, et Maman est partie pour la dernière fois chez Mona, à la clinique. J'ai fait le voyage vers le nord encore plus souvent. Len m'accompagnait lorsqu'il pouvait se dégager de ses obligations professionnelles. Avocat, il défendait alors un étudiant qui avait participé à la prise de contrôle de l'université de New York contre la guerre du Vietnam, et brûlé son avis de mobilisation. Lydia est venue à deux reprises avec moi voir sa grand-mère, mais elle s'est plainte à chaque fois de ne pas pouvoir consacrer ce temps précieux au travail qu'elle effectuait pour une organisation intitulée « Femmes en grève pour la paix ».

Quelques jours avant que l'ambulance emmène Maman à la clinique, elle m'a envoyé une lettre. Son écriture restait solide et nette. Elle me disait :

Helen, ma chérie,

Notre part secrète ne vieillit pas. Je croyais que je deviendrais sage. Je ne le suis pas – et j'ai pourtant tenté d'apprendre. Je voulais me montrer sage avec toi, envers ce que tu ressens vis-à-vis de moi. Ta dernière visite m'a laissée songeuse. J'ai bien vu les efforts que tu faisais pour te montrer joyeuse.

Nous oublions facilement que les autres remarquent ce que nous essayons de leur faire avec nos mots, nos attitudes. Je sais combien tu détestais cela, quand tu étais enfant. Je parle de la façon dont j'ai toujours cherché à voir le bon côté des choses. Et tu n'as pas changé, Helen. Bien qu'il y ait plus de bonté en toi, maintenant. L'âge peut rendre les gens meilleurs, mais pas toujours. Bien sûr, tu ne pouvais te douter de ce que cela me coûtait. J'allais mourir, pas comme maintenant, non, je crois que ce que je veux dire, c'est que j'allais renoncer. Lincoln m'avait quittée. J'avais le cœur brisé. Et j'étais blessée dans mon orgueil. Mais je n'ai pas besoin de te parler d'orgueil ou de vanité, car tu sais tout de ces travers, n'est-ce pas, Helen ?

Je me souviens comment tu m'as dit, quand Lydia allait si mal, pendant sa rougeole, de ne pas, pour l'amour de Dieu, essayer de prendre ça bien. Je vois encore la colère sur ton visage. « Ma fille est malade ! » as-tu crié, comme si j'avais dit le contraire. Je reconnais que ma façon de faire n'est pas la meilleure, et de loin.

Mais ce que tu ne peux sembler me pardonner, Helen, est la seule manière d'être que je connaisse. Pendant ces années où tu grandissais (j'arrive à peine, Helen, à écrire ça, mais il le faut, parce que mon temps est maintenant compté et que je veux que tu le saches), j'ai désiré sentir les bras de Lincoln autour de moi aussi désespérément qu'un pécheur désire qu'on lui pardonne. Ça me rendait folle, certaines nuits. Je me sentais dépasser toute limite. Je me sentais devenir eau et flotter sans raison ici et là. Je ne peux rien en dire de plus. J'espère que tu n'auras jamais à ressentir cela, bien que je pense désormais que, si terrible que ce fût, il ne s'agissait que d'un malheur ordinaire.

Et voilà, maintenant je vais mourir pour de bon. Ce n'est pas, j'imagine, aussi horrible de le vivre de l'intérieur que cela doit être d'y assister du dehors, comme toi. Je veux te dire que je t'ai aimée et admirée. Je ne me suis jamais remise de la surprise que j'éprouvais d'avoir une fille aussi jolie et tellement intelligente. Et vraiment, j'ai eu souvent de la chance. Les derniers mois de ta tante Lulu ont été terribles ! Elle était si dominante et si impuissante. Mais nous avons passé ensemble des moments merveilleux. Un jour je lui ai trouvé deux cigarettes, bien qu'elle n'eût pas le droit de fumer, mais je savais que cela ne changerait plus rien, les médecins sont quelquefois trop bêtes ! Je nous ai aussi préparé des dry martinis dans le shaker, quoique pas très forts. Et nous avons regardé des photos de nous deux quand nous étions belles et que les hommes nous désiraient, et nous avons ri, mais qu'est-ce que nous avons pu rire ! C'est une des fois où j'ai réussi à la regarder dans les yeux et à savoir qui elle était vraiment. Tu ne l'aurais pas reconnue à ce moment-là, pauvre chérie ! Ses cheveux, enfin ce qu'il en restait, avaient pris une couleur de rouille terne.

Oh Helen, pardonne-moi ! Il n'y a rien d'autre.

Avec tout mon amour.

Cette lettre était comme un rasoir, elle s'enfonçait dans ma chair, silencieusement, de plus en plus profond. Je la lisais souvent et je l'emportais partout où j'allais. Je ne l'ai montrée à personne. Mon cœur sombrait sous la honte, vers un fond gris terne que je savais devoir être le purgatoire. De la fenêtre de mon appartement, je regardais le fleuve, les nuages de neige au-dessus des falaises des Palisades. Je pleurais mon manque de compréhension. Je pleurais parce que je n'arrivais pas à pardonner à ma mère, sauf avec des mots, dans ma tête, tandis que mon cœur, comme un religieux fanatique, continuait d'énumérer la liste de ses hérésies.

Quand je suis retournée la voir, la fois suivante, elle s'est soulevée au-dessus de son oreiller. « Tu l'as reçue ? » a-t-elle demandé. Mona est entrée avec le vase où elle avait mis les chrysanthèmes que j'avais apportés et elle l'a posé sur le rebord de la fenêtre. En repartant, elle a tapoté l'épaule de Maman. Ma mère l'a suivie des yeux.

« Oui, je l'ai reçue, Maman. »

Son visage était trempé de sueur. On lui avait fait de la morphine quelques minutes plus tôt, et ses paroles devenaient confuses.

« J'ai compris ce que tu me disais, Maman. » Je n'arrivais pas à avaler ma salive ; ma bouche était sèche. J'avais trop chaud avec mon pull dans la chambre surchauffée. J'ai regardé par la fenêtre les branches d'un sapin bleu.

« Je m'excuse, moi aussi, d'être comme je suis, ai-je réussi à dire.

— Mais tu es parfaite, a-t-elle répondu, d'un ton à moitié endormi, un sourire sur les lèvres. Ton père était parfait, lui aussi. Tu tiens de lui. » Elle a alors ouvert très grands les yeux, et m'a fait un clin d'œil. Ses paupières se sont fermées, et bientôt elle dormait.

Le matin du jour où elle est morte, son visage s'était totalement transformé. Son petit nez était comme une lame de couteau, entre ses joues à la chair desséchée. Ses yeux étaient enfoncés, sombres.

« Ils ont volé le bois des bungalows, a-t-elle marmonné. Tout tombe en ruine. Il faut faire quelque chose. Ça m'a fait mal de vendre cette barrière qui entourait le champ de courses. Tu te rappelles les chevaux qui s'élançaient et galopaient, et Lincoln qui les regardait, son chronomètre en main ? Grand, mince et élégant ! Est-ce que Lydia va bien ? J'espère qu'elle ne court aucun danger. Le monde a changé. Les gens sont tous si en colère. Est-ce que tu crois qu'ils ont toujours été en colère, Helen, ma chérie ? Et qu'avant je ne le remarquais pas ? »

Je suis restée assise avec elle pendant plusieurs heures. De temps à autre, je sortais et respirais l'air froid. « Elle s'en va, a dit Mona. Chère, douce petite. » Il y avait des larmes dans ses yeux. « Elle m'a encouragée à faire des études d'infirmière, vous savez. C'est grâce à elle que j'ai cette clinique, je lui dois tout. »

Vers le crépuscule, je suis allée manger un sandwich dans la cuisine. Pendant les quelques minutes que j'ai passées là-bas, Maman est morte.

L'enterrement a eu lieu à l'église congrégationaliste à laquelle elle avait appartenu pendant le dernier quart de siècle. Elle a été enterrée à côté de Lulu, dans le petit cimetière derrière l'église. Quelques centaines de mètres plus loin, j'ai vu un engin de construction, et pendant le service, je l'ai entendu grogner et gronder de toutes ses forces tandis qu'il creusait une nouvelle route. À côté de la terre fraîchement retournée de la tombe de Maman, le sol qui s'était aplati sur les os de Lulu donnait l'impression d'une sépulture déjà ancienne.

La maison ne tombait pas en ruine, même si, depuis des années, personne ne s'en était plus occupé, mais tout devait y être réparé. Un bungalow tenait encore debout. Les dépendances avaient disparu, et le terrain de courses était un vaste champ de mauvaises herbes et de graminées. L'écurie n'avait pas bougé. J'ai regardé Len, debout devant la fenêtre du salon.

« Tu es content d'avoir la maison ? » lui ai-je demandé.

Lydia m'a appelée.

« Maman, est-ce que tu connais ces vieilles photos ? Elles sont superbes !

— Celles de ta grand-mère avec les plumes ? Oh oui.

— C'est une chouette maison », a dit Len. Il s'est tourné pour me regarder. « J'aimais beaucoup ta mère », a-t-il dit. Je me suis approchée de lui et je l'ai entouré de mes bras. « Ça me fait plaisir que tu me le dises. »

Nous avons décidé de revenir en été et pendant les week-ends, le plus souvent possible. C'était étrange de penser que nous allions maintenant avoir une maison de vacances. Elle avait été autrefois le seul endroit que je connaissais, un vrai endroit, qui semblait éternel.

« Qu'est-ce qu'on va faire de l'écurie ?

— Nous avons tout le temps d'y penser, a dit Len.

— C'est tellement humide et triste, ici. J'aurais dû essayer d'arranger cette maison quand elle y était.

— Tu as été bonne, avec elle, et elle a pu compter sur toi, a-t-il dit. Tu n'étais pas supposée venir ici manier le pinceau et la truelle.

— Je ne sais pas ce que j'étais supposée faire », ai-je dit, malheureuse.

Par un doux après-midi, au début du mois de juin, cette année-là, j'ai rencontré Nina Weir par hasard. Il y avait eu un problème à l'école. Un élève de sixième avait apporté une pochette pleine de marijuana et la faisait passer de table en table pendant le cours de dessin. Le professeur l'avait vu. L'enfant affirmait que c'était son père qui la lui avait donnée. J'avais son jeune frère dans ma classe. Le proviseur et moi devions rencontrer leurs parents la semaine suivante.

C'était un vendredi, j'avais quelques courses à faire avant de partir à la campagne. Len était à Washington et espérait pouvoir venir m'y rejoindre, tard dans la soirée. Lydia était à Boston, où elle cherchait du travail. J'avais dans mon sac la feuille de papier avec les mesures des stores pour la maison, et je me dirigeais vers un magasin de Lexington où je pouvais les commander. J'ai descendu la Cinquième Avenue jusqu'à Saint-Patrick. La masse habituelle de jeunes gens dépenaillés s'agglutinait sur les marches. Même en l'absence de tout slogan antiguerre, il y avait autour d'eux l'atmosphère d'une manifestation imminente.

Quelqu'un m'a appelée. J'ai levé les yeux vers la cathédrale. Une femme de mon âge, avec des cheveux courts et des lunettes, venait d'en sortir. Elle était habillée de coton Liberty et avait un grand sac qui ressemblait à une besace de facteur. Elle a descendu l'escalier en courant, enjambé bras et jambes. Mon cœur a bondi. Nous nous sommes embrassées. « Faites l'amour, pas la guerre », a lancé un garçon qui était étendu de tout son long sur les marches, la tête appuyée contre un sac à dos marron.

Nous avons marché un moment sans rien dire, en nous tenant par la taille. J'ai brisé le silence.

« Vingt-quatre ans, ai-je dit.

— Non, vingt-six. Il y a un endroit au coin de la rue où nous pourrions aller prendre un café. Tu as le temps ?

— Si j'ai le temps ! »

Nous nous sommes assises à une table grande comme un plateau, sur deux chaises branlantes, et avons commandé des cafés glacés.

« Une chose est sûre, c'est que nous avons changé, a dit Nina après un long silence pendant lequel nous nous étions attentivement dévisagées.

— Oui. Tu t'es coupé les cheveux.

— Oh, mais ça fait des années ! Et ils ne sont plus blonds, mais châtains, comme ceux de tout le monde.

— Et depuis quand mets-tu des lunettes ?
— Pareil, depuis des années. Je n'ai jamais eu de très bons yeux. Ma fille Erica en porte depuis qu'elle a sept ans. Comment va Lydia ?
— Tu te souviens de son nom.
— Elle devait avoir dans les neuf ans, quand nous avons arrêté de nous écrire. Qu'est-ce qui s'est passé, à ton avis ?
— Je ne sais pas. Tout s'est accéléré. La vie quotidienne absorbait tout mon temps.
— Parle-moi de Lydia.
— Ça va plutôt bien. Elle est à Boston, en ce moment, elle cherche du travail. Len lui a fait suivre des cours de secrétariat après le lycée. Elle est allée à Washington en 1963 et elle y a entendu Martin Luther King. Depuis, elle est très engagée, très sérieuse.
— Erica vit dans une communauté à côté de Taos, au Nouveau-Mexique.
— Et... ça se passe bien ?
— Je ne peux rien y faire.
— Tu as un autre enfant.
— Oui, mon fils Claude. »
Le serveur noir nous a apporté nos cafés glacés.
« Il est au Canada. Il est parti pour échapper à la conscription. S'il rentre, c'est la prison.
— Il y a tant de gens qui détestent cette guerre. Quand elle sera finie, peut-être que les choses changeront, Nina. Alors il pourra revenir.
— Les choses ne changent qu'en apparence, a-t-elle dit.
— Et ton mari ?
— Il est infirme et n'y voit plus de l'œil gauche. Il a participé à une marche pour la liberté en Alabama, il y a deux ans. Un policier, représentant local de la loi, de l'ordre et du meurtre, lui a tapé dessus à coups de matraque. »

Elle a tourné son sucre dans son café, puis son regard est passé jusqu'à moi au-dessus de la table.

« L'Amérique tue, a-t-elle dit d'une voix neutre.

— Oh Nina ! S'il te plaît !

— Il arrive à marcher, difficilement. Sa jambe a été brisée en trois endroits différents. Il souffre de ce que l'on appelle une douleur incurable. »

Le café avait un goût saumâtre, éventé, les petits glaçons étaient déjà fondus.

« Mais ça va s'arranger ? Il va aller mieux ?

— Peut-être un petit peu mieux. Mais on ne se remet jamais d'avoir été battu. On devient différent. L'individu que tu étais avant voyait la vie d'une certaine façon. Après, on ne la voit plus jamais comme ça. »

Je me suis demandé si elle s'était tournée vers la religion. « Tu étais à Saint-Patrick, ai-je dit, comme si ce n'était pas vraiment une question.

— Je suis allée regarder l'intérieur. Je me disais que ça me rappellerait peut-être l'Europe, les cathédrales françaises. Pas du tout. Et il a fallu que je passe au milieu de ces bébés routards étalés là en train de fumer de la dope et d'échanger les dernières imbécillités à la mode. Mais j'ai vu une chose assez drôle. Il y avait une jolie fille, assise presque tout en haut des marches. Elle coiffait les poils de ses aisselles, une petite touffe duveteuse, avec un peigne de poupée rose – tu n'en as pas eu un quand tu étais enfant ? Tu sais, pour les poupées qui avaient de vrais cheveux ? Elle avait le bras tendu en l'air et la tête baissée et elle s'appliquait, consciencieuse. Il y avait deux garçons qui la regardaient en souriant avec une suffisance incroyable, comme si elle avait été leur épouse, une paysanne en train de filer de la laine sur le pas de leur porte. » Elle a ri brièvement.

Avais-je autant changé qu'elle ? Les cheveux courts ne lui allaient pas. Elle plissait souvent les yeux, en fait, elle louchait. Elle avait beaucoup de rides sur le front et au coin des paupières, pourtant son cou était parfaitement lisse.

« Mais les choses ont aussi souvent changé dans le bon sens, ai-je dit.

— C'est vrai », a-t-elle répondu d'un ton apathique. Elle a jeté un coup d'œil vers moi. « Tu as l'air déçue, Helen. Comment t'expliquer ? Il y a comme un cal durci dans mon esprit. Je n'arrive pas à croire quoi que ce soit. Ce qui a tué Claude, mutilé Gerald et rendu mon mari infirme, ce truc de brute, eh bien je le vois partout. C'est comme Protée. Ça se cache dans les attitudes politiques qui semblent inoffensives. Le monde "chagrinait" mon grand-père. Il pensait que le mal venait simplement de ce que nous sommes doués de volonté. Je crois que je devrais m'installer dans une grotte, manger des sauterelles et me purger de toute cette horreur qui est en moi. Je sais que ce n'est pas bien. Je croyais, quand j'étais petite, que le fait de savoir qu'on avait tort pouvait nous faire changer.

— Tu détestais ce qui se passait pour les Noirs, ai-je dit. Tu réfléchissais toujours à tout. J'adorais ça, même si ça me rendait folle, par moments, cette façon que tu avais de ne jamais laisser les choses suivre leur cours, de toujours t'interroger, de tout analyser. Moi, je gobais tout. »

Elle a regardé au-delà de moi, les passants, derrière la fenêtre. Je ne voulais pas perdre son attention. Je sentais que j'allais le faire si je continuais à lui rappeler ce qu'elle avait été.

« Tu vis à New York ?

— Non, à Bath, dans le Maine. C'est plus facile, pour aller au Canada voir Claude. J'enseigne la biologie au lycée. La famille de John nous aide. Nous avons des problèmes avec certains de nos voisins, parce qu'ils savent que Claude s'est enfui. Quand John boite jusqu'en bas de la rue avec sa canne, son bandeau noir sur l'œil, je me dis toujours qu'il doit y avoir quelques bons patriotes pour penser que c'est bien fait pour lui.

— Tu es tellement amère ! me suis-je exclamée.

— Oui. Je suis amère, a-t-elle répondu d'un ton plat. Je suis rongée par l'amertume. Je n'ai pas été capable de protéger un seul de ceux que j'ai aimés. Je sais ce que les gens ressentent – toute cette horreur, toute cette impuissance – quand on les force à en regarder d'autres qu'on est en train de torturer.

— Tu as appelé ton fils Claude. »

Elle a avancé sa main entre les verres de café et attrapé la mienne. C'était le milieu de l'après-midi et il n'y avait que deux autres clients dans la salle. Un instant, j'ai pensé qu'elle allait éclater en larmes. Elle a juste secoué la tête plusieurs fois, lentement. Puis elle a dit : « C'était un peu de bonheur en plus, quand il était petit et que je l'appelais. Claude ! Claude ! Tu te souviens de lui, Helen ?

— Je me souviens de tout. Et je me souviens de toi.

— Il y avait des tas de choses difficiles face auxquelles il savait ce qu'il fallait faire, sauf pour cette partie-là de sa vie. C'est pour ça qu'il me comprenait si bien. Je flottais – oh, j'arrivais à m'en sortir, à trouver du travail, un endroit où habiter, mais je me laissais porter. Sa voix montait du jardin, le soir. "Nina, tu es là ? Tu veux venir te promener ? Aller écouter du jazz ?" Et quand il a fallu que je parte de chez Lulu – il a dit que je pouvais rester aussi longtemps que je voulais chez lui. Je ne savais rien. Il m'a appris qu'il y avait beaucoup à découvrir.

— Mais… il n'y a donc rien dans ta vie d'aujourd'hui ?

— Si, pas mal de choses, a-t-elle dit en souriant, comme si elle savait ce que je voulais lui faire dire. J'aime enseigner. J'aime mes élèves et notre petite maison. J'aime mes enfants rebelles et mon mari endommagé. Il n'est pas du tout comme moi. Mon Dieu. Il est même serein. Il dit que sa cause était juste. Il est devenu bon cuisinier. Il pense essayer d'écrire un livre de cuisine, dès qu'il arrivera à mieux se concentrer. As-tu jamais eu des nouvelles de Catherine ?

— Nous nous sommes écrit pendant deux ans. Elle a fini par se remarier, est partie vivre à Seattle et a eu un enfant.

— Tu m'as écrit à la mort de Lulu.

— Ma mère aussi est morte. En avril dernier.

— Il va bientôt falloir que j'y aille, Helen. Je me suis échappée, parce qu'il y avait une grève de professeurs au lycée. J'avais besoin de passer quelques jours seule. Mais je dois aller au centre de rééducation où John est resté quelques mois, chercher du matériel pour lui. Je reprends l'avion ce soir.

— Tu m'écriras ? On se reverra ?

— J'écris rarement, sauf aux enfants », a-t-elle dit avec une certaine douceur, me laissant tomber tranquillement.

Je me suis sentie si triste que j'ai eu envie de poser ma tête sur la petite table.

« Je ne t'ai pas demandé de nouvelles de Len, a-t-elle dit.

— Il va bien. Il aime son boulot, il s'occupe surtout d'affaires qui concernent les droits civiques.

— Je me demande ce qui est arrivé à David Hamilton », a-t-elle dit. Elle a froncé les sourcils. « Il était assez horrible. Je me demandais toujours comment Claude pouvait le supporter. J'ai fini par comprendre que, dans un groupe continuellement attaqué, personne ne juge durement les autres. On n'ose pas le faire, parce que cela affaiblirait les murs du château assiégé devant lequel attendent les hordes meurtrières. »

Elle s'était penchée en avant tout en parlant. Elle s'est redressée, et son visage a semblé plus doux. J'ai presque retrouvé la Nina d'autrefois.

« Nous nous sommes plutôt bien amusées, là-bas, à La Nouvelle-Orléans, a-t-elle dit. Je n'en avais pas conscience à l'époque, toi si ? Oui. Je crois que tu t'en rendais compte. Tu étais folle de tous ces gens, de Gerald et Catherine, et de Claude aussi, non ? Et de Len.

— Et de toi, ai-je dit.

— J'ai pensé très fort à toi, il y a quelques années. Tu te souviens du film que nous devions aller voir le jour où nous avons appris la mort de Claude, sous cette averse terrifiante ?

— *Star Dust*, avec Linda Darnell, lui ai-je répondu tout de suite.

— Est-ce que tu l'as jamais vu ?

— Non, je n'ai pas voulu, après tout ça.

— Et tu as lu dans le journal ce qui lui était arrivé ? Elle est allée chez une de ses anciennes secrétaires, à Chicago, je crois. Et elles avaient décidé de regarder ce film, dont elle était la star. Il passait à la télévision. Un incendie s'est déclaré et Linda Darnell, en voulant sauver d'autres gens qui étaient là, a été brûlée si gravement qu'elle en est morte. Tu te rends compte ? »

J'ai payé les cafés, auxquels nous avions à peine touché, et nous sommes ressorties. C'était un magnifique après-midi, pas trop chaud, léger et bleu.

« Est-ce que Len a toujours les mêmes magnifiques cheveux ?

— Ils sont blancs, maintenant.

— Et est-ce que tu es jamais tombée amoureuse d'autres hommes ? »

J'ai ri. « De quelques-uns. Pour un temps. Comment faire autrement ? »

Elle m'a serrée très fort et nous sommes restées devant le restaurant tandis que le serveur noir nous regardait de derrière la vitre, les mains nouées dans le dos.

« Oh, Nina, ai-je murmuré dans ses cheveux. Je n'y arrive pas ! Le temps…

— Si, tu y arrives, a-t-elle dit d'un ton brusque, en s'écartant de moi mais sans lâcher mes poignets tout de suite. Nous sommes programmées pour. »

Je l'ai regardée descendre vers la Sixième Avenue, jusqu'à ce qu'elle disparaisse de ma vue.

Le dernier bungalow avait été rasé et nous avions laissé le bois empilé là où il était. Quand mes phares ont balayé le jardin, j'ai vu une famille de ratons laveurs passer derrière la pile comme un minuscule ruisseau couleur de cendre. La lune était pleine ; la Taconic Parkway m'avait fait penser à un grand fleuve pâle. Lentement, et à regret, j'avais fini par comprendre que je me sentais soulagée que nous n'ayons pas, Nina et moi, échangé nos adresses. Et soudain, j'avais été heureuse.

La maison se dessinait, noire dans le clair de lune. Elle avait pour moi le poids de l'histoire. Et non la légèreté que j'associais au concept de maison de vacances.

Nous nous étions débarrassés de tout, à l'exception du coffre de laque chinoise. Les murs étaient peints en blanc et le vieux plancher, poncé. La cuisine avait été entièrement refaite. Nous n'avions pas acheté grand-chose, quelques meubles en osier pour le salon, deux tables et un lampadaire. La mère de Len nous avait envoyé trois tapis d'Orient – petits, aux motifs serrés, magnifiques – qui transformaient plus l'atmosphère de cette pièce que tout ce que nous y avions fait. Il faudrait que j'aille, la semaine suivante, commander les stores dans le magasin où j'allais quand j'avais rencontré Nina. Il y avait énormément de voitures qui passaient sur cette route, pendant les week-ends, et les gens s'arrêtaient et regardaient chez nous sans la moindre gêne.

J'ai allumé les lumières, y compris celle de la véranda, au cas où Len arriverait à attraper le dernier train de New York. Je me suis servi un verre. Me verser du whisky et de l'eau, seule dans la nouvelle cuisine, était étrange. Il était minuit passé. Je me sentais un peu moins heureuse, maintenant, troublée, et j'ai pensé à ce que voulait dire avoir cinquante ans. Claude en avait trente-quatre quand il était mort. J'ai levé mon verre, à Lydia, à Len, à ma vie. J'ai senti un frisson de frayeur en pensant au dieu des cauchemars, qui l'avait abandonné.

J'ai jeté un coup d'œil vers la salle à manger, de l'autre côté de la porte. Nous devions en faire le bureau de Len, mais pour l'instant, la pièce était vide. Je m'étais débarrassée des livres de comptes de mon père et de tous ses trophées, à l'exception d'un seul, que Lydia aimait, un cheval en argent monté sur un socle de marbre.

Le whisky avait très bon goût, pour une fois, alors je me suis resservie et je suis allée m'installer au salon dans un fauteuil d'osier.

J'ai dû m'assoupir quelques instants. Le bruit de la voiture qui arrivait sur la route m'a réveillée. En une seconde, j'ai été transportée en arrière, à l'époque où, quand mon père se faisait raccompagner de la gare en taxi, et que j'entendais le bruit de ses pas dans la véranda, je descendais en chemise de nuit pour l'accueillir.

Je me suis levée et j'ai couru ouvrir la porte. Len a dit : « Seigneur, je suis mort de fatigue. » Il est entré, a posé son attaché-case par terre. Nous sommes restés, nos visages appuyés l'un contre l'autre, comme j'avais vu les chevaux le faire.

« Je suis contente que tu aies pu venir.

— J'ai failli ne pas y arriver. J'étais assez tenté de dormir à l'appartement et de ne venir que demain matin. Oh, qu'est-ce que ça sent bon, ici. L'air est si frais. Ils ont dû couper l'herbe. Tu bois ?

— Tu veux un whisky ? Une tasse de thé ?

— Je m'assieds une minute. Ensuite, je voudrais dormir vingt-quatre heures. Washington était épuisant. » Il a sombré dans le fauteuil où j'étais assise un instant plus tôt.

« Ça s'est bien passé ?

— Je n'ai pas fait grand-chose, c'est un peu comme les voitures tamponneuses dans une fête foraine, tout le monde rentre dans tout le monde. Et tout d'un coup le tour est fini, tout s'arrête, mystérieusement. Une décision va être prise, et l'affaire se retrouvera dans un autre tribunal, ou bien classée.

— Tu ne devineras jamais qui j'ai rencontré devant Saint-Patrick, aujourd'hui.

— Je donne ma langue au chat.

— Nina. Tu te souviens ? Nina Weir ? »

Il était en train de défaire sa cravate. Sa peau pendait autour de sa bouche.

Il a rougi. « Nina », a-t-il répété. Il m'a regardée avec tant d'anxiété, tant d'appréhension que j'ai cru qu'il venait de ressentir une douleur violente, premier symptôme d'une attaque, ou d'une autre maladie. C'était une expression que je ne lui avais jamais vue, même pas quand Lydia ou moi avions été malades, et qu'au contraire ne transparaissait sur son visage que son intention de faire tout ce qu'il pouvait pour nous. C'était horrible à voir. Il a semblé se dissoudre sous mes yeux.

« Len ! Est-ce que ça va ? »

Il a posé les mains sur ses cuisses, puis il a appuyé sur le bas de son ventre.

« Len ?

— Ça va, a-t-il murmuré, presque inaudible.

— Tu es surmené. Viens te coucher tout de suite. Je vais te faire une tasse d'Ovomaltine. Il faut que tu dormes.

— Ça va, je te dis », a-t-il marmonné.

Je me suis approchée de lui, agenouillée et j'ai passé mes bras autour de lui. Il s'est raidi et s'est appuyé contre le dossier du fauteuil, m'écrasant les mains contre le cannage. Je les ai retirées, avec difficulté, puis je me suis reculée, et relevée. Sa tête, qu'il avait tournée vers la fenêtre, faisait un angle étrange, et ses mains enserraient maintenant ses genoux. Le clair de lune était comme une gaze fine derrière la vitre.

« Len ?

— Comment allait-elle ? » Sa voix a résonné, dure, claire. J'ai ri, sans savoir pourquoi. Un doute énorme et informe s'était glissé dans mon esprit. Je me suis sentie légèrement étourdie.

« Eh bien, elle…

— Je vais prendre un verre d'eau, m'a-t-il interrompue en se levant pour aller dans la cuisine.

— Mais laisse-moi faire !

— Non ! »

J'ai entendu que l'eau du robinet coulait fort. J'étais seule dans le salon. Ce dernier m'a paru vraiment étrange, à cet instant : il faisait semblant d'être nouveau. Comment s'appelait-elle, déjà, la compagne de mon père ? J'avais ouvert sa lettre debout, à l'endroit exact où je me tenais maintenant.

Len est revenu. Il avait des gouttes d'eau autour des lèvres.

« Il y a eu quelque chose entre vous », ai-je dit. J'ai à peine reconnu ma voix, ou plutôt le filet de voix qui est sorti de ma bouche, aigu, avec quelque chose de mécanique, comme celle d'une poupée qui parle.

Il s'est appuyé contre le chambranle de la porte, les bras ballants.

J'ai répété ce que je venais de dire. Mes paroles sortaient, lentes et distinctes, mais comme si, ai-je pensé en un éclair, je m'étais tordu le cou.

Il me regardait fixement.

« Mais dis quelque chose !

— C'était il y a longtemps. »

Un bruit est monté du fond de ma gorge, un mot, un cri, je ne sais pas quoi.

« Il faut que j'aille me coucher, a-t-il repris. Il n'y a rien à dire. Rien dont nous devions parler. Je viens de passer deux jours à me faire maltraiter par un juge, par d'autres avocats, par mon client. Je n'ai pas la force de continuer.

— Mais tu ne peux pas me laisser comme ça ! Je t'en prie, Len !

— Fiche-moi la paix ! a-t-il crié.

— Comment oses-tu être en colère contre moi ! »

Avait-il souri ? Il se dirigeait vers l'escalier. Il a attrapé la rampe.

« Tu étais amoureux d'elle.

— J'étais amoureux d'elle, a-t-il répété d'un ton neutre.

— Pourquoi est-ce que tu m'as épousée ? Attends ! Réponds au moins à ça ! »

Il a monté deux marches. « Parce que je voulais t'épouser, et que tu voulais m'épouser. »

Le souvenir est arrivé, comme une flèche. « Tu étais seul avec elle, la nuit où j'ai ramené Lulu de l'hôpital, et où je suis restée avec elle.

— J'ai été seul avec elle plus d'une fois », a-t-il dit. Il a bâillé, un bâillement énorme. Il était au milieu de l'escalier. Une voiture est passée devant la maison à toute allure.

« Je ne savais pas que tu pouvais être aussi dur, Len.

— Je ne savais pas que tu pouvais être aussi bête, Helen. C'est de l'histoire ancienne. Nous étions jeunes. Ça ne menait à rien. Toi et moi, ça nous a menés à quelque chose.

— Oh, attends. Dis-moi. Est-ce qu'elle t'aimait ?

— À l'époque, peut-être. Je ne sais pas. »

Il a disparu de ma vue. J'ai entendu ses pas au-dessus, dans notre chambre. Nous nous disputions souvent, mais pas avec une telle violence, sans jamais aller au-delà de l'irréparable. Nous nous réconciliions sans problème. Était-ce parce qu'il avait gardé nos vies près de la surface des choses, laissant enterré ce secret qu'il avait ?

J'ai senti monter un accès de rage furibonde. J'ai couru dans l'escalier jusqu'à la chambre.

« Tu ne peux pas dormir, ai-je dit. Je ne te laisserai pas dormir. »

Il était debout à côté du lit, son pantalon par terre. Ses chaussettes étaient sales, et ses pans de chemise froissés.

Il n'a rien dit, il est parti dans la salle de bains. J'ai attendu qu'il revienne, je me sentais tout à fait décidée – sans savoir à quoi – et forte, j'étais convaincue de pouvoir le soulever dans mes bras et le balancer à travers les vitres. L'atmosphère de la pièce était étouffante. Je suis allée ouvrir la fenêtre. Un léger parfum de roses est entré. Ma mère avait planté des rosiers grimpants contre une treille des années auparavant, et ils y poussaient toujours. Ils avaient grandi, mais trop serrés, enchevêtrés parce que manquant de soins. Je ne me ferais pas avoir par eux. Il n'y avait pas d'histoire. Nous n'étions qu'atomes de poussière, dérivant brièvement dans un étroit rayon de lumière qui ne pouvait avoir d'histoire. La lune s'était couchée.

Il est sorti de la salle de bains et a lancé un regard inquiet dans ma direction. C'était l'expression de quelqu'un qui a peur de ne pas avoir le temps d'attraper le délicieux et voluptueux sommeil qui est en train de s'emparer de lui. Il est tombé sur le lit.

« Non. Non, non, non, ai-je martelé. Lève-toi. Assieds-toi, au moins. Qu'est-ce que je dois penser ? »

Il a posé un bras sur son visage pour couvrir ses yeux.

« C'est ça, pense, a-t-il dit.

— Comment peux-tu être assez stupide, assez cruel, pour imaginer que je vais mettre tout cela de côté, comme une vieille lettre, quelque chose que je peux avoir oublié une heure plus tard ? Pendant toute notre vie ensemble – elle a été là ! Et qu'est-ce que notre vie a été, alors ?

— Arrête.

— Pourquoi est-ce que tu n'as pas menti ?

— Je n'ai rien fait. Tu m'as dit que tu l'avais rencontrée. Je ne savais pas ce que j'allais faire, comment j'allais réagir. Comment l'aurais-je pu ? Dis-moi ce que j'ai dit ?

— Je t'ai demandé…

— Oui. Voilà, tu as demandé. Pourquoi fallait-il que tu demandes ?

— Il y a toujours eu ça entre nous. Ça explique tant de choses. Quelle idiote j'ai été !

— Ça n'a jamais été entre nous. Il y avait toi et moi, et puis Lydia – notre vie ensemble.

— Vous étiez amants. »

Et là, j'ai plongé mon visage dans mes mains et j'ai pleuré. Il a éteint la lampe de chevet. Dans l'ombre de la chambre, mes sanglots résonnaient très bruyamment.

« Vous l'étiez ? lui ai-je crié.

— Tu souhaiterais que Nina ait pris ta place ? » Sa voix est venue du lit, lasse. « Tu t'es débrouillée pour qu'elle s'occupe de ta tante. Et Mona a pris ta place auprès de ta mère. Peut-être cela te fait-il plaisir de penser que j'ai rêvé de Nina pendant toutes ces années.

— Mon Dieu, c'est vrai ! Il y a eu aussi Lulu. »

Il n'a rien dit.

« Le mariage est une horreur, ai-je murmuré dans le noir.

— Oui, ai-je à peine entendu, venant du lit. C'est vrai. »

J'ai quitté la pièce et redescendu l'escalier en courant, jusqu'à la cuisine. J'ai fixé la bouteille de whisky sur la paillasse. Puis je l'ai rebouchée et rangée.

Je suis sortie dans le jardin et je suis partie derrière. L'écurie se dessinait, énorme, cachant toute une partie du ciel étoilé. Une douce brise agitait les feuilles des vieux érables et des vieux ormes autour de la maison, mais les ormes étaient malades, il allait falloir les couper.

Des sons vagues me parvenaient ; des animaux nocturnes, vaquant à leurs occupations. En trébuchant çà et là, j'ai atteint le mur de l'écurie. Un chien a glapi dans le lointain. J'ai appuyé ma tête contre les vieilles planches. J'imaginais à l'intérieur les ombres de ma famille, Lulu, Maman, mon père, mon horrible grand-père, tous réunis dans l'un des box vides, en train d'écouter, pensifs, et peut-être un peu amusés, résonner mon chagrin. Nous avions tous deux aimé Nina. Len avait gardé secret son amour pour elle, comme un joyau dans une tombe. Mais il se trompait. C'était moi, qui avais vécu une autre vie que la mienne. J'avais pris la place de mon père auprès de ma mère. Celle de Nina auprès de Len. J'étais innocente.

J'ai couru à nouveau vers la maison, ouvert la porte, grimpé deux par deux les marches de l'escalier et je suis entrée dans notre chambre, où j'ai allumé. Il n'était pas là. J'ai crié son nom. Je suis allée de pièce en pièce et je l'ai trouvé sur le petit lit de Lydia, couché en travers comme un bout de bois abandonné sur la rive après la crue.

Je l'ai attrapé par les chevilles et je l'ai tiré par terre, où il est tombé avec un bruit sourd. Il est resté allongé là, immobile, la tête sur ses mains jointes, comme pour prier.

« Espèce d'ordure ! Sale menteur hypocrite ! »

Il s'est mis à pleurer. Les larmes coulaient le long de son nez et tombaient sur le plancher. Je me suis agenouillée à côté de lui.

« Elle est sèche comme de la poussière, lui ai-je appris. Blanche comme de la craie. Elle est aigrie. Ta Nina n'existe plus, plus du tout… Elle n'a pas bien vieilli. Elle a des cheveux châtains complètement ordinaires. Sa vie est horrible. Tu ne l'aurais pas reconnue. »

Il a relevé les jambes.

« Parle-moi !

— Toi et tes petites vertus, a-t-il dit d'une voix si basse que j'ai été obligée de me pencher pour l'entendre. Quand tu reviens de la poste après avoir envoyé à Lydia quelque chose qu'elle a oublié. Ta complaisance. Ta façon de faire ce qu'il faut. Et de détester ça. Tu te sens si parfaite, si en accord avec ton sens du devoir – et tout ça montre à quel point tu détestes cette vie. »

Je me suis balancée en arrière et je suis tombée sur le derrière, les jambes étendues devant moi. Nous avons tous deux pleuré quelques minutes comme des enfants pris sur le fait que l'on punit ensemble, mis à l'écart et humiliés.

Je me suis relevée et je suis retournée en bas, sur le fauteuil. J'ai dormi un moment. Quand j'ai ouvert les yeux, le salon n'était plus complètement plongé dans l'ombre.

Année après année, j'étais rentrée de l'école et j'avais laissé tomber mes livres sur le plancher de cette pièce avant d'aller dans la cuisine prendre quelque chose à manger. Maman cousait, surveillait les ouvriers ou rangeait les provisions qu'elle avait rapportées de Poughkeepsie. Je me changeais, j'enfilais des baskets, j'allais à l'écurie. C'était là qu'était ma vie à moi, là que je retrouvais mes pensées, simples, claires, et vives.

Au-dessus de la prairie, la lumière était pâle, mais il y avait à l'horizon une ligne de feu, le soleil revenait. Les gens qui avaient loué nos bungalows s'étaient dispersés, certains étaient morts, tous étaient vieux.

Je suis montée voir Len. Il n'était plus dans la chambre de Lydia, ni dans aucune autre. Il avait aspiré au sommeil, désiré m'échapper. Il avait eu besoin de trouver un endroit sûr, caché. J'ai vu l'escalier étroit qui montait au grenier.

J'y jouais les jours de pluie. Dans la grosse chaleur de l'été, il était rempli de guêpes qui y construisaient leurs nids de papier gris. Je ne l'avais pas encore nettoyé. Quand nous y étions allés, un dimanche, devant les coffres, les boîtes et les meubles aux pieds brisés, devant les vieux cadres et le porte-manteau où mon père avait souvent accroché son chapeau mou en rentrant, Len avait dit : « Nous n'avons pas besoin de nous occuper de tout en même temps. Nous le nettoierons plus tard. »

Je suis montée lentement. Je n'avais pas compris, à l'époque, pourquoi Nina évitait Len, et se montrait si raide, silencieuse devant lui. Et moi qui m'étais confiée à elle, haletante ! Qui lui déclarais mon amour pour lui ! Et elle qui écoutait, pensive ! Comme j'avais admiré le calme qu'elle gardait dans son isolement ! Len la regardait, elle, au-delà de moi.

Mais j'étais si fatiguée. L'énergie frénétique de la nuit

m'avait quittée. Le certain plaisir pris à ces scènes lamentables qui s'étaient déroulées entre nous avait lui aussi disparu. Je sentais de temps à autre un tremblement qui parcourait mes membres. L'alcool que j'avais avalé reposait, substance compacte et indigeste, au fond de mon estomac.

Je ne voulais plus que le retrouver, et le regarder.

Il était allongé sous une fenêtre mansardée couverte de toiles d'araignée empoussiérées. Il avait rassemblé de vieux rideaux de dentelle et s'était fait un nid où il dormait. Je me suis rappelé le jour où Maman les avait achetés. C'était peu de temps après le départ de mon père. Il détestait les rideaux de dentelle, m'avait-elle dit.

J'ai enlevé mes chaussures, je me suis approchée de lui sur la pointe des pieds et je me suis assise à côté de lui. Pendant un moment, j'ai examiné la vitre, l'épaisse couche de toiles d'araignée, la façon dont elle filtrait la lumière bleue qui devenait à chaque instant de plus en plus forte. J'ai senti la puissante odeur de renfermé des vieilles choses. Des souris vivaient au milieu des coffres et des boîtes, se nourrissaient de vêtements et de chiffons mis de côté. Nous les avions entendues, la nuit.

Lentement, j'ai baissé les yeux. Il y avait des cercles sombres sous ceux de Len. Une barbe de deux jours couvrait son menton et sa mâchoire, se réduisant à une ligne fine, juste au-dessus de sa lèvre supérieure. La base de son cou était d'un blanc intense. J'ai regardé ses pieds nus. Il n'aimait pas le luxe, mais il s'était toujours acheté de bonnes chaussures quand il en avait eu les moyens, et ses pieds n'étaient presque pas abîmés. Pendant des années, il avait été embêté par un champignon qu'il avait attrapé sur une île du Pacifique Sud pendant la guerre. Cela lui faisait souvent si mal qu'il pouvait à peine marcher. Quand il avait suivi ses cours de droit, il portait des chaussures dans lesquelles il avait découpé tant de trous qu'elles semblaient avoir été déchiquetées par un animal. Une délicate veine bleue courait sur la cambrure de chacun de ses pieds.

Tout d'un coup, je ne l'ai plus entendu respirer. J'ai pensé, je l'ai tué, assassiné à coups de haine.

Puis ses paupières ont tremblé. Il rêvait. Était-ce un cauchemar ? À quelques dizaines de centimètres au-dessus de lui, j'ai passé ma main dans l'air, tout le long de son corps. Je ne savais pas pourquoi j'avais fait ça. Je n'arrivais plus à penser. Je commençais à avoir sommeil.

Ses cheveux étaient encore épais, mais blancs. Nina avait dit un jour qu'ils ressemblaient aux plumes de poitrine d'un oiseau.

Je me suis rappelé, tout en luttant pour garder les yeux ouverts, que, la première fois où je l'avais vu, j'étais entrée dans la salle de bal et, sentant l'ombre du plafond au-dessus de nos têtes, j'avais levé les yeux vers la voûte. Il était debout au pied du lit de Lulu.

Je me suis rappelé comment je l'avais regardé, et voulu.

J'ai appuyé ma tête sur mes genoux et je suis restée assise là à côté de lui un long moment, jusqu'à ce qu'il se réveille.

Composition Entrelignes (64)
Achevé d'imprimer
par la Nouvelle Imprimerie Laballery
à Clamecy le 19 avril 2006
Dépôt légal : avril 2006
Numéro d'imprimeur : 603184

Imprimé en France

143495